o
homem
dos meus
sonhos

curtis sittenfeld

o homem dos meus sonhos

Tradução de
ANA LUIZA DANTES BORGES

EDITORA RECORD
RIO DE JANEIRO • SÃO PAULO
2008

CIP-Brasil. Catalogação-na-fonte
Sindicato Nacional dos Editores de Livros, RJ.

S637h Sittenfeld, Curtis
   O homem dos meus sonhos / Curtis Sittenfeld;
   [tradução de Ana Luiza Borges]. – Rio de Janeiro: Record,
   2008.

   Tradução de: The man of my dreams
   ISBN 978-85-01-07691-5

   1. Literatura americana. I. Borges, Ana Luiza. II. Título.

                    CDD – 028.5
08-3343   CDU – 087.5

Título original em inglês:
THE MAN OF MY DREAMS

Copyright © 2006 by Curtis Sittenfeld

Todos os direitos reservados. Proibida a reprodução, no todo ou em parte, através de quaisquer meios. Os direitos morais do autor foram assegurados.

Design de capa: Celina Carvalho

Direitos exclusivos de publicação em língua portuguesa somente para o Brasil adquiridos pela
EDITORA RECORD LTDA.
Rua Argentina 171 – Rio de Janeiro, RJ – 20921-380 – Tel.: 2585-2000
que se reserva a propriedade literária desta tradução

Impresso no Brasil

ISBN 978-85-01-07691-5

PEDIDOS PELO REEMBOLSO POSTAL
Caixa Postal 23.052
Rio de Janeiro, RJ – 20922-970

EDITORA AFILIADA

Sumário

PARTE I

Junho de 1991 / 9

PARTE II

Fevereiro de 1996 / 41

Abril de 1997 / 63

Julho de 1998 / 89

Agosto de 1998 / 107

Setembro de 1998 / 135

PARTE III

Fevereiro de 2003 / 161

Agosto de 2003 / 203

Maio de 2005 / 225

Agradecimentos / 247

Parte I

1

JUNHO DE 1991

Julia Roberts vai se casar. É verdade: usará duas peças feitas sob medida, de oito mil dólares, do salão Tyler Trafficante West Hollywood e, na recepção que se seguirá à cerimônia, poderá retirar a cauda e a parte comprida da saia para dançar. Os vestidos das damas de honra serão verde-mar e seus sapatos (Manolo Blahnik, 425 dólares o par) serão tingidos para combinar. As damas de honra serão as agentes de Julia (ela tem duas), sua maquiadora e uma amiga que também é atriz, apesar de ninguém nunca ter ouvido falar nela. O bolo terá quatro camadas, com fitas verde-mar e violetas de glacê.

— O que eu quero saber é: onde está o nosso convite? — diz Elizabeth. — Será que se extraviou no correio? — Elizabeth, tia de Hannah, está em pé ao lado da cama, dobrando a roupa lavada, enquanto Hannah está sentada no chão lendo a revista em voz alta. — E quem é o noivo?

— Kiefer Sutherland — responde Hannah. — Conheceram-se no set de *Linha Mortal*.

— Ele é bonitinho?

— É razoável. — Na verdade, *é* bonitinho: tem o cabelo louro e, o que é ainda melhor, um olho azul e o outro verde. Mas Hannah reluta em revelar seu gosto; pois talvez não seja bom.

— Deixe eu vê-lo — pede Elizabeth, e Hannah levanta a revista. — Ehhh — diz Elizabeth. — É interessante. — Isso faz Hannah pensar em Darrach. Hannah chegou em Pittsburgh há uma semana, quando Darrach, o marido de Elizabeth, seu tio, estava na estrada.

Na noite em que ele voltou, depois de Hannah pôr a mesa para o jantar e preparar uma salada, disse:

— Deveria ficar conosco para sempre, Hannah.

Também nessa noite, Darrach gritou do banheiro do segundo andar:

— Elizabeth, isto aqui está um nojo. Hannah vai pensar que somos animais em um estábulo.

Pôs-se de joelhos e começou a esfregar. Sim, a banheira estava encardida, mas Hannah não podia acreditar no que estava vendo. Nunca havia visto seu pai passar um pano na pia, trocar lençóis ou levar o lixo para fora. E ali estava Darrach no chão, quando acabara de chegar de uma viagem em que havia dirigido por 17 horas. Mas o problema de Darrach é que... ele é feio. Ele é realmente feio. Seus dentes são encardidos e tortos, suas sobrancelhas são rebeldes, compridas, espigadas e desalinhadas como os dentes, e ele usa um rabo-de-cavalo minúsculo. É alto e magro, e seu sotaque é bonito — ele é da Irlanda —, mas ainda assim. Se Elizabeth considera Kiefer Sutherland apenas razoável, o que acha de seu próprio marido?

— Sabe o que vamos fazer? — pergunta Elizabeth. Está segurando duas meias, as duas brancas mas de comprimentos claramente diferentes. Ela encolhe os ombros, aparentemente para si mesma, depois faz uma bola com as meias e as joga na pilha de roupas dobradas. — Vamos dar uma festa para Julia. Bolo de casamento, sanduíches de pepino. Brindaremos à sua felicidade. Sidra espumante para todo mundo.

Hannah observa Elizabeth.

— O quê? — diz Elizabeth. — Não gostou da idéia? Sei que Julia não vai aparecer.

— *Ah* — diz Hannah. — OK.

Quando Elizabeth ri, abre tanto a boca que as obturações de seus molares ficam visíveis.

— Hannah — diz ela —, não sou maluca. Sei que uma celebridade não virá à minha casa só porque a convidei.

— Não achei que fosse — replica Hannah. — Sei o que quis dizer.

Mas isso não é completamente verdadeiro; Hannah não entende totalmente sua tia. Elizabeth sempre foi uma presença em sua vida: recorda-se de, aos seis anos, estar sentada no banco de trás do seu carro enquanto ela cantava "You're So Vain" alto e entusiasmadamente, junto com o rádio. Mas, na maior parte do tempo, Elizabeth havia sido uma presença distante. Embora o pai de Hannah e Elizabeth não tivessem outros irmãos, as duas famílias não se reuniam havia anos. Agora, na casa de Elizabeth, Hannah percebe como a conhece pouco. A principal informação que sempre associou à sua tia havia sido adquirida tanto tempo atrás quem nem mesmo se lembrava mais como: assim que Elizabeth se tornou enfermeira, um paciente lhe deixou uma grande quantia de dinheiro, porém ela a desperdiçou. Gastou-a em uma festa imensa, que nada celebrava, nem mesmo o seu aniversário. E desde então vive com o justo para a sua sobrevivência. (Entretanto, Hannah ficou surpresa ao descobrir que sua tia pede comida pronta, geralmente chinesa, nas noites em que Darrach não está — o que é metade do tempo. Não agem exatamente como se seu orçamento fosse apertado.) Não ajudou em nada, em termos financeiros, Elizabeth ter se casado com um motorista de caminhão: o hippie irlandês, como o pai de Hannah dizia. Quando estava com 9 anos, Hannah perguntou à sua mãe o que queria dizer "hippie", e a mãe respondeu: "É alguém que gosta da contracultura." Quando Hannah perguntou à sua irmã — Allison é três anos mais velha —, ela respondeu: "Quer dizer que Darrach não toma banho", o que Hannah observou não ser verdade.

— Vamos fazer a nossa festa antes ou depois do casamento? — pergunta Hannah. — Ela vai se casar em 14 de junho. — Em seguida, imaginando que nos convites deveria aparecer a data completa em letras floreadas, acrescenta: — De mil novecentos e noventa e um.

— Por que não no dia 14? Darrach pode ser o meu noivo, se estiver aqui, e Rory pode ser o seu.

Hannah sente um golpe de decepção. É claro que seu par será o primo retardado de 8 anos. (Essa foi a peça final no quebra-cabeça da queda financeira de Elizabeth, segundo o pai de Hannah: Rory nasceu com a síndrome de Down. No dia em que Rory nasceu, seu pai, na cozinha, disse à sua mãe, depois de examinar a correspondência: "Vão ter de agüentar essa criança até morrerem.") Mas o que Hannah achava que Elizabeth diria? *Seu par será o filho de 16 anos de uma de minhas colegas de trabalho. Ele é muito bonito e vai gostar de você imediatamente.* É claro que Hannah esperava isso. Ela sempre achou que o garoto por quem se apaixonaria cairia do céu.

— Queria achar meu vestido de casamento para você usar na festa — diz Elizabeth. — Não vou caber nele, a esta altura, mas em você ficaria realmente lindo. Mas só Deus sabe o que fiz com ele.

Como Elizabeth pode não saber onde está o seu vestido de casamento? Não é como perder uma echarpe. Na Filadélfia, o vestido de casamento da mãe de Hannah está guardado no sótão, dentro de uma caixa forrada e comprida, bem protegido.

— Vou pôr a roupa na secadora — diz Elizabeth. — Vem comigo?

Hannah levanta-se ainda lendo a revista.

— Kiefer vai lhe pagar uma tatuagem — diz ela. — Um coração vermelho com o símbolo chinês que significa "força do coração".

— Em outras palavras — diz Elizabeth — ele lhe disse: "Como sinal do meu amor, vai ser espetada várias vezes com uma agulha com tinta." Você realmente confia nesse cara? — Estão no primeiro andar, passando pela cozinha em direção à escada que desce ao porão. — E posso perguntar onde se localiza essa tatuagem?

— No ombro esquerdo. Darrach não tem tatuagens, tem? Mesmo isso sendo tipo um estereótipo de motoristas de caminhão? — A pergunta é grosseira?

— Nenhuma que tenha me contado — responde Elizabeth. Não parece ter-se ofendido. — A maioria dos motoristas de caminhão provavelmente não come *tofu* nem é fanática por ioga.

No dia anterior, Darrach tinha mostrado a Hannah seu caminhão, que ele deixa na entrada para carros. Os trailers que usa são das firmas para quem trabalha. A rota atual de Darrach começa ali, em Pittsburgh, onde pega eixos de roda, e segue para Crowley, Louisiana, onde os entrega e pega açúcar; em seguida, vai para Flagstaff, Arizona, onde entrega o açúcar e pega combinações femininas que traz para Pittsburgh. Outra noite, Darrach deixou Rory demonstrar como girar o banco da frente para que dê acesso à cabina-dormitório. Depois, Darrach mostrou a cama em que medita. Durante esse passeio, Rory fica deslumbrado. "É do meu pai", diz ele a Hannah várias vezes, gesticulando entusiasmadamente. Aparentemente, o caminhão é uma das obsessões de Rory. A outra é o novo cachorrinho do motorista do ônibus. Ele ainda não viu realmente o cachorrinho, mas estão pensando em Elizabeth levá-lo, no próximo fim de semana, para visitar a fazenda do motorista do ônibus. Ao observar seu primo no caminhão, Hannah se pergunta se a sua adoração a seus pais permanecerá intacta. Talvez a síndrome mantenha seu amor sempre vivo.

Depois que Elizabeth põe as roupas na secadora, sobem de volta a escada do porão. Na sala, Elizabeth se joga no sofá e apóia os pés na mesa de centro, dando um suspiro alto.

— Então, qual o nosso programa? — diz ela. — Darrach e Rory só devem voltar daqui a uma hora, no mínimo. Aceito sugestões.

— Podemos dar uma volta — diz Hannah. — Não sei. — Ela olha através da janela que dá para o pátio da frente. A verdade é que Hannah acha o bairro repulsivo. Onde sua família mora, na periferia da Filadélfia, as casas são separadas por amplos gramados, as entradas para carros são longas e curvas, e as portas da frente são flanqueadas por colunas dóricas. Mas na casa de sua tia não há pórticos, somente os degraus na entrada salpicados de mica, e quando se sentam lá fora — nas últimas noites, Hannah e Elizabeth têm feito isso, enquanto Rory tenta capturar vagalumes —, pode-se ouvir as televisões das outras casas. A relva está seca, beagles latem à noite, e à tarde, garotos pálidos de 10 anos pedalam em círculos com suas bicicletas, da maneira que fazem na TV, ao fundo, quando um repórter bem penteado posiciona-se na frente da cena do crime em que uma mulher de 76 anos foi assassinada.

— Uma volta não é má idéia — diz Elizabeth —, só que está um calor de rachar.

Então a sala — na verdade, a casa toda — fica em silêncio, com exceção do ruído da roupa girando lá embaixo, na secadora. Hannah ouve o som agudo dos botões de metal batendo nos lados da máquina.

— Vamos tomar sorvete — diz Elizabeth. — Mas não traga a revista. — Sorri para Hannah. — Não sei quanto mais de felicidade de celebridades posso suportar.

Hannah tinha sido despachada para Pittsburgh. Fora mandada embora, colocada em um ônibus, apesar de Allison ter ficado na Filadélfia com sua mãe por causa das provas no colégio. Hannah acha que também deveria ficar pela mesma razão — por causa das provas. Mas está na oitava série, enquanto Allison está no penúltimo ano do ensino médio, o que aparentemente significa que seus exames são mais importantes. Além disso, Hannah é vista por seus pais não somente como a mais nova, mas como a menos estável emocionalmente, e portanto potencialmente inconveniente. Desse modo, o ano escolar de Hannah ainda não se encerrou, mas ela está ali, com Elizabeth e Darrach, indefinidamente.

Segundo a carta assinada pelo Dr. William Tucker e entregue em mãos por sua mãe na sala do diretor, Hannah está com mononucleose e a família requereu que ela tivesse permissão de recuperar o curso depois, no verão. É uma mentira. O Dr. William Tucker não existe, foi inventado por sua mãe e sua irmã, a tia Polly. É com a família de Polly que sua mãe e Allison estão há dez dias. Hannah não está com mononucleose (a outra opção que sua mãe e tia Polly cogitaram foi catapora, mas decidiram que Hannah já estava crescida demais para nunca ter tido a doença, além de as pessoas mais tarde poderem perguntar por que não ficara com marcas). Hannah está perdendo aulas porque seu pai expulsou-a de casa, uma noite, junto com sua mãe e Allison. Foi, obviamente, algo insano. Porém não mais insano ou cruel do que outras coisas que ele já fez, o que não é o mesmo que dizer que ele é insano ou cruel o tempo todo. Ele é ele mesmo; pode ser perfeitamente agradável; ele é o vento pelo qual elas sopram, e, sempre que ele está por perto, o comportamento das três depende do seu humor. Será que as três não entendem que viver com ele é simplesmente assim? Reclamar ou resistir seria tão inútil quanto reclamar ou resistir a um tornado. Por isso a recusa atual de sua mãe em voltar para casa confunde tanto Hannah, que culpa a mãe e o pai igualmente pela confusão. Desde quando sua mãe age por si mesma? Ela não está mais obedecendo às normas da família. Talvez seja o aspecto exterior que torne a coisa pior, tendo de bater à porta de tia Polly e tio Tom depois da meia-noite, quando geralmente os efeitos das fúrias de seu pai ficam confinados entre quatro paredes, e não à vista. Ou talvez fosse o aspecto do rompante inesperado, já que o fato de tê-las expulsado foi, de certa forma, mais dramático do que a gritaria de sempre, o bater de portas ou o quebrar de pratos ocasional. E é verdade que foi constrangedor (Hannah na frente de seus primos Fig e Nathan, em sua camisola rosa com bolas de chiclete, a mesma que havia ganhado quando ainda estava na quinta série), mas o episódio em si não foi chocante. Sua mãe, ao se recusar a voltar para casa, está agindo como se tivesse sido chocante. Está agindo como se elas, qualquer uma delas, pudesse fazer exigências normais a seu pai. Mas todas *sabem* que não podem lhe fazer exigências normais. E a mãe de Hannah foi quem o apaziguou quase todos esses anos, quem ensinou Hannah e Allison, com seu exemplo e instrução, exatamente como o apaziguamento funciona.

Hannah desliga a televisão — ligá-la durante o dia a faz pensar em quando está doente — e pega a revista da véspera. Está sozinha em casa: Elizabeth está no trabalho, Rory está na escola e Darrach, que viajará novamente no dia seguinte, está na loja de ferragens.

Seria bom ser famosa, pensa Hannah ao virar a página. Não pelas razões que as pessoas imaginam — dinheiro e glamour —, mas por causa do isolamento. Como se pode ser solitário ou se entediar quando se é uma celebridade? Não há tempo, pois nunca se está só. Fica-se de lá para cá, entre pessoas e compromissos, leitura de roteiros, provas do vestido prateado bordado que usará na próxima cerimônia de premiação, fazendo abdominais enquanto seu personal trainer Enrique se projeta sobre você e berra palavras de estímulo. Tem-se uma comitiva, as pessoas disputam a oportunidade de lhe falarem. Repórteres querem saber sua resolução do Ano Novo ou seu lanche favorito; se importam com essa informação.

Os pais de Julia Roberts se divorciaram quando ela estava com 4 anos — seu pai, Walter, era vendedor de aspirador de pó, e sua mãe, Betty, secretária da igreja —, e então seu pai morreu de câncer quando ela tinha 9, o que deve ter sido horrível (a não ser que tenha sido um alívio). De qualquer maneira, a infância de Julia foi há muito tempo, em Smyrna, Georgia. Hoje, ela tem 23 anos, mora na Califórnia, lugar onde Hannah nunca esteve mas imagina que vente muito e seja bem claro, cheio de gente alta e carros cintilantes e um céu infinitamente azul.

É pouco mais de uma da tarde, e Hannah comeu um sanduíche de geléia e manteiga de amendoim faz uma hora, mas começa a pensar na comida que sabe que tem na cozinha: os pastéis de legumes de Darrach, que sobraram da noite passada, e o sorvete de chocolate. Ela está ganhando peso, o que já estava acontecendo antes de sua chegada a Pittsburgh. Desde o começo da oitava série, ganhou cinco quilos e meio; agora tem quadris, e o sutiã que usa é um desagradável e antes inimaginável 44. Além disso, apareceu em seu rosto, abruptamente, o nariz de uma estranha. Não se deu conta dele até ver o seu retrato mais recente: o cabelo castanho claro, a pele clara, os olhos azuis, e ali estava, um pedaço extra de carne na ponta do seu nariz, quando sempre tivera o modelo pequeno e arrebitado de sua mãe. A mãe de Hannah é uma mulher pequena, gosta de usar faixa na cabeça, conserva o cabelo louro fazendo luzes e joga duplas de tênis toda manhã, tanto no verão quanto no inverno, com a tia Polly e duas outras mulheres. Colocou aparelho nos dentes aos 38 anos e o retirou aos 40 — no ano anterior —, mas de fato sempre teve a personalidade de uma mulher atraente, mas com aparelho: privilegiada mas penitente, bem intencionada mas sem levar isso a sério. Nunca comentou o peso de Hannah diretamente, mas às vezes fazia comentários excessivamente entusiásticos sobre, por exemplo, aipo. Nesses momentos, parece a Hannah menos crítica do que protetora, usando o tato para tentar impedir sua filha de tomar o caminho errado.

Hannah *está* ficando feia? Se está, parece a pior coisa que poderia acontecer; está decepcionando sua família e, possivelmente, os garotos e os homens de toda parte. Hannah sabe disso tanto pela TV quanto pelo olhar dos garotos e dos homens. Dá para ver como o que mais querem é a beleza. Não de um modo chauvinista, nem mesmo como alguma coisa sobre a qual possam lucrar de alguma forma. Apenas instintivamente, olhar e sentir prazer. É o que esperam, e principalmente de adolescentes. Quando se é mais velha, como Elizabeth, tudo bem ficar pesada, mas quando se é uma adolescente, ser bonita ou pelo menos engraçadinha, é uma responsabilidade. Diga as palavras *garota de 16 anos* a qualquer grupo de homens, de 11 ou de 50 anos, e eles olharão com malícia, talvez com muita, ou talvez com pouca, ou talvez tentem não olhar. Mas imaginam as pernas bronzeadas e lisas da garota de 16 anos, os seios altos e o cabelo comprido. Esperar que seja bela é culpa deles?

Devia fazer polichinelo, pensa Hannah, agora mesmo — vinte e cinco vezes, ou cinqüenta. Mas, em vez disso, pensa no pedaço de cheddar na geladeira, nos biscoitos crocantes e salgados na despensa. Ela os come em pé do lado da pia até ficar afrontada, e então sai de casa.

A rua de sua tia termina num parque, em cujo extremo há uma piscina pública. Hannah chega a vinte metros da cerca da piscina, antes de dar a volta. Senta-se a uma mesa de piquenique em péssimo estado e folheia de novo a revista, embora já tenha lido todos os artigos várias vezes. Na Filadélfia, estava planejando trabalhar como voluntária no verão, e podia fazer isso no hospital em que Elizabeth era enfermeira, se soubesse por quanto tempo ficaria. Mas não fazia idéia. Falou ao telefone com sua mãe e Allison, e pelo visto nada havia mudado em sua casa: elas continuavam com tia Polly e tio Tom. Sua mãe continuava decidida a não voltar para casa. O que é mais estranho, de certa forma, é imaginar seu pai sozinho em casa à noite; é difícil imaginá-lo irritado sem elas. Deve ser como assistir a um programa de perguntas na televisão sozinho, e gritar as respostas se sentindo idiota e sem sentido. O que é a fúria sem testemunhas? Onde está a tensão sem uma platéia que se pergunta o que você fará em seguida?

Um garoto de jeans e camiseta branca, justa e sem mangas, vem vindo na direção de Hannah. Ela baixa o olhar, fingindo estar lendo.

Logo ele está em pé, bem ali na sua frente. Andou o caminho todo para ir até onde ela está.

— Tem fogo? — pergunta ele.

Ela ergue o olhar e nega sacudindo a cabeça. O garoto deve ter uns 18 anos, alguns centímetros mais alto do que ela, o cabelo louro lustroso, tão curto que parece quase raspado, um fiapo de bigode, olhos azuis semicerrados, lábios grossos e os músculos dos braços bem definidos. De onde ele será? Está segurando um cigarro apagado entre os dedos.

— Você não fuma, certo? — diz ele. — Provoca câncer.

— Não, não fumo — diz ela.

Ele olha para ela — parece estar tirando alguma coisa de seus dentes da frente com a língua — e diz:

— Quantos anos você tem?

Ela hesita; completou 14 dois meses antes.

— Dezesseis — responde ela.

— Você gosta de motos?

— Não sei. — Como teria começado essa conversa? Estaria em perigo? Provavelmente; pelo menos um pouco.

— Estou consertando uma moto na casa do meu amigo. — O garoto faz um gesto com o ombro direito, mas é difícil entender a que direção se refere.

— Tenho que ir — diz Hannah, e se levanta, passando uma perna, depois a outra por cima do banco. Ela começa a se afastar, porém sem deixar de dar uma olhada para trás. O garoto continua lá.

— Qual é o seu nome? — ele pergunta.

— Hannah — ela diz, e imediatamente acha que deveria ter respondido alguma coisa melhor: Genevieve, talvez, ou Veronica.

Quando foi dormir na casa de uma amiga, aos 9 anos, Hannah aprendeu uma brincadeira em que tinha de responder, independente do que o contador da piada dissesse, *"Rubber balls and liquor."*

Quando seu pai foi buscá-la no domingo de manhã, decidiu experimentar com ele. Ele parecia distraído — trocando as estações do rádio do carro —, mas ela tentou assim mesmo. Parecia importante lhe dizer isso no carro, quando estavam a sós, porque Hannah duvidava que sua mãe achasse graça da piada. Mas seu pai tinha senso de humor. Às vezes, no fim de semana, quando ela não conseguia dormir, ia para a sala de TV com ele e sua bebida predileta para assistirem juntos ao programa *Saturday Night Live*, enquanto sua mãe e Allison dormiam. Nesses momentos, observava as luzes da televisão tremendo em seu corpo e se sentia orgulhosa por ele rir quando a platéia na TV ria — fazendo com que ele parecesse parte de um mundo não pertencente à sua família.

No carro, Hannah pergunta:

— O que você come no café da manhã?

— *"Rubber balls and liquor"* — responde seu pai. Ele muda de via.

— O que você come no almoço?

— *"Rubber balls and liquor."*

— O que você compra na loja?

— *"Rubber balls and liquor."*

— O que... — Ela faz uma pausa. — O que você guarda na mala do seu carro?

— *"Rubber balls and liquor."*

— O que... — Hannah percebe sua voz ficar mais intensa, com a ansiedade... o impulso da risada quase a impedindo de terminar a pergunta. — O que faz com sua mulher à noite?

Não se ouve mais um barulho no carro. Devagar, seu pai vira a cabeça para olhar para ela.

— Faz alguma idéia do que isso significa? — pergunta ele.

Hannah fica calada.

— Sabe o que *balls* significa?

Hannah nega com um movimento da cabeça.

— Significa "bolas", isto é, testículos. Ficam perto do pênis do homem. Mulheres não têm bolas.

Hannah olha pela janela. *Peitos.* Achou que *balls* eram peitos.

— Por isso a piada não tem sentido. O som em inglês é *rub her balls,* que quer dizer esfregar as bolas *dela.* Entende por que não faz sentido?

Hannah assentiu com a cabeça. Queria sair do carro, esquecer completamente aquele erro constrangedor.

Seu pai aumentou o rádio. Não se falaram mais durante o resto da viagem.

Na entrada de carros de sua casa, ele lhe disse:

— Mulheres feias tentam ser engraçadas. Acham que isso compensa a feiúra. Mas você vai ser bonita, como sua mãe. Não vai precisar ser engraçada.

Quando Elizabeth chega do trabalho e Rory ouve a chave girar na fechadura, dá a volta no sofá e se agacha, deixando, porém, seu cabelo espigado visível.

— Olá, Hannah — diz Elizabeth, e Hannah aponta para trás do sofá.

— Sabe do que estou com vontade? — diz Elizabeth bem alto. Ela está usando o uniforme de enfermeira de duas peças rosa e um colar de macarrão que Rory fez na escola na semana anterior. — Estou com vontade de nadar. Mas gostaria de saber onde Rory está, pois aposto que ele gostaria de ir.

O cabelo de Rory se agita.

— Vamos ter que ir sem ele — diz Elizabeth. — A não ser que o encontre antes...

Então Rory sai do esconderijo, jogando os braços para o alto.

— Aqui está Rory — ele grita. — Aqui está Rory! — Dá a volta no sofá e se joga no colo da mãe. Quando ela o pega, os dois caem nas almofadas e ela lhe dá vários beijos nas bochechas e no nariz.

— Esse é o meu garoto — diz ela. — É o meu filhão lindo. — Rory dá gritinhos estridentes e se debate debaixo dela.

Na piscina, Elizabeth e Hannah se sentam lado a lado em cadeiras de plástico branco reclináveis. O maiô de Elizabeth é marrom e está largo em volta da barriga, o que Hannah olha de soslaio várias vezes até entender. Mas não seria educado fazer uma pergunta tão direta, por isso ela diz:

— Comprou este maiô agora?

— Você deve estar brincando — replica Elizabeth. — Eu o tenho desde a gravidez de Rory.

Então *é* um maiô para grávidas. Mas Elizabeth não pode estar grávida. Logo depois do nascimento de Rory, ligou as trompas (essa foi a expressão que Hannah ouviu seus pais usarem, fazendo com que imaginasse os órgãos reprodutivos de Elizabeth como elos de lingüiça atados por nós).

Rory está na parte rasa da piscina. Elizabeth coloca sua mão pouco à frente dos olhos de Rory, protegendo-os, assim, do sol da tarde. Hannah nota que ele não está brincando com as outras crianças, mas sim apoiado contra a parede, usando bóias nos braços, de modo que a água só chega até a sua cintura. Ele observa um grupo de quatro ou cinco crianças, todas menores que ele, jogando água uma nas outras. Hannah adoraria se jogar na piscina e ficar com Rory, mas não está de maiô. Na verdade, disse a Elizabeth que não tem maiô, mas é mentira. Tem um novinho — sua mãe o comprou na Macy's antes de ela deixar a Filadélfia, como se estivesse saindo de férias —, mas Hannah não está a fim de usá-lo na frente daquela gente toda.

E Elizabeth não disse: *É claro que você tem um maiô. Todo mundo tem um maiô!* Tampouco disse: *Vamos ao shopping comprar um para você.*

— Como vão seus astros do cinema? — pergunta Elizabeth. — O grande dia de Julia está próximo.

Tem razão — o casamento vai ser na sexta-feira.

— Vamos ter de preparar a nossa festa — diz Elizabeth. — Lembre-me, na quinta-feira, de buscar a massa pronta para bolo depois do trabalho, ou quem sabe não esbanjamos um pouco e compramos *petits-fours* na confeitaria?

— O que são *petits-fours*?

— Está falando sério? Com seus pais elegantes, não sabe o que são *petits-fours*? São docinhos que não como provavelmente desde a minha festa de debutante.

— Você debutou?

— Por que, não pareço ter sido bem criada?

— Não, quis dizer... — começa Hannah, mas Elizabeth a interrompe.

— Estou brincando. Ser debutante é horrível. Somos apresentadas à sociedade em um museu qualquer, nossos pais nos conduzem por um tapete vermelho comprido, para que façamos reverência diante de um velho chato aristocrata. Eu tinha certeza que iria tropeçar. Senti vontade de vomitar o tempo todo.

— Seus pais a obrigaram a fazer isso?

— Mamãe, na verdade, não dava muita importância, mas meu pai era socialmente ambicioso. Foi ele que achou importante. E sabe que seu avô era genioso, não sabe? — Elizabeth está agindo deliberadamente de maneira casual, pensa Hannah; ela a está sondando. — Mas não posso culpá-los de todos os meus infortúnios — prossegue Elizabeth. — Tornei tudo muito mais difícil sendo tão preocupada com as aparências. Quando eu lembro como me preocupava com isso, penso, *Cristo, como perdi tempo!*

— Com que se preocupava?

— Com tudo. Com minha aparência, com a minha burrice. Nessa época, seu pai foi para a Penn e depois fazer Direito em Yale, enquanto eu lutava para me dar bem na Temple, que todos sabem que não é nenhuma maravilha de universidade. Mas então decidi cursar enfermagem, arrumei um emprego, conheci Darrach, que é o máximo. A propósito, está vendo Rory?

— Está atrás daquelas duas garotas. — Hannah aponta para o outro lado do cimento. Há cimento por toda volta da piscina, como se ficasse no meio de uma calçada. No clube que seus pais freqüentam, a piscina fica no meio de um pavimento de lajes. Além disso, você tem que pagar três dólares só para entrar; no bar, paga-se na hora, em vez de assinar seu nome de família, e você tem que levar suas próprias toalhas. O lugar todo parece ligeiramente sujo e, apesar de ser um fim de tarde úmido, Hannah não se arrepende de ter mentido sobre o maiô.

— Como você e Darrach se conheceram? — pergunta ela.

— Não conhece essa história? Ah, você vai adorar. Eu vivia numa casa com meus amigos excêntricos. Um dos caras se intitulava Panda e fazia objetos de decoração em metal e vidro que vendia pelo país todo, nos estacionamentos dos shows. Eu tinha conseguido meu primeiro emprego, e um dos meus pacientes foi aquele velhinho engraçado que gostou de mim. Ele tinha câncer no pâncreas e, quando morreu, deixou-me um bom dinheiro. Acho que foram mais ou menos cinco mil dólares, o que hoje valeria, talvez, uns oito mil. No começo eu não quis ficar com o dinheiro. Algum parente distante acabaria aparecendo do nada. Mas os advogados trabalharam bem e nenhum parente apareceu. O dinheiro era realmente meu.

— Incrível — diz Hannah.

— Se eu fosse inteligente como o seu pai, eu o teria colocado no banco. Mas, em vez disso, o que fiz foi dar uma parte a uma instituição de caridade que ajudava pessoas com câncer, porque me senti culpada, e o resto gastei em uma festa. Não vai imaginar como isso foi o oposto do meu temperamento. Sempre fui muito tímida e insegura, mas simplesmente mandei tudo para o inferno e falei com todo mundo que eu conhecia, e meus companheiros na casa falaram com todos que conheciam, e contratamos uma banda para tocar no quintal. Era agosto, iluminamos tudo com tochas e oferecemos toneladas de comida e cervejas, e centenas de pessoas apareceram. Todo mundo dançou e suou, foi uma festança. E esse irlandês alto e magricela, que foi com certeza o homem mais sexy que eu já tinha visto, apareceu com um amigo. O irlandês me disse: "Deve ser Rachel." Eu disse: "Quem diabos é Rachel?" Ele respondeu: "Rachel, a garota que está dando a festa." O que aconteceu foi que ele e seu amigo, Mitch Haferey, que é o padrinho de Rory, estavam na festa errada. Deveriam ter ido a outra, uma rua depois, mas ouviram a música e foram direto para a nossa casa, sem verificar o endereço. Três meses depois, Darrach e eu estávamos casados.

— E viveram felizes para sempre.

— Bem, não vou dizer que o que fizemos foi inteligente. Provavelmente nos apressamos, mas tivemos sorte. Além disso, não éramos exatamente crianças na época. Eu tinha 27 anos e ele, 32.

— Julia Roberts tem 23.

— Oh, Deus. Ela é uma criança.

— Só é quatro anos mais nova do que você era! — replica Hannah. Aos 23 anos, certamente *não* é uma criança: aos 23, já se concluiu a faculdade (Julia Roberts, na verdade, não fez faculdade; ela partiu de Smyrna para Hollywood quando estava com 17 anos, no dia seguinte em que se formou no ensino médio). Nessa idade, a pessoa tem um emprego e provavelmente um carro, pode beber álcool e já mora sozinha.

— Ah! — diz Elizabeth. — Veja quem veio nos ver. — Rory está em pé diante da cadeira dela, batendo os dentes, os lábios roxos de frio e o corpo todo tremendo. Seus ombros estreitos estão encolhidos; seu peito é muito branco, os mamilos do tamanho de uma moeda e cor de pêssego. Elizabeth o envolve com uma toalha e o coloca na cadeira, e quando Hannah percebe que a rotina de carinhos e beijos vai começar, ela se levanta. A rotina é bonita, mas um pouco diferente ali, em público.

— Acho que vou voltar para casa — diz ela. — Preciso ligar para a minha irmã.

— Não quer esperar e pegar uma carona? — pergunta Elizabeth. — Já estamos de saída.

Hannah sacode a cabeça.

— Vou aproveitar para fazer exercício.

Era isso o que estar casada significava: no passado, pelo menos um homem a amou, você foi a pessoa que ele mais amava no mundo. Mas o que se faz para um homem amá-la dessa maneira? Ele corre atrás de você ou você corre atrás dele? O casamento de Julia Roberts vai ser no Twentieth Century Fox's Soundstage 14. O estúdio tinha sido decorado de modo a parecer um jardim.

Quando Hannah liga para falar com sua irmã na Filadélfia, quem atende é sua prima Fig, que tem a mesma idade dela e é sua colega de turma na escola. Elas tinham passado quase a vida toda juntas, o que não quer dizer que gostavam uma da outra.

— Allison não está — diz Fig. — Ligue de novo daqui a uma hora.

— Dá um recado para ela?

— Estou saindo para me encontrar com Tina Cherchis no shopping. Será que vou ficar bem com um furo duplo na orelha?

— Deixaram você fazer?

— Se eu usar o cabelo solto, provavelmente não vão nem notar.

Faz-se silêncio.

— Minha mãe acha que seu pai é louco — diz Fig.

— Isso não é verdade. Tenho certeza de que sua mãe só está querendo fazer minha mãe se sentir melhor. O pessoal na escola tem perguntado pela minha mononucleose?

— Não. — Há um estalo e Fig diz: — Tem alguém na outra linha. Ligue mais tarde e Allison vai estar em casa. — Ela desliga.

A pior recordação de Hannah — não o episódio de maior fúria do seu pai, mas o episódio cuja lembrança lhe dá mais tristeza — é a de quando tinha 10 anos e Allison, 13, e foram com o pai buscar uma pizza. A pizzaria ficava a cerca de três quilômetros da sua casa, e pertencia a dois irmãos iranianos, cujas esposas e filhos pequenos estavam quase sempre atrás do balcão.

Era uma noite de domingo, e a mãe de Hannah tinha ficado em casa para pôr a mesa. Além disso, tinham planejado com antecedência que Hannah e Allison teriam sorvete de baunilha com calda de morango de sobremesa, que sua mãe havia sido convencida a comprar naquela tarde na mercearia.

No carro, chegaram a um cruzamento, e o pai de Hannah parou no sinal vermelho. Logo que o sinal mudou para verde, um rapaz, que parecia um estudante, aproximou-se da faixa para pedestres, e Allison estendeu a mão e tocou no braço do seu pai.

— Você viu aquele rapaz ali, não? — disse Allison, e fez sinal para o pedestre seguir.

Imediatamente — seu pai mordeu o lábio de uma maneira particular — Hannah teve certeza de que ele estava furioso. Mesmo que só pudesse ver a nuca da sua irmã, sentiu que ela não se deu conta dessa fúria. Mas não por muito tempo. Depois que o rapaz atravessou, seu pai ultrapassou o cruzamento ruidosamente e jogou o carro para o acostamento. Virou-se e encarou Allison.

— Nunca mais se intrometa quando eu estiver dirigindo — disse ele. — O que você fez foi estúpido e perigoso.

— Quis ter certeza de que o tinha visto — respondeu Allison baixinho.

— Não é da sua conta ter certeza de nada! — vociferou seu pai. — Não é você que diz ao pedestre se ele deve atravessar ou não. Você vai pedir desculpas para mim agora mesmo.

— Desculpe.

Por vários segundos ele ficou olhando para Allison. Baixando seu tom de voz, embora fervesse de raiva, disse:

— Vamos voltar para casa. Meninas, vocês comerão pizza outro dia, quando aprenderem a se comportar.

— Papai, ela pediu desculpa — disse Hannah, do banco de trás, e ele se virou.

— Quando precisar da sua opinião, Hannah, eu a pedirei.

Depois disso, ninguém mais falou.

Ao chegarem, entraram em casa em silêncio e sua mãe gritou da cozinha:

— Estou sentindo cheiro de pizza? — disse, indo recebê-los. Seu pai passou empurrando-a e foi para o seu escritório, batendo a porta. A pior parte foi realmente explicar para ela o que tinha acontecido, observando seu rosto enquanto ela compreendia que o clima da noite havia se modificado. Em várias outras noites também havia acontecido o mesmo — o porquê e o como eram apenas variações sobre o mesmo tema —, mas sua mãe, geralmente, estava presente quando isso acontecia. Ter que lhe contar foi horrível. Ela não deixaria Allison e Hannah procurarem algo para comer na geladeira porque queria que esperassem enquanto tentava convencê-lo a sair do escritório (o que Hannah sabia que não aconteceria) e se oferecia para buscar a pizza ela mesma (o que Hannah sabia que ele não deixaria que fizesse). Depois de mais ou menos quarenta minutos, sua mãe disse para fazerem sanduíches e levarem para o quarto. Ela e o pai iam jantar fora, e ele não queria ver Hannah nem Allison lá embaixo.

Hannah não chorou nessa noite, mas ao pensar na mesa que sua mãe tinha preparado, nos pratos azuis, nos guardanapos listrados nas argolas, e no breve período de tempo depois de não irem mais comer pizza juntos mas antes de sua mãe saber que não iam, quando ela ainda estava se aprontando — essa tristeza particular de se preparar para uma coisa comum e agradável que não acontece é quase insuportável. Logo depois de seus pais saírem, o telefone tocou, e quando Hannah atendeu, uma voz de homem disse: "É Kamal para avisar da pizza. Acho que está esfriando e que devem vir buscá-la."

— Ninguém aqui pediu pizza — disse Hannah.

Enquanto estavam na piscina, Darrach preparou uma lasanha recheada de espinafre e bastante manjericão para o jantar.

— Parabéns ao *chef* — diz Elizabeth. — Lembra-se, Darrach, de como os pais de Hannah ajudaram a nos aprontarmos para o nosso casamento? Eu estava pensando nisso.

— É claro que me lembro.

— Foi uma doideira. — Elizabeth sacode a cabeça. — Nós nos casamos na casa em que eu morava e não na igreja, e meus pais se recusaram a ir.

— Isso é horrível — diz Hannah.

— Mamãe se atormentou com isso durante anos. Ela se sentiu pior do que eu. Seu pai não era exatamente um fã do nosso modo de vida, "excêntrico", segundo ele, mas ele e sua mãe dirigiram da Filadélfia até aqui no dia do casamento. Chegaram no meio da tarde, e trouxeram uma quantidade imensa de camarões congelados. A recepção seria bem descontraída, mas seus pais quiseram que fosse bonita. Estávamos literalmente descascando camarões quando o juiz de paz chegou, e sua mãe ficou preocupada que eu e Darrach cheirássemos a camarão no dia do nosso casamento.

— Posso me levantar? — pergunta Rory.

— Só mais uma colherada — responde Darrach. Rory põe um pedaço grande de lasanha na boca e se levanta da mesa ainda mastigando. — É o suficiente — diz Darrach, e Rory corre para a sala de estar e liga a televisão.

— Foi tudo muito frenético — diz Elizabeth —, mas divertido.

— E ninguém cheirou a peixe — diz Darrach. — A noiva, como sempre, cheirava a rosas.

— Está vendo? — diz Elizabeth. — Um sedutor, não é? Como eu poderia resistir?

Darrach e Elizabeth se entreolham, e Hannah fica constrangida por estar no meio de todo esse afeto e, ao mesmo tempo, intrigada. Pessoas vivem realmente tão pacificamente e se tratam tão gentilmente? É impressionante, e ainda assim suas vidas devem carecer de direção e propósito. Em casa, ela sabe seu propósito. Sempre que seu pai está em casa — de manhã, antes de ele ir para o escritório, depois do trabalho e nos fins de semana —, seu humor dita sobre o que podem falar, ou mesmo se podem abrir a boca, ou em que cômodos da casa podem entrar. Viver com uma pessoa que pode a qualquer momento perder o controle torna tudo muito claro: seu objetivo é não instigar e, se conseguir, escapar do perigo é a própria recompensa. O que os outros querem, o que procuram e acham que lhes cabe — bens, entretenimento ou, por que não dizer, justiça — que importância tem? São coisas irrelevantes. Tudo o que você pode fazer é tentar prolongar os períodos entre os acessos ou, se isso for impossível, ocultar tais acessos do resto do mundo.

Hannah vai ao banheiro, e quando está voltando para a cozinha ouve Darrach dizer:

— Para Louisiana amanhã, ai de mim.

— O trabalho de um caminhoneiro nunca acaba — diz Elizabeth.

— Mas não seria muito melhor — replica Darrach quando Hannah chega à cozinha — se eu ficasse aqui e pudéssemos foder como coelhos? — A maneira como pronuncia foder rima com *poder*.

Simultaneamente, viram-se e olham para Hannah.

— Bem — sorri Elizabeth, encabulada, ainda sentada à mesa. — Foi dito elegantemente.

— Perdoe-me. — Darrach, em pé diante da pia, faz uma mesura para Hannah.

— Vou pôr Rory na cama — diz ela.

— Vou ajudar — diz Elizabeth. Quando passa por Darrach, dá um tapinha no traseiro do marido e sacode a cabeça. Na sala, ela fala com Hannah. — Nós a traumatizamos? Está com vontade de vomitar?

Hannah ri.

— Está tudo bem. Não foi nada.

De fato, a idéia de Elizabeth e Darrach fazerem sexo *é* nojenta. Hannah pensa nos dentes encardidos de Darrach, em suas sobrancelhas rebeldes e no seu minúsculo rabo-de-cavalo. Pensa nele nu, com uma ereção, alto, magro e pálido no quarto de dormir deles. Isso excita Elizabeth? Ela deseja que ele a toque? E por falar nisso, Darrach não se importa com o traseiro grande de Elizabeth, ou com seu cabelo com fios grisalhos, naquela noite puxado para trás com uma faixa vermelha? É como se eles tivessem feito um acordo — me sentirei atraído por você se se sentir atraída por mim —, ou *realmente* se sentem atraídos um pelo outro? Como pode ser?

A imagem de seu pai que Hannah prefere é a seguinte: depois da faculdade, ele se uniu ao Corpo da Paz e foi enviado a um orfanato hondurenho por dois anos. Foi uma experiência difícil; ele pensou que ensinaria inglês, mas o que mais mandavam ele fazer era cortar batatas para a cozinheira, a mulher mais velha, responsável pelas três refeições diárias de 150 meninos. A pobreza era inconcebível. Os meninos mais velhos tinham 12 anos e imploravam ao pai de Hannah que os levasse para os Estados Unidos. Em setembro de 1972, logo antes de seu pai voltar para casa, ele e um bando de meninos despertaram no meio da noite e se reuniram na sala de jantar para escutar a transmissão pelo rádio do nado borboleta de 100 metros de Mark Spitz, nas Olimpíadas de verão de Munique. O rádio era pequeno, e a recepção, deficiente. Spitz já tinha quebrado recordes e ganhado medalhas de ouro pelos 200 metros borboleta e 200 metros nado *crawl*, e quando quebrou outro recorde — completando a prova em 54,27 segundos —, todos os meninos viraram-se para o pai de Hannah e começaram a bater palmas e gritar vivas. "Não por minha causa", explicou seu pai a ela. "Mas porque eu era americano." Ainda assim, ela acreditava que, em parte, pelo menos, era por causa dele: porque ele era forte, competente e porque era um homem adulto. Essa era a imagem que ela fazia dos homens; as mulheres, ela achava que eram um pouco fracas.

Como exatamente seu pai se transformara de um homem aplaudido por órfãos hondurenhos em um que, dezenove anos depois, expulsaria sua própria família de casa? Normalmente, sua mãe o irritava — quando ela preparava frango e ele dissera para ser carne de vaca, quando não buscava suas camisas na tinturaria como prometera fazer de manhã —, ele a mandava dormir no quarto de hóspedes; ela dormia na cama da esquerda. Isso acontecia pelo menos uma vez por mês, e às vezes, por três noites seguidas, gerando dessa forma um elevado grau de tensão. Nem sempre se tornava uma explosão de verdade — às vezes, era apenas uma ameaça. Seu pai ignorava a mãe nesses períodos, embora continuassem a jantar todos juntos, e falava de maneira sutilmente agressiva com Allison e Hannah. Sua mãe chorava muito. Antes de se deitar, ia ao quarto de casal pedir para voltar; pedia e chorava. Quando Hannah era mais nova, às vezes ia com sua mãe, chorando junto com ela. Ela gritava: "Por favor, papai, deixa ela dormir com você!" Seu pai retorquia: "Caitlin, tire-a daqui. Saia daqui." Ou dizia: "Se você se importasse com esta família, não tentaria pôr as meninas contra mim." Sua mãe, então, falaria sussurrando: "Vá embora, Hannah. Você não está ajudando." Durante todo esse tempo, a televisão no quarto estaria ligada no mais alto volume, piorando a confusão. Alguns anos antes, Hannah parou de ir para perto da sua mãe quando saía do quarto e começou a ir para o quarto de Allison, mas depois de uma ou duas vezes, percebeu na cara de sua irmã que ela não gostava de sua presença lá porque lhe lembrava o que estava acontecendo. Hannah passou a ficar em seu próprio quarto. Ela colocava seus fones de ouvido e lia revistas. Na noite da expulsão, por volta das 23h30, Hannah acordou com os dois brigando. Sua mãe não tinha dormido no quarto de hóspedes nas noites anteriores, mas agora o pai queria que ela mudasse de quarto. Ela recusou. Não com determinação, mas suplicando. "Mas já estou na cama", Hannah ouviu-a dizer. "Estou tão cansada, Douglas."

Então, mudou para querer que ela saísse de casa. Não se importava aonde ela iria — o problema era dela. Disse que estava farto, que estava cansado de sua falta de respeito por ele, depois de tudo o que ele tinha feito pela família. Ela deveria levar as meninas, também, que o respeitavam ainda menos do que ela. "A escolha é sua", dizia ele. "Ou você diz a elas que têm de sair daqui, ou eu mesmo vou acordá-las." Então, sua mãe chamou Allison e Hannah, mandando que se apressassem, que não tinha importância que não estivessem vestidas. Foi numa quinta-feira. Na manhã seguinte, Hannah não foi à aula — sua mãe levou-a à Macy's para lhe comprar roupas — e no sábado, ela embarcou no ônibus para Pittsburgh.

Mas a questão é que Hannah desconfia que sua mãe e Allison estão, na verdade, se divertindo. Na última vez que falou com sua irmã, Allison disse:

— Como você está? Elizabeth e Darrach estão sendo legais? — Antes que Hannah pudesse responder, ela falou: — Fig, abaixa o rádio! Não consigo ouvir Hannah.

Talvez fosse como quando seu pai viajava a negócios, como tudo, de repente, se tornava descontraído. O jantar era às cinco ou às nove: comiam queijo e biscoitos e nada mais, ou uma caixa de cereais, dividida por três, que comiam em pé do lado do fogão. As três assistiam à televisão juntas, em vez de se retirarem cada uma para seu quarto. A ausência de tensão parecia uma farsa, e, de certa maneira era, por ser temporária. Mas talvez, estando com suas primas, a mãe de Hannah percebesse que a vida delas poderia ser assim o tempo todo. O que não é uma conclusão errada ou fora de propósito, e ainda assim — se Hannah, Allison e seus pais vivem na mesma casa — continuam a ser uma família. Parecem perfeitamente normais, possivelmente invejáveis: um pai atlético, uma mãe gentil e atraente, uma irmã mais velha bonita, que acabou de ser eleita vice-presidente do grêmio estudantil, uma irmã mais nova de quem ainda não se tem muito o que dizer, é verdade, mas quem sabe no futuro possam. Quem sabe no ensino médio não comece a participar de debates e logo estará freqüentando campeonatos nacionais em Washington, D.C., usando palavras como *incontrovertível*? A vida que levavam juntos em casa não *era* tão ruim assim, e não *parecia* ruim de maneira nenhuma e, mesmo que suas primas agora conheçam o segredo deles, bem, são só suas primas. Não é como se as pessoas comuns soubessem.

Hannah deve pegar Rory quando o ônibus o traz da escola. Geralmente quem o pega é a sra. Janofsky, uma senhora de 68 anos que mora no outro lado da rua, mas Elizabeth disse que Rory detesta ficar na casa dela e que, se Hannah não se importasse em pegá-lo, seria um imenso favor para todos eles. Provavelmente isso era verdade, ou talvez Elizabeth estivesse só tentando arrumar alguma coisa para Hannah fazer.

Uma hora antes de o ônibus chegar — ela consulta o relógio — toma seu segundo banho do dia, escova os dentes e passa desodorante não somente nas axilas, mas também no V da parte superior das coxas, só por segurança. Amarra uma fita azul no rabo-de-cavalo, acha que ficou feio, retira-a, e tira também o elástico. Ela não tem certeza se o garoto vai estar no parque, mas essa é a hora aproximada em que ele esteve lá antes.

Está. Está sentado à mesa de piquenique — não a que ela estava da outra vez, mas na mesma área. Imediatamente ela se pergunta o que ele estaria fazendo no parque. Seria um traficante de drogas? Quando estão a uma distância de cinco metros um do outro se olham, ela baixa o olhar e vira para a esquerda.

— Ei — ele chama. — Aonde você vai? — Sorri. — Vem cá.

Quando ela chega perto da mesa de piquenique, ele indica o lugar do seu lado, mas ela continua em pé. Ela põe uma perna na frente da outra e cruza os braços sobre o peito.

— Estava nadando, não estava? — ele pergunta. — Posso ver seu maiô?

Isso foi uma má idéia.

— Aposto que fica bem em você — diz ele. — Você não é magra demais. Tem um bando de garotas magras demais.

É porque seu cabelo estava molhado — devia ser por isso que ele pensou que ela estava nadando. Ela se sente ao mesmo tempo alarmada, insultada e lisonjeada; um calor se espalha por sua barriga. E se *estivesse* realmente usando maiô e se ela o mostrasse a ele? Não ali, mas se ele a seguisse até o bosque. O que faria com ela? Certamente ele tentaria alguma coisa. Mas também — e saber disso a inquietava — ela, provavelmente, não seria como ele esperava, sob as roupas. Sua barriga macia, o pêlo no alto de suas coxas, logo abaixo da calcinha (ouviu outras garotas dizerem, no vestiário, depois da aula de ginástica, que raspavam ali diariamente, mas ela sempre se esquecia). Ele não queria necessariamente ver o que ela achou que ele queria.

— Não posso lhe mostrar agora — diz ela.

— Acha que estou sendo sacana? Não estou. Vou lhe mostrar uma coisa — diz ele — e você nem precisa me mostrar nada.

Se fosse estuprada naquele momento, ou estrangulada, seu pai entenderia que a culpa era dele? O coração dela está acelerado.

O garoto ri.

— Não é nada disso — diz ele. — Sei no que está pensando. — Então, eles estão a um metro e meio de distância e ele tira a camiseta pela cabeça. Seu peito, assim como seus braços, é musculoso. Seus ombros estão queimados do sol e sua pele, na parte coberta pela camisa, é mais clara. Ele se levanta, vira e se inclina à frente, apoiando as mãos na mesa.

Era isso: uma tatuagem. É uma tatuagem imensa que ocupa quase toda a extensão de suas costas, uma águia-calva com as asas abertas, a cabeça de perfil, um olho feroz e um bico aberto, com a língua propositalmente para fora. Suas garras estão em posição de agarrar — o quê? Um rato que foge ou possivelmente o patriotismo em si. É a maior tatuagem que ela já viu, e a única que viu de tão perto. O resto das costas não tem pêlos e há espinhas em algumas partes, mais visivelmente nos ombros, onde a tatuagem acaba.

— Dói? — ela pergunta.

— Dói para fazer, mas agora não.

— Acho legal — diz ela.

Depois de uma pausa, quase timidamente, ele diz:

— Se quiser, pode tocar.

Até o momento do contato, a ponta do seu dedo indicador na pele das costas dele, ela não sabe se realmente vai continuar. Então corre o dedo sobre as garras amarelas da águia, sobre as penas negras e o olho vermelho lustroso. *O símbolo chinês que significa força do coração,* ela pensa. Faz o movimento inverso com o dedo, agora para cima, e o garoto diz:

— É macio.

Sua mão está abaixo da nuca do garoto quando vê que são 15h10.

— Ah, meu Deus — diz ela. — Meu primo!

Depois, não se lembra de quando tirou sua mão das costas dele, não se lembra do que lhe disse; só se lembra de atravessar correndo o parque. O ônibus de Rory deveria chegar às três, e ela esteve com o garoto só por alguns minutos, mas levou tanto tempo se arrumando que deviam ser quase três horas quando começou a falar com ele. Se alguma coisa tiver acontecido com Rory, terá que se matar. É inconcebível que ela possa destruir a família de Elizabeth. Ela sempre foi uma mera espectadora no que diz respeito a esse assunto, sem se dar conta de que um dia poderia se tornar atuante.

Rory não está no ponto do ônibus. A menos de uma quadra, ele está na frente de casa, no meio do quintal. Olha em volta, com a mochila que é mais larga que suas costas. Algumas noites antes, a pedido dele, Elizabeth costurou uma coruja no bolso externo.

— Desculpe — diz Hannah. Ela está sem fôlego. — Rory, estou tão feliz em vê-lo.

— Devia me pegar no ônibus.

— Eu sei. Por isso pedi desculpas. Eu me atrasei, mas agora estou aqui.

— Não gosto de você — diz Rory, e Hannah se sente primeiro surpresa e depois, humilhada. Ele tem toda razão. Por que gostaria dela?

Ela destranca a porta da frente e eles entram.

— O que acha de tomarmos um sorvete no Sackey's? — pergunta Hannah. — Não seria legal?

— Temos sorvete em casa — responde Rory.

— Só achei que gostaria de um sorvete de um tipo diferente.

— Quero o sorvete da mamãe.

Ela prepara uma tigela de chocolate para ele e outra para si mesma, embora ele coma na frente da televisão, e ela, na cozinha. Ela vai ficando cada vez mais chateada, estranhamente chateada. Poderia ter acontecido uma tragédia por sua culpa. Mas o que o garoto teria feito se ela não tivesse ido pegar Rory? Talvez se desenvolvesse alguma coisa boa, talvez o começo da sua vida. Mas é egoísmo pensar dessa maneira. Elizabeth e Darrach lhe abriram as portas de casa e ela lhes retribui negligenciando o filho deles. Há resoluções que ela tem que tomar, pensa, passos que devem ser dados de modo a se tornar outro tipo de pessoa. Não tem certeza de que passos são esses, mas certamente são vários.

Fica andando de lá para cá na sala de estar, imaginando ouvir o som do carro de Elizabeth mas, ao olhar pela janela, vê que não é nada, um motor fantasma. Então, finalmente, Elizabeth chega de verdade. Hannah não consegue nem mesmo esperar que ela entre. Corre até Elizabeth, que ainda está lá fora, tirando as compras da mala do carro. Ela ergue o olhar e diz:

— Oi, Hannah, quer me ajudar? — Mas Hannah começou a chorar. As lágrimas correm por seu rosto. — Oh, não — diz Elizabeth. — Oh, sinto muito. Vi na TV, no hospital, mas não sabia se você tinha visto. Pobre Julia Roberts, hein?

Aos soluços, Hannah replica:

— O que você viu?

— Só parte da notícia em um dos canais. Se for verdade que ele a traiu, ela fez bem em romper.

— Kiefer a *traiu*? — Aí as lágrimas de Hannah correm em profusão. Fica sem poder enxergar, e quase sem conseguir respirar.

— Ah, querida, não sei muito mais que você. — Elizabeth põe o braço ao redor dos ombros de Hannah. Leva-a aos degraus da frente. — Provavelmente ninguém vai saber ao certo, só eles dois.

Quando Hannah consegue falar, pergunta:

— Por que Kiefer traiu Julia?

— Bem, talvez não seja verdade. Mas não podemos nos esquecer de que celebridades são pessoas de verdade, com seus próprios problemas. Vivem no mesmo mundo que nós vivemos.

— Mas se davam bem — diz Hannah, e derrama mais uma porção de lágrimas. — Dava para ver isso.

Elizabeth puxa Hannah mais para perto, de modo que um lado do seu rosto pressiona os seios de sua tia.

— Eles não são diferentes de ninguém — diz Elizabeth. — Julia Roberts vai para a cama sem escovar os dentes. Não estou dizendo que faz isso toda noite, mas às vezes. Ela provavelmente tira meleca do nariz. Todas as celebridades sentem tristeza, sentem ciúmes, brigam umas com as outras. E Hannah, viver a dois é uma coisa tão difícil. Sei que se faz idéia de que é um mar de rosas, mas na verdade é a coisa mais difícil do mundo.

Hannah joga a cabeça para cima.

— Por que está sempre defendendo o meu pai? Eu sei que você sabe que ele é um babaca.

— Hannah, seu pai tem alguns problemas, só isso. Todos nós fazemos o melhor que podemos.

— Estou pouco ligando para os problemas dele! — grita Hannah. — Ele é um brigão! É tão malvado que ninguém vai enfrentá-lo!

De início, Elizabeth fica em silêncio. Depois, diz:

— Está bem. Ele é brigão. Como posso dizer que não? Mas uma coisa que você só vai entender quando ficar mais velha é como o seu pai é infeliz. Ninguém age assim se não é infeliz. E ele sabe. Ele sabe como ele é, e saber que está decepcionando sua família, saber que está agindo exatamente como o nosso pai agiu... isso deve destruí-lo.

— *Espero* que o destrua.

— Você vai superar tudo isso, Hannah. Juro. E se sua mãe puder ficar longe, não vai ser tão ruim quando você voltar para casa. Esse foi o erro que a minha mãe cometeu: ela simplesmente ficou com meu pai para sempre. Mas a sua mãe está saindo enquanto pode, o que é a coisa mais inteligente e mais corajosa que ela poderia fazer.

Então seus pais estavam se separando. Deviam estar. Hannah tem certeza de que Elizabeth não se deu conta do que acabara de revelar, e talvez ainda não seja definitivo, mas quando sua mãe for buscá-la em Pittsburgh, no começo de agosto, e lhe contar, enquanto comem sanduíches de peixe no Dairy Queen, no caminho para casa, que ela se mudou para um condomínio, Hannah não ficará surpresa. O condomínio será em um bairro bonito e sua mãe já terá decorado os quartos de Allison e de Hannah. No de Hannah, as cortinas serão listradas de rosa e, na cama, a colcha também será rosa.. Hannah logo vai gostar mais de morar no condomínio do que na casa antiga, onde seu pai viverá por muitos anos mais — o condomínio não será tão grande a ponto de deixá-la nervosa quando ficar sozinha em casa, e ficará perto da drogaria, da mercearia e de vários restaurantes, onde Hannah e sua mãe às vezes irão nas noites de sábado. Hannah e Allison almoçarão com seu pai nos domingos, e não o verão nem falarão com ele nos outros dias. Ele lhes dirá que serão sempre bem-vindas para jantar ou passar a noite, mas elas só irão algumas vezes, para pegar o que sua mãe ainda não levou para a outra casa. Seu pai vai começar a sair com alguém que conheceu no clube, uma mulher atraente cujo marido morreu em um acidente de barco em Michigan. A mulher, Amy, terá três filhos pequenos, e Hannah se perguntará se seu pai esconde deliberadamente como ele é, ou se Amy prefere não ver. Por um longo tempo, a mãe de Hannah não vai namorar.

Os detalhes dos boatos sobre Julia Roberts são os seguintes: Kiefer a estava traindo com uma dançarina chamada Amanda Rice, embora fosse conhecida no Crazy Girls Club, onde trabalhava, por Raven. No dia em que o casamento se realizaria, Julia voaria para Dublin com Jason Patric, outro ator amigo de Kiefer. No Sherlbourne Hotel, onde as suítes custam 650 dólares a noite, os empregados relatarão que Julia parece abatida, seu cabelo está alaranjado e que ela não está usando a aliança de noivado.

Dois anos depois, ela se casará com o cantor country Lyle Lovett. Eles terão se conhecido três meses antes, ela irá descalça para a cerimônia e o casamento só durará 21 meses. Ele será dez anos mais velho do que ela, com o cabelo espigado e uma cara magra e melancólica. Em 2002, Julia Roberts se casará com um cinegrafista de nome Danny Moder. O casamento será à meia-noite, em 4 de julho, no rancho da noiva em Taos, Novo México, mas antes disso Danny Moder terá de se divorciar de sua mulher com quem vive há quatro anos, uma maquiadora chamada Vera.

À medida que Hannah deixar de ter opinião sobre o assunto, o papel de Vera a deixará um pouco nauseada, mas acreditará que Danny e Julia combinam. Em fotos, parecerão à vontade e felizes, somente um pouco belos demais para a vida normal. No entanto, apesar de folhear revistas nas salas de espera do consultório do dentista ou na fila da mercearia, Hannah não acompanhará mais as atividades de Julia Roberts; não vai gastar mais o seu tempo preocupando-se com celebridades. Não porque tenha passado a achar fútil — é claro que é, mas muitas coisas também são —, mas porque estará ocupada, será uma adulta. De maneira geral, Hannah não se sentirá muito diferente de como se sentia aos 14 anos, mas esse será um dos sinais de que deve estar diferente: o fato de que antes sabia muitas coisas sobre Julia Roberts, e agora sabe muito poucas.

No futuro, Hannah terá um namorado chamado Mike, com quem falará sobre seu pai. Dirá que não se arrepende de sua educação antes do divórcio, que acha que, em muitos aspectos, foi útil. Ser criada em um ambiente instável faz com que se compreenda que o mundo não existe para nos acomodar, o que, pelo que Hannah observou, é uma coisa que muita gente luta para entender só na idade adulta. Faz com que você saiba como uma situação pode mudar rapidamente, de como o perigo está realmente em toda parte. Mas crises, quando ocorrem, não nos pegam desprevenidos; porque nunca acreditamos que vivemos sob a proteção de alguma benevolência essencial. E uma infância instável nos faz apreciar a calma e não ansiar pela excitação. Passar uma tarde de sábado lavando o chão da sua cozinha enquanto escuta ópera no rádio, ir à noite a um restaurante indiano com uma amiga e estar em casa de novo às nove: é o suficiente. São dádivas.

Uma vez, o namorado de Hannah vai chorar quando ela lhe contar sobre seu pai, apesar de ela não estar chorando. Outra vez, ele dirá que acha que ela sofre da Síndrome de Estocolmo, mas ele terá se especializado em psicologia e, na opinião de Hannah, será sugestionável. Durante o sexo, Hannah memorizará uma parte determinada das costas de Mike, a visão por cima de seu ombro esquerdo, e, às vezes, quando ela estiver tentando gozar, imaginará que logo além da sua linha de visão, há a tatuagem de uma águia imensa; ela passará seus dedos sobre o lugar onde a tatuagem deveria estar. Ela não mais verá o garoto com a tatuagem de verdade depois daquele dia em que deixou Rory esperando. Embora vá ficar por mais dois meses na casa de sua tia, ela não retornará ao parque.

Nesse momento, nos degraus da frente, quando Hannah ainda tem 14 anos, está sentada tão perto de Elizabeth, que pode sentir o cheiro do sabonete do hospital nas mãos de sua tia. As sacolas de compras de Elizabeth estão no quintal, onde as deixou. Rory está para sair e pedir para ser levado à piscina, e quando forem, já que Darrach está fora da cidade, pedirão, para o jantar, sopa de macarrão, frango com amêndoa e bife com brócolis.

— Meus pais estão se divorciando? — pergunta Hannah. — Eles estão, não estão?

— Você tem de perceber como a maioria dos homens é fraca — diz Elizabeth. — É a única maneira de perdoá-los.

Parte II

2

FEVEREIRO DE 1996

O plano era pegarem Hannah às nove horas, mas às cinco para as nove Jenny liga para dizer que passarão provavelmente por volta das nove e meia, quinze para as dez. Diz que Angie saiu do trabalho tarde e ainda tem de tomar banho. (Hannah não faz idéia de qual é o trabalho de Angie.) "Desculpe", diz Jenny.

Hannah está sentada à sua escrivaninha. Vira-se na cadeira e olha em volta do seu quarto: a pilha de jornais que havia aumentado muito, aguardando ser reciclada, e que parece uma otomana; seus sapatos alinhados contra a parede; o baú que ela usa como mesa de cabeceira, com um copo de plástico para água em cima; e a sua cama, que ela fez alguns minutos atrás, embora seja noite, porque havia acabado de se vestir e não sabia mais o que fazer com tanta energia acumulada. É a visão da cama, os travesseiros afofados e o edredom revestido de flanela bem esticado, que tenta Hannah a dizer a Jenny que não precisam passar porque não vai sair mais. Seria capaz de adormecer em dez minutos — tudo o que precisava fazer era descer o corredor e lavar o rosto, depois vestir o pijama, passar hidratante nos lábios e apagar a luz. Regularmente se deita cedo, exatamente a essa hora. É estranho, de certa maneira, um pouco diferente das outras alunas da faculdade, mas é assim.

— Vamos chegar em meia hora ou quarenta e cinco minutos — diz Jenny.

As palavras já estão formadas: *Sabe, estou um pouco cansada.* Então, Hannah poderia dar um risinho se desculpando. *Acho que vou ficar em casa. Desculpe, sei que é completamente idiota. Mas muito obrigada por me convidarem. E não deixem de me contar como foi. Tenho certeza de que vai ser muito divertido.* Se Hannah abrir a boca, as palavras vão saltar para o ar e atravessar o campus pelos fios de telefone até Jenny, e ela não terá de ir. Jenny vai ser gentil — ela *é* gentil — e talvez tente convencer Hannah do contrário, mas se Hannah for firme, Jenny vai desistir. Ela vai deixar pra lá e nunca se tornarão amigas de verdade, já que Hannah é a garota estranha que deu o furo na última hora na vez em que foram à parte ocidental de Massachusetts. E Hannah passará mais uma noite sem fazer nada, só dormindo. Acordará às seis da manhã, o campus escuro e silencioso, o refeitório sem ser aberto por cinco horas, porque é fim de semana. Ela vai tomar um banho, comer cereais da caixa na prateleira sob a janela, e começar o dever. Depois de algum tempo, quando tiver acabado Teoria Marxista e partir para Biologia Evolucionária, olhará para o relógio e serão 7h45 — somente 7h45! — e ninguém estará acordado, nem mesmo perto de acordar. Ela ficará sentada ali, o cabelo liso molhado bem alisado para trás, impecavelmente limpo, com uma página atrás da outra de seus livros grifada, e não se sentirá nem diligente nem inteligente, mas em pânico. A manhã será uma lufada de ar cinza que ela terá de preencher sozinha. O que importa que seu cabelo esteja limpo e que tenha lido sobre a estrutura da população patogênica? Para quem seu cabelo está limpo, com quem falará sobre a estrutura da população patogênica?

Vá, pensa Hannah. *Deve ir.*

— Vou esperar na entrada principal — diz ela a Jenny.

Quando desliga o telefone, não sabe bem, assim como não sabia antes de Jenny ligar, o que fazer. Não vai fazer o trabalho da faculdade — ou não conseguirá se concentrar ou ficará tão absorta que vai ficar sem disposição, como já estava ficando, sem a disposição que lhe viera quando estava debaixo da água quente no chuveiro, levantando a perna esquerda e raspando com a gilete até a panturrilha, depois levantando a direita. De volta ao quarto, ligou o rádio e inspecionou suas roupas no armário. Tirou duas saias pretas, experimentando uma, depois a outra. Imaginou qual sua prima Fig aconselharia (Hannah é caloura na Tufts University, e Fig, na Boston University). Fig diria para usar a justa.

Queria ter esmalte para pintar as unhas nesse momento, ou usar maquiagem e se olhar no espelho com os lábios fazendo bico, passando neles um tom cintilante e oleoso de rosa. No mínimo, queria ter uma revista feminina para ler sobre outras pessoas fazendo essas coisas. Ela tem um cortador de unhas — não é grande coisa, mas é algo. Retorna à cadeira em sua escrivaninha, puxa a lata de lixo para a frente e estica o dedo, pondo a ponta de uma unha no cortador.

Isso não leva muito tempo. Quando acaba, se levanta e se olha de lado no espelho de corpo inteiro na porta do seu quarto. A blusa que escolheu não a valoriza muito. É apertada nos braços e larga nos seios — apertada da maneira errada, nem mesmo é tão apertada, não em comparação às que as outras garotas provavelmente estarão usando. Muda para a segunda opção.

A música no rádio se encerra e o DJ diz: "Quem está animado porque é noite de sexta-feira? Teremos mais sucessos depois disso, portanto fiquem ligados." Há a publicidade de uma agência de automóveis, e Hannah desliga o rádio. Ela ouve muito rádio, inclusive quando está estudando, mas raramente nas noites de sexta e sábado, pela seguinte razão: o tom deliciado de ansiedade do DJ. Toda tarde de sexta-feira, às 17h, a estação toca uma música com a letra: "Não quero trabalhar/ Só quero bater no tambor o dia todo", e é quando Hannah desliga o rádio. Imagina os homens e as mulheres trabalhadores de Boston saindo dos escritórios, entrando em seus carros nos estacionamentos e garagens, embarcando em ônibus ou metrô. O pessoal na faixa dos 20 liga para os amigos e combina de se encontrar em bares, as famílias nos subúrbios preparam espaguetes e alugam filmes (é das famílias que ela sente mais inveja), e o fim de semana se inicia para eles, o alívio de horas ociosas. Dormirão até tarde, lavarão seus carros, pagarão contas, o que quer que sejam as coisas que as pessoas fazem. Às vezes, nas sextas-feiras, Hannah toma remédio para tosse para dormir mais cedo do que o normal, às vezes, às 17h30. Provavelmente não é a melhor idéia, mas é só remédio para tosse, não comprimidos para dormir de verdade.

Nessa noite, é estranho fazer parte do universo do DJ, sair. Consulta o relógio e pensa que já deve descer. Veste o casaco, tateia o bolso: hidratante para os lábios, chicletes, chaves — e se olha mais uma vez no espelho antes de sair.

Estão atrasadas, o que já era de se esperar. Lê o jornal do campus, primeiro o do dia, depois o da véspera, depois os classificados do dia.

Outros estudantes chegam ao hall de entrada do dormitório, vários deles visivelmente bêbados. Um, usando jeans vários tamanhos maior, tão grande que sua cueca é vista atrás.

— Como é que vai? — diz ele ao passar por ela. Está com outro garoto, que leva uma garrafa dentro de uma sacola de papel. O outro garoto ri para ela. Hannah não diz nada. — É, legal — diz o primeiro garoto.

Ela está sentada em um banco, e a cada minuto vai até a janela do lado da porta da frente e pressiona seu rosto na vidraça, perscrutando o escuro. Está olhando para fora quando o carro estaciona; não o reconhece, mas então Jenny acena do banco do carona. Hannah afasta-se da janela, subindo o zíper do casaco. Há um momento em que fica em frente à porta, uma porta sólida de madeira escura, em que não podem vê-la, e ela pensa que poderia se agachar e recuar de quatro, subir furtivamente a escada, e quando uma delas entrasse para procurá-la, teria desaparecido.

— Oi — diz Jenny quando Hannah sai. — Desculpe o atraso.

Ao entrar no carro, Hannah é bombardeada com música e fumaça de cigarro, e o cheiro cremoso e perfumado das garotas que se cuidam melhor do que ela.

Jenny vira-se para trás.

— Esta é Kim. — Jenny aponta a garota que dirige, uma garota pequenina, com o cabelo curto e escuro e brincos de diamante, que Hannah nunca vira antes. — E esta é Michelle, e Angie você conhece, não?

— Angie é a companheira de quarto de Jenny, que Hannah conheceu quando foi estudar com a colega. No quarto de Jenny também conheceu Michelle, apesar de Michelle dizer: "É um prazer."

— A amiga de Michelle é a que foi para a Tech — diz Jenny. — Então, o que tem feito... ainda se recuperando das provas de estatística? Se eu conseguir passar, juro que vou comemorar.

Hannah e Jenny se conheceram na aula de estatística, embora já tivessem se encontrado na excursão de confraternização de calouros, quando dormiram na mesma barraca. Hannah lembra-se vagamente da excursão, uma imagem indefinida dos outros calouros que pareciam, de maneira constrangedora, fazer força para mostrarem estar bem; ela não percebia que esse era o papel quando se esforçavam para se relacionar. Sua única recordação definida é a de despertar por volta das três da manhã, com garotas, de quem não sabia o nome, em sacos de dormir dos seus dois lados, o ar da barraca quente e irrespirável. Ficou deitada com os olhos abertos por muito tempo, e então, finalmente, se levantou, tendo de passar, curvada, por cima de braços e cabeças, sussurrando pedidos de desculpa quando a outra garota se mexia, até sair da barraca para a noite. Dava para ver o banheiro, uma estrutura de cimento a trinta metros, do outro lado da estrada de terra. Descalça, andou na sua direção. No lado das mulheres, uma luz esverdeada iluminava três compartimentos cujas portas estavam rabiscadas com iniciais e palavrões. Ao olhar o rosto no espelho acima da pia, Hannah desejou desesperadamente que aquele momento passasse, que aquele segmento de tempo deixasse de existir. Sua infelicidade parecia palpável, uma coisa que ela podia agarrar ou jogar longe.

Na manhã seguinte, retornaram ao campus, e Hannah não falou com ninguém que conhecera na excursão. Via as pessoas, às vezes; no começo, parecia que fingiam não reconhecê-la, após algumas semanas, pareceu que não fingiam mais. Mas um dia, em janeiro, uma garota ficou do lado de Hannah quando estavam saindo do auditório, depois da aula de estatística.

— Oi — disse a garota. — Você estava na minha excursão de confraternização, não estava?

Hannah olhou para a garota, para suas franjas louras e seus olhos castanhos. Algo em suas feições a fazia parecer amistosa, pensou Hannah, e percebeu que eram seus dentes: os incisivos eram desproporcionalmente grandes. Mas ela não era sem atrativos. Usava uma blusa branca sob medida por baixo de uma suéter de lã cinza, e jeans que pareciam passados a ferro. O tipo de roupa que Hannah imaginava em uma aluna de escola mista da década de 1950.

— Sou Jenny. — A garota estendeu a mão, e Hannah a apertou, surpresa com a firmeza do punho de Jenny. — Tenho de confessar uma coisa — prosseguiu Jenny. — Não faço idéia do que aconteceu nessa aula. Quer dizer, não entendi absolutamente nada.

A sua confissão foi tão descontraída, e um alívio e uma decepção ao mesmo tempo.

— Muito confusa — disse Hannah.

— Ouviu falar de algum grupo de estudos? — perguntou Jenny. — Ou estaria interessada em estudarmos juntas? Acho que pode ser muito mais fácil com alguém.

— Ah — replicou Hannah. — OK.

— Estou morrendo de fome — disse Jenny. — Já almoçou?

Hannah hesitou. Comera apenas o café da manhã na cafeteria porque era uma refeição que se podia fazer sozinha; outras pessoas faziam assim.

— Sim, já — replicou Hannah, e se arrependeu imediatamente. Em seu quarto, comia *bagels* e frutas no almoço e no jantar. Dava-lhe repulsa. Queria alguma coisa quente ou úmida — um hambúrguer ou uma massa.

— Mas talvez depois das aulas, na quarta-feira — disse Hannah.

— Vou lhe dar o meu número — disse Jenny. Tinham chegado à alameda que levava à cafeteria. Jenny passou um pedaço de papel para Hannah e disse: — Então, nos vemos na aula, supondo-se que eu não me apunhale no coração ao ler a matéria, antes disso.

No caminho de volta ao dormitório, Hannah pensou: *Uma amiga.* Foi um milagre. Era assim que ela imaginava que conheceria pessoas na faculdade, assim, sem fazer força, mas nunca tinha acontecido. Tinha visto acontecer com outros estudantes, mas não tinha acontecido com ela. O primeiro problema era que tinha sido designada, aleatoriamente, a um quarto exclusivo. O segundo, era a própria Hannah. Tinha tido amigas antes — não muitas, mas algumas — e tinha acreditado que a faculdade seria muito melhor do que o ensino médio. Mas na Tufts, não tinha participado de clubes. Não tinha iniciado conversas. No começo, quando o seu prédio foi em massa assistir ao teatro de improvisações dos estudantes ou os grupos *a capella*, Hannah não foi porque não quis, porque achava teatro com improvisações e *a capella* tolos, de certa maneira. (Mais tarde, isso pareceu um raciocínio pobre.) Nos sábados à tarde, pegava o trem até o dormitório de Fig na Universidade de Boston, e ficava à toa, enquanto sua prima se arrumava para as festas do grêmio da faculdade. Por volta das oito da noite, Hannah retornava à Tufts, e o seu dormitório encontrava-se silencioso, exceto o som de pulsação em alguns quartos, pelos quais passava rapidamente. Todas as suas decisões eram triviais, mas se acumulavam, e ela se sentia escorregando para trás.

Em outubro, quando o pessoal do mesmo dormitório saía, ela não ia, não porque não quisesse, mas porque simplesmente não conseguia. Porque o que diria a eles? Na verdade, não tinha nada a dizer a ninguém. Cinco meses se passaram, os meses mais longos da vida de Hannah, e então, conheceu Jenny.

Até onde Hannah percebe, não há nada de extraordinário em Jenny, exceto sua reação a Hannah. Jenny não parece se dar conta de que é a única amiga de Hannah. Na vez passada em que estudaram juntas, Jenny disse:

— Algumas de nós vão a Springfield na sexta-feira. Minha amiga Michelle foi colega no ginásio de um garoto que faz engenharia lá, onde noventa por cento dos alunos são homens. — Levantou as sobrancelhas duas vezes, e Hannah riu, porque sabia que era o que esperavam. — Devia vir — disse Jenny. — Talvez seja um porre, mas pelo menos será uma mudança de cenário. E estou enjoada dos garotos daqui.

Ela havia, anteriormente, descrito em linhas gerais a saga de sua relação com um garoto que mora duas portas além, e com quem fez sexo quando os dois se embriagaram na mesma festa, embora ela o ache meio bobão e nada bonitinho. A maneira jovial como Jenny contou essa história mostrava que ela acreditava que Hannah já tivesse passado por esses embaraços, e Hannah não a corrigiu. Na verdade, nunca tinha se envolvido com garoto nenhum. Nunca nem mesmo beijara um. O garoto com a tatuagem da águia — isso foi o mais perto que ela tinha chegado. A sua inexperiência aos 18 anos fazia com que se sentisse, alternadamente, esquisita e assombrosa, como se fosse um espécime a ser colocado em uma redoma e observado por cientistas. Além disso, em momentos de perigo — digamos, em vôos turbulentos para casa —, fazia com que se sentisse imune. Acha que deve ser impossível, que contraria todas as leis da natureza, sobreviver ao ensino médio e morrer sem ter beijado alguém.

No carro, quando tomam a rua que sai do campus, uma rapper canta no rádio, e Angie, que está sentada entre Michelle e Hannah, se inclina para o banco da frente e aumenta o volume. O tema da música é que se um homem não faz sexo oral nela, a rapper não quer nada com ele. Essa não é a estação de rádio que Hannah escuta, mas já deu para ouvi-la quando tocada alto nos outros quartos. Aparentemente, Angie e Michelle decoraram a letra e cantam aos berros, balançando a cabeça de um lado para o outro e rindo.

O banco de trás é apertado, e a coxa de Hannah fica pressionada contra a de Angie. Ela puxa o cinto de segurança e procura a fivela entre ela e Angie. Não encontra. Tateia por mais algum tempo, e desiste, imaginando uma cena medonha de metal amassado, vidro estilhaçado, e sangue. A situação parece perfeita para um acidente desse tipo — jovens indo se divertir, um percurso longo em uma estrada escura no inverno. Nesse caso, talvez nem mesmo a imunidade conquistada por não ter sido beijada por ninguém a protegesse. Essas quatro garotas deviam ter feito tanto sexo que neutralizariam a sua própria inexperiência.

Jenny acende um cigarro e o passa para Kim, depois acende outro para si mesma. A janela de Jenny está um pouco aberta e quando ela bate o cigarro para fora, Hannah observa suas unhas bem feitas e brilhantes; pintadas de vermelho escuro, da cor do vinho. Jenny se vira e diz alguma coisa que não dá para entender por causa da música.

— O quê? — pergunta Hannah.

— A fumaça — replica Jenny, mais alto. — Está incomodando?

Hannah nega sacudindo a cabeça.

Jenny vira-se de novo para a frente. A música alta é, na verdade, um alívio, impossibilitando a conversa.

Levam quase duas horas para chegar a Springfield. Quando saem da auto-estrada, as pálpebras de Hannah pesam. Sua boca está seca; desconfia que se falar, sua voz soará rouca.

O amigo de Michelle mora em um edifício no alto de uma colina. Ela já esteve lá antes, mas não se lembra de qual é a entrada dele, de modo que continuam rodando no carro olhando os endereços.

— É no meio de algum lugar — diz Michelle. — Tenho certeza. Ah, ali, vire lá.

— Obrigada pelo aviso — diz Kim em tom jocoso, ao entrar na alameda para carros e estacionar atrás de uma caminhonete.

Hannah segue as garotas até a porta; Jenny e Angie carregam, cada uma, dois engradados com seis cervejas, que tiraram da mala. Entram em um corredor com carpete marrom e paredes brancas de estuque, as caixas de correio à esquerda.

— Sinto cheiro de testosterona — diz Kim, e todas riem.

Ao subirem a escada, ouve-se o som do movimento rápido dos casacos de inverno. No patamar, Angie se vira e pergunta:

— Meu batom está direito?

Hannah não percebe imediatamente que Angie está falando com ela, embora esteja bem atrás dela.

— Sim, está direito — diz Hannah, por fim.

Michelle bate na porta. Hannah ouve a música.

— Meu batom está direito? — pergunta Angie a Jenny.

— Está perfeito — responde Jenny.

A porta abre e mostra um rapaz forte, cabelo escuro e rosto vermelho com um resto de barba, segurando uma lata de cerveja.

— Michelle, *ma belle* — diz ele e a abraça. — Conseguiu. — Faz um gesto com a lata de cerveja. — E quem são as beldades?

— OK — Michelle aponta com o dedo. — Angie, Jenny, Kim, Hannah. Garotas, este é Jeff.

Jeff balança a cabeça várias vezes.

— Sejam bem-vindas — diz ele. — O que eu puder fazer para deixá-las mais confortáveis nesta noite, é só pedir.

— Pode começar nos dando algo para beber — diz Michelle, que já está entrando no apartamento.

— Por aqui. — Jeff estende um braço, a palma da mão para cima, e elas passam por ele. Hannah nota que Kim e Jeff se olham. Ela não consegue ver o rosto de Kim, mas de súbito lhe ocorre que os dois vão ficar juntos naquela noite. Provavelmente transarão. Percebe com uma clareza repentina que a noite é para isso: ficar. De certa maneira, já suspeitava, mas então era óbvio.

Na sala estão dez ou doze rapazes e duas garotas. Uma delas é uma loura bonita usando um jeans apertado e botas de couro pretas. A outra está usando uma suéter com capuz e um boné de beisebol. Na confusão das apresentações, Hannah entende que a garota bonita é a namorada de um deles e é de fora da cidade, e a outra é aluna da faculdade. Hannah não guarda os nomes de nenhuma das garotas nem dos rapazes. O som estéreo e a TV estão ligados — a TV está sintonizada em um jogo de basquete — e a sala está praticamente escura. As pessoas estão em pé em grupos, ou sentadas no chão, no sofá, fumando. Um rapaz fala ao telefone sem fio, andando de lá para cá, da sala aos fundos do apartamento. Hannah entra na cozinha iluminada. Angie lhe passa uma cerveja, depois Hannah retorna à sala e fica do lado do sofá. Seus olhos são atraídos pela televisão, e ela finge assistir.

— Não me diga que é fã dos Sonics.

Ela olha. Um rapaz está no sofá, os pés sobre a mesinha de centro.

— Não — replica ela.

Parece ter sido uma resposta breve demais; se quer que ele continue conversando, ela vai ter que dizer mais alguma coisa.

— Quanto está o jogo?

— Setenta e cinco a cinqüenta e oito. Os Knicks estão vencendo fácil.

— Ah, ótimo — diz Hannah. Em seguida, receia que ele a desmascare, e então acrescenta rapidamente: — Não que eu realmente acompanhe basquete.

A confissão parece agradar o rapaz. Em tom de brincadeira, ele diz:

— Garotas simplesmente não entendem o verdadeiro sentido dos esportes.

— Sentido?

— A união das pessoas. A igreja é semelhante... quem hoje vai à igreja? Veja por si mesma: restam dez segundos no relógio. Os Bulls estão um ponto atrás. Pippen passa a bola para Jordan, e Jordan a conduz. Ele observa o relógio fazendo tique-taque. O público fica cada vez mais ansioso. Quando restam dois segundos, Jordan faz o arremesso e vence o jogo. Os torcedores enlouquecem, estranhos se abraçam. Diga-me se isso não é união.

Enquanto ele falava, Hannah pensava: *Ilustre-me mais, Einstein.* Mas durante a parte final, em que completamente estranhos se abraçam... como ela poderia não imaginar estar sendo abraçada por ele? Ele falou isso de propósito? Ele está usando uma camisa xadrez de flanela, e Hannah pensa em seus braços em volta dela.

— De modo geral, vejo o esporte como uma força positiva — diz Hannah.

— O que mais há no esporte? — diz o rapaz. — Diga mais uma coisa que una as pessoas dessa maneira.

— Não, eu sei — replica Hannah. — Estou concordando com você.

— E quando ouço pais dizendo a besteira de como o atletismo é um mau exemplo, tenho vontade de lhes dizer: *São vocês que educam seus filhos. Ou deveriam ser.* Entende? Como se Dennis Rodman não pusesse seu filho para dormir toda noite. Se atletas arrotam Coca-Cola ou batem em suas mulheres, isso não tem nada a ver com suas atuações.

— Eu não diria que arrotar Coca e bater em suas mulheres são a mesma coisa — diz Hannah.

— De jeito nenhum. — O rapaz sorri abertamente para ela. — Bater na mulher é muito mais barato.

Então, Hannah pensa, *violência doméstica como trampolim para o flerte.* Mas ela dá um meio sorriso; não quer ser um estraga-prazeres.

— A propósito — diz ele —, sou Todd.

— Hannah.

Ele indica o lugar do seu lado.

— Quer se sentar?

Hannah hesita, depois diz:

— OK.

No sofá, ela imediatamente gosta mais dele do que quando estava em pé. Gosta da sua presença do seu lado, o lado do seu braço tocando o lado do braço dela. Talvez ele venha a ser a primeira pessoa que ela beije. Ela pensará nele como *Todd, que usava uma camisa xadrez naquela noite em Springfield.*

— O que você estuda lá, na Tufts? — pergunta Todd.

— Ainda não escolhi a especialidade. Mas gosto da aula de história da arte.

— Aquela em que vêem quadros e usam palavras pomposas para descrever o que sentem ao vê-los... essa, não é?

— Exatamente. E usamos gola rulê preta e boinas pretas.

Ele ri.

— Nem me lembro da última vez em que estive em um museu. Com certeza, foi no ensino fundamental.

— Bem, não optei definitivamente por história da arte. Tenho um certo tempo para decidir.

Ele olha para ela.

— Sabe que falei brincando das palavras pomposas, não sabe? Só estava mexendo com você.

Hannah relanceia os olhos para ele e depois olha ao longe.

— Não fiquei ofendida — ela diz.

Nenhum dos dois fala.

— E você? — pergunta ela. — Todos vocês meninos fazem engenharia, não é?

Ele se recosta no sofá.

— Sou bom em máquinas — diz ele. — Engenharia mecânica.

— Uau. — Mas ele não continua, e a ela não ocorre mais nada o que perguntar além do que *é* engenharia mecânica? Ela acaba a cerveja em um longo gole e levanta a garrafa vazia. — Acho que vou buscar outra. Quer alguma coisa?

— Não, estou bem.

Na cozinha, Jenny e Angie estão conversando com dois garotos. Jenny aperta o ombro de Hannah.

— Está se divertindo?

— Sim, é claro.

— Não soou muito entusiasmado.

— É claro que sim! — exclama Hannah, e é quando ela percebe que está embriagada. Só foi preciso uma única cerveja.

Jenny ri.

— Quem é o cara com quem você estava conversando?

— Todd. Mas não sei.

— Não sabe o quê? — Jenny cutuca Hannah com o cotovelo. — Ele é realmente uma graça. — Jenny baixa a voz. — E o que acha... — Ela gira o olho para a esquerda.

— O de óculos? — sussurra Hannah.

— Não, o outro. Seu nome é Dave.

— Bem legal — diz Hannah. — Você devia paquerá-lo. — Não tem certeza do que é mais improvável: o fato de estarem tendo essa conversa a três centímetros do cara em questão, ou o fato de ela estar participando deste tipo de conversa. Percebe que sabe que palavras e entonação usar. Deveria fazer uso dessa habilidade mais vezes; talvez a dificuldade de fazer amigos seja coisa da sua cabeça.

Mas ao retornar à sala, vê que Michelle está sentada do lado de Todd. Mas tudo bem. Tem lugar do outro lado dele. Passa por cima das pernas dos dois e murmura "Oi", ao se sentar.

Nenhum dos dois responde.

— Meu pai comprou um BMW M5 — está dizendo Michelle. — Foi o presente de 50 anos que deu para si mesmo.

— Estão falando sobre homens com crise da meia idade? — pergunta Hannah.

Michelle olha para ela e diz:

— Estamos falando de carros. — Vira-se de novo para Todd e continua: — Sempre estou tipo "Pai, se quer que eu compre alguma coisa, é só falar."

— O Beemers atual comparado aos modelos mais antigos... — começa Todd, e Hannah se vira. No outro sofá, que está encostado no dela, sem espaço para descanso de braços, a garota que é aluna de engenharia está bebendo com três rapazes. Na televisão, o jogo de basquete parece ter terminado. Dois comentaristas seguram microfones e dizem coisas que Hannah não consegue ouvir. Sua energia está diminuindo. Inclina a garrafa e bebe a cerveja. Podia voltar para a cozinha e ficar com Jenny, mas não quer ser grudenta.

— Oi. — Todd chuta levemente sua panturrilha. — Continua aí?

— Tive um dia longo.

— Como, estudando quadros? — Ele sorri, e ela pensa que ele talvez ainda não tenha preferido Michelle a ela.

— É mais cansativo do que imagina — replica Hannah.

— Neste semestre, não tenho aula nas sextas-feiras — diz Michelle. — O que é ótimo.

Hannah também, o que pode ser a razão do remédio para tosse — quando chega sexta à tarde, ela já fica livre por 24 horas.

— Vocês são gente das artes liberais — diz Todd. — Não sabem como fizeram bem.

— Estou me preparando para cursar medicina, cara — diz Michelle. — Dou o maior duro.

— OK, mas ela... — aponta para Hannah com o polegar — está estudando história da arte. Qualquer pergunta sobre a *Mona Lisa*,

Hannah responde. — Ele está fazendo um esforço, pensa Hannah. Pode ser pequeno, mas está fazendo um esforço. E não é tão feio, e desconfia que está bêbado, o que é ótimo, porque se estiver, quando a beijar não vai conseguir dizer que ela não fazia idéia do que estava fazendo.

— Hannah e eu não nos conhecemos, na verdade — diz Michelle. Para Hannah, ela diz: — Antes de passarmos para pegá-la, achei que você era outra pessoa. Mas acho que o nome da garota é Anna.

— E eu que pensei que eram amigas íntimas — diz Todd. — Vejo você penteando Hannah enquanto ela pede emprestada a sua meia-calça.

— Desculpe, mas ninguém com menos de 70 anos usa meia-calça — diz Michelle.

— O que ela está usando? — Todd aponta para Kim, que está em pé do lado do som, com Jeff.

— Meias compridas — diz Michelle. — Meia-calça é transparente. Como se estivesse nua.

— Nua, hein? Gosto de como soa.

Não, Todd provavelmente não será o primeiro rapaz que Hannah beija. Mas queria ter certeza, para poder parar de tentar. A dinâmica entre ela e Michelle — Michelle com sua blusa apertada, decote em V, e colar dourado vulgar, comprado em loja de departamentos — é absurda, irreal, como em um filme: garotas estúpidas disputando um garoto. Talvez, à essa altura, Todd esteja torcendo pelas duas.

Agora, estão falando sobre o estágio de Todd, nesse verão, na Lockheed Martin. Hannah relanceia os olhos de novo para o outro sofá. Ela poderia se apoiar nos braços entre os dois, pensa, apenas se apoiar e fechar os olhos. Ia parecer estranho, mas não acha que alguém fosse realmente se importar. Além do mais, iriam supor que ela tinha desmaiado. Ela se ajeita nas almofadas e fecha os olhos. Imediatamente, cai nas trevas. O escuro é uma coberta, como se houvesse todo tipo de atividade acontecendo no outro lado, as pessoas se chocando na parte de trás da cortina do palco.

— Dê uma olhada — ouve Todd dizer. — Acha que ela está bem?

— Parece que está só dormindo — diz Michelle. — Ela não parecia estar se divertindo muito. — Hannah espera por uma expressão de desprezo mais veemente: *"De qualquer maneira, ela é uma perdedora!"*, mas ao invés disso, Michelle diz: — Vamos ao tal bar ou não?

— Vou perguntar ao pessoal — replica Todd.

Vão, pensa Hannah. *Fiquem juntos. Passem doenças um para o outro.*

Mais movimentos à volta de Hannah. No outro sofá, um cara diz:

— Essa garota está dormindo?

Ela receia que sua cara se contorça ou, pior ainda, que sorria e se traia.

— Hannah. — Alguém está batendo em seu braço, e ela abre os olhos. Então, fingindo desorientação, ela os fecha, engole em seco, torna a abri-los. Jenny está ajoelhada na sua frente. — Você dormiu — diz ela. — Está se sentindo bem?

— Sim, estou bem.

— Todo mundo vai para um bar por mais ou menos uma hora apenas. Quer ficar aqui ou vir?

— Acho que vou ficar.

— Quer água ou outra coisa qualquer? — Há um certo brilho no olhar de Jenny, uma ênfase piegas nas palavras, que faz com que Hannah não tenha a menor dúvida de que Jenny está completamente bêbada.

Hannah nega sacudindo a cabeça.

— Então, tudo bem. Tenha bons sonhos. — Jenny sorri e Hannah sente um desejo genuíno de ser sua amiga. Quase acredita que se revelasse a Jenny como é realmente, ela a aceitaria assim mesmo.

Desligam a televisão, o aparelho de som e as luzes, exceto a da cozinha. Depois que todos saíram, o silêncio é espantoso. Hannah acha que é capaz de cair no sono de verdade. Ela se dá conta de que não faz a menor de idéia de como nem quando planejam retornar ao campus. Talvez passem a noite ali. A idéia a desanima — ter de olhar para aqueles mesmos rapazes na inesquecível luz matutina, esperando na fila do banheiro. Gostaria de ter levado a escova de dentes.

Tinham-se passado menos de cinco minutos quando Hannah ouviu a porta da frente se abrir de novo. São duas pessoas, um cara e uma garota, os dois rindo e falando aos sussurros. Logo param até mesmo de sussurrar, e falam em voz baixa. A garota, Hannah reconhece, é Jenny, e ela supõe que o cara seja Dave, o tal da cozinha.

— Deixei na manga do meu casaco, portanto se caiu, deve ter sido no chão do armário — diz Jenny. — Mas não acenda a luz, Hannah está dormindo.

Ficam em silêncio por um certo tempo e quando Dave fala, sua voz está diferente... mais engrolada.

— Não está nem mesmo com um diafragma? — diz ele.

Jenny ri.

— O que isso quer dizer?

— O que você acha? — Isso deve ser quando ele toca na testa ou no pescoço de Jenny. — Tudo bem, se não está — diz ele. — Gosto de estar sozinho com você.

— Juro que está aqui em algum lugar — diz Jenny. Sua voz está diferente, também, mais suave e mais lenta. O apartamento está em silêncio. Hannah parece suspender a respiração, e então, há o estalar de seus lábios se encontrando e o roçar das roupas.

Para horror de Hannah, movem-se de perto do armário para o outro sofá. Não falam muito, e não demoram a respirar de maneira mais acelerada. Hannah ouve movimentos de puxar. Depois de vários minutos, Jenny diz:

— Não, fecha na frente.

Seu pé está na direção da cabeça de Hannah, separado dela apenas por centímetros de almofadas e os braços dos dois sofás.

— Tem certeza de que ela está dormindo, não tem? — diz Dave.

— Ela apagou feito uma luz — replica Jenny. Hannah se pergunta se Jenny realmente acredita nisso.

Há mais esfregação. Parece durar muito tempo, quinze minutos, talvez, mas como Hannah não abriu os olhos desde que Jenny e Dave entraram no apartamento não faz idéia de que horas são. Um zíper é aberto e após alguns segundos, Dave fala baixinho.

— Gosta disso, não gosta?

Na verdade, os gemidos de Jenny parecem choro, exceto que claramente não são choro. Mas há algo macio e lamentoso, algo infantil nos sons que emite. *Por favor, não tenha um orgasmo,* pensa Hannah. *Por favor.* Percebe que ela mesma está chorando. Uma de cada vez, as lágrimas correm de seus olhos fechados apertados em longas gotas, caem de seu queixo nas suas omoplatas.

— Você é tão quente — murmura Dave.

Jenny não diz nada, e mesmo chorando, Hannah estranha. Acha que Jenny deveria ter reconhecido o elogio. Não dizendo obrigada, necessariamente, mas dizendo alguma coisa.

— Espere um segundo — diz Jenny de repente, e sua voz está quase normal. Mexem-se e Jenny se levanta do sofá.

Passado um minuto, o som de vômito é claramente audível no banheiro.

— Merda — diz Dave. Levanta-se e segue na direção do barulho.

Hannah abre os olhos e solta o ar. Queria poder ir para um dos quartos, ou mesmo para o corredor fora do apartamento — não importa aonde. Mas se se mexer na ausência deles, saberão que estava acordada o tempo todo e talvez dê a impressão de que queria ouvi-los.

Com a aproximação de passos, fecha os olhos rapidamente. Presume que os passos sejam de Dave, mas é Jenny que sussurra:

— Hannah. Hannah!

Hannah faz um som inarticulado.

— Acorde — diz Jenny. — Estou enjoada. E estava transando com um cara. Ele está limpando o banheiro. Oh, Deus, quero sair daqui. Podemos ir? Vamos.

— Ir aonde?

— Voltar para a escola. Estou com as chaves de Kim. E você pode dirigir, certo? Não bebeu tanto, bebeu?

— Se formos embora, como Kim e as outras vão voltar?

— Podemos passar no bar para pegá-las. E se não quiserem ir, nós viremos buscá-las amanhã.

— Mas e esse cara?

— Ah, Deus. Não sei o que vou fazer com ele. Ele tentou me beijar no banheiro, depois que eu vomitei. Eu disse, você perdeu o juízo? Então vamos embora. Podemos ir?

Hannah se apóia nos cotovelos.

— O carro não é câmbio manual, é? Porque não sei dirigir carro...

Jenny a empurra e diz:

— Ele está vindo. Volte a dormir.

— Oi — Hannah ouve Jenny dizer. — Que constrangedor.

— Sem problemas — diz Dave. — Acontece com todos nós.

— Sabe de uma coisa? — diz Jenny. — Para mim, a noite acabou, vou embora.

— Fala sério?

— Acho que é melhor.

— Não se preocupe com isso — diz ele. — Devia ficar.

— Realmente acho que quero ir. Hannah, acorde. — Como Jenny pode rejeitar Dave? Ele a aceita, com vômito e tudo, e ela o está rejeitando. Não parece grosseiro a Hannah o fato de ele ter tentado beijar Jenny depois que ela vomitou. Parece gentil.

— Não precisamos fazer nada — está dizendo Dave. — Podemos simplesmente dormir. — Diz isso de uma maneira casual, como se assim fosse mais provável que convencesse Jenny.

— Uma outra vez — diz Jenny. — Ei, Hannah dorminhoca.

Pela terceira vez nessa noite, Hannah finge acordar. Agora que Jenny sabe que ela está fingindo, ela se pergunta se a amiga percebe que está agindo exatamente como agiu das outras vezes.

— Vamos embora — diz Jenny. — Vai dormir na sua própria cama.

— OK. — Hannah se senta e olha para Dave. — Oi — diz ela.

— Oi. — Ele está observando Jenny vestir o casaco.

Jenny joga as chaves para Hannah. Quando Hannah vai pegar seu casaco no armário, Jenny abraça Dave.

— Foi um prazer conhecê-lo — diz ela.

— Quando voltarem, devem ficar por mais tempo — diz Dave.

— Com certeza — concorda Jenny. — Seria divertido.

Logo estão no corredor, a porta do apartamento fechada, Dave dentro. Jenny segura o pulso de Hannah e sussurra:

— Esse cara era tão piegas.

— Eu o achei bem simpático.

— Um chato. Se acordássemos juntos, ele ia dizer que me amava.

Hannah não fala nada.

— Você foi esperta indo dormir — diz Jenny. — Ótima decisão.

Decisão? Hannah pensa incrédula. *Não decidi nada.* Depois pensa: *Decidi?*

Chegam ao carro. Faz frio lá fora, o ar está gélido. O bar fica aos pés da colina, e Hannah deixa o motor ligado enquanto Jenny vai correndo dizer às outras garotas que estão indo embora. Hannah desconfia que ficarão com raiva, mas Kim aparece na janela do bar sorrindo e acenando. Hannah acena de volta.

— Combinei que viremos buscá-las amanhã à tarde — diz Jenny ao entrar no carro. — Mas provavelmente não precisaremos vir até domingo de manhã. Você vai voltar comigo, não vai?

O pedido surpreende Hannah — parece que não se comportou de maneira tão estranha a ponto de Jenny não querer mais ser sua amiga. Esse fato provavelmente fará Hannah ser grata.

Fazem uma única curva errada antes de encontrarem a auto-estrada. São poucos os carros na estrada — já passa das três da manhã, Hannah constata ao consultar o relógio no painel do carro — e há escuros bosques de árvores nas duas margens. O carro de Michelle roda macio, tão macio que quando Hannah verifica o velocímetro, vê que está quase vinte quilômetros acima do limite. Sabe que deve diminuir a velocidade, mas há um quê de estimulante no movimento do carro. Percebe que ficou desapontada ao partir. No fundo, devia ter alimentado uma crença secreta de que as outras retornariam do bar, que Todd teria se cansado de Michelle e que ela, Hannah, acabaria ficando com ele — que, no fim da noite, teria beijado alguém. Mas agora está feliz de ir embora. Se ela e Todd se esbarrassem na rua no dia seguinte, ele provavelmente não a reconheceria.

Quando sua frustração desaparece, desaparece também seu ressentimento em relação a Jenny. *Seria* irritante um cara dizer que a ama algumas horas depois de se conhecerem. Somente na teoria isso parece atraente. De qualquer maneira, é difícil para Hannah imaginar algo assim acontecendo na sua vida. Ela se pergunta quanto tempo levará até ela beijar alguém, antes de fazer sexo, antes de um cara lhe dizer que a ama. Ela se pergunta se esse atraso se deve a alguma coisa que ela faz e que as outras garotas não fazem, ou a alguma coisa que não faz e elas fazem. Talvez ela nunca vá beijar ninguém. Quando ficar velha, será tão rara quanto um *coelacantus*: um peixe que, segundo seu livro de Biologia Evolutiva, se acreditava extinto há setenta milhões de anos, até um ser descoberto em Madagascar, na década de 1930, e depois em um mercado na Indonésia. Ela terá barbatanas e escamas azuis, e não fará ruído, deslizando sozinha pela água escura.

Ficam em silêncio durante meia hora. Assim que passam por um aviso de parada de caminhão na próxima saída, Jenny diz:

— Quer tomar um café? Eu pago.

— Você quer? — pergunta Hannah. Ela não bebe café.

— Se você não se importar.

Hannah freia na placa para virar e sai da auto-estrada. No fim dessa saída, ela vê um letreiro aceso com o nome da parada, e um estacionamento praticamente vazio apenas iluminado por uma luz incandescente. Espera o sinal mudar.

— Que estranho — diz Jenny. — Estou tendo um *déjà vu*.

— Da parada de caminhão?

— Tudo. Este carro, você dirigindo.

— *Déjà vu* é quando seus olhos absorvem a situação mais rapidamente do que seu cérebro — diz Hannah. — É o que li em algum lugar. — Jenny não responde, e então, ela se vê falando sem pensar, falando rapidamente, sem respirar: — Mas esta é uma explicação tão sem graça. Tão clínica. Às vezes, penso sobre, digamos, e se daqui a dez anos me casar, tiver filhos, e morar em uma casa, e se em certa noite, eu e meu marido estivermos preparando o jantar, eu estiver cortando os legumes, ou algo parecido, e eu experimentar a sensação do *déjà vu*? E se eu de repente achar tudo aquilo familiar? Acho que seria realmente estranho, porque seria como se eu sempre tivesse sabido que as coisas acabariam bem. Como se eu soubesse que acabaria sendo feliz. — O coração de Hannah está batendo acelerado. — Isso provavelmente parece estranho — diz ela.

— Não. — Jenny parece muito séria, quase triste, nesse momento. — Não parece nada estranho.

Elas viram para o estacionamento. Anúncios do desconto no preço dos refrigerantes de dois litros estão pendurados na janela, e Hannah vê atrás do balcão duas mulheres usando avental vermelho. O edifício todo parece tomado pela eletricidade.

— Não fiquei com tantos rapazes assim — diz Hannah.

Jenny ri baixinho.

— Sorte sua — diz ela.

3

ABRIL DE 1997

No metrô de volta à escola, depois da consulta com a Dra. Lewin, Hannah faz anotações sobre a sessão. *Jared provavelmente tinha se sentido lisonjeado. Por que gesto anormal? Por que não atencioso?* Está usando seu caderno de Arte Islâmica e, no dormitório, arrancará a folha e colará as anotações na pasta de papel manilha que guarda na gaveta de cima de sua mesa. Quando se acumularem folhas o bastante, espera vir a compreender o segredo da felicidade. Não está claro quanto tempo vai levar, mas Hannah tem visto a Dra. Lewin há um ano, nas sextas à tarde, desde a primavera de seu ano de caloura. A Dra. Lewin cobra 90 dólares a hora, uma quantia aparentemente ultrajante que, na verdade, reflete o preço do mercado. Para arcar com esse custo sem pedir a ajuda de seus pais — isto é, sem contar a eles que está se consultando com uma psiquiatra —, ela conseguiu um trabalho guardando livros na biblioteca médica veterinária. "Por que se preocupa com o que eles vão pensar?", perguntou, certa vez, a Dra. Lewin. E Hannah respondeu: "Simplesmente não quero falar sobre isso com eles. Não vejo razão para isso."

A Dra. Lewin está na faixa dos trinta e tantos, e tem um bom corpo. Hannah acha que ela corre. Tem o cabelo preto ondulado, que usa curto, a pele clara, e olhos de um azul intenso. Está sempre de blusa *chemisier* branca ou listrada e calça preta. Encontram-se no subsolo reformado da grande casa de estuque cinza da Dra. Lewin, em Bookline. Segundo os diplomas na parede do consultório, ela freqüentou o Wellesley College, graduando-se com louvor, e prosseguiu os estudos de medicina na Johns Hopkins University. Hannah tem o palpite de que a Dra. Lewin é judia, embora *Lewin* não lhe pareça um nome judeu. A médica tem dois filhos, na escola fundamental, que parecem adotados, talvez da América Central, ou da América do Sul. O retrato deles está sobre a mesa do consultório e podemos ver que eles têm a pele cor de caramelo. Hannah não sabe nada sobre o seu marido. Às vezes, ela o imagina também psiquiatra, um homem que a Dra. conheceu na Hopkins e que admirou pela inteligência e pela seriedade, mas outras vezes (a versão que Hannah prefere) o imagina um carpinteiro sexy, um cara extremamente atraente e ousado, que usa um jeans justo e resistente, e que também, embora de maneira diferente, admira a inteligência e a seriedade da Dra. Lewin.

O assunto da sessão daquele dia foi como Hannah deu um frasco de xarope contra tosse para um cara da sua turma de sociologia, chamado Jared. É uma turma pequena, somente doze alunos, e o professor é um sujeito diligente que usa barba e jeans. Os alunos se sentam ao redor de uma grande mesa, e Hannah e Jared geralmente se sentam lado a lado, porém nunca se falam, embora uma energia benigna às vezes passe entre eles; ela suspeita de que ele está percebendo a mesma coisa que ela, achando divertidos ou chatos os mesmos colegas. Jared se veste de maneira bem particular, possivelmente punk ou possivelmente gay: bermudas grandes vermelhas ou azul-marinho, muito mais compridas do que o normal, passando dos joelhos; meias brancas que ele puxa acima de seus tornozelos finos até as panturrilhas; tênis de camurça; e jaquetas de náilon com zíper na frente e listras verticais brancas nas mangas. Se sair da aula atrás dele, dá para ver uma corrente de prata que vai do bolso traseiro ao bolso da frente, claramente visível ligando alguma coisa que Hannah não sabe o que é (uma carteira?) a outra coisa que também não sabe ao certo o que é (chaves? relógio de bolso?). Ele tem o cabelo pintado de preto e ela o vê sempre pelo campus em um skate *com* outros garotos que se vestem como ele e uma garota com piercing na sobrancelha direita.

O que fez Hannah dar a Jared o xarope contra tosse foi, logicamente, o fato de ele tossir durante várias aulas seguidas. Um dia, sentada do seu lado, se lembrou subitamente de um frasco de xarope em uma caixa na despensa de seu dormitório que tinha sobrado do tempo em que o tomava para dormir. (Parou de tomar no ano anterior, quando ficou amiga de Jenny, e também encontrou uma terapeuta.) O frasco ainda estava com o lacre na tampa; tinha o sabor de cereja. Ao colocá-lo na mochila, antes da aula seguinte, notou que o prazo de validade havia expirado, mas que importância tinha? Não era o mesmo que com leite. Deu o xarope a ele quando estavam saindo da sala de aula — quando ela disse, alguns passos atrás dele, "Jared?", foi a primeira vez que usou seu nome —, ele pareceu primeiro confuso, e depois que ela explicou, pareceu gostar. Agradeceu, se virou, e continuou a andar. Não andaram juntos, nem mesmo ao saírem do edifício. Na aula seguinte, que foi hoje, ele não lhe disse nada, na verdade nunca cruzaram os olhares, o que Hannah acha que pode ser inédito para os dois. À medida que os minutos da aula passavam, Hannah foi sentindo um arrependimento que se intensificava, e se transformava praticamente em uma náusea. Que droga, por que era tão esquisita? Por que tinha dado àquele punk, com quem nunca falara antes, um xarope vencido? Achou que estava flertando? Além do mais, e se a data expirada do xarope tivesse realmente importância e houvesse um bolor de cereja dentro, quando ele abrisse o frasco, *se* chegasse a abri-lo, embora provavelmente não abrisse, e sua tosse fosse meramente porque usava algum novo tipo de droga permitida e de que ela nunca ouvira falar?

Escutando tudo isso, a Dra. Lewin permaneceu, como sempre, impassível: menos interessada em discutir se Jared agora acha Hannah estranha do que por que Hannah acha que quis lhe dar o xarope, por que Jared teria interpretado o xarope como algo além de uma gentileza, e que razões não relacionadas com o xarope teriam feito com que ele não olhasse para Hannah durante a aula.

— Quer que eu diga a verdadeira razão? — perguntou Hannah.

A Dra. Lewin assentiu balançando a cabeça calmamente. (*Ah, Dra. Lewin,* pensa Hannah às vezes, *tomara que seja verdade que é tão decente e bem ajustada como parece! Tomara que a vida que leva seja genuinamente gratificante, que a deixe imune a todas as amolações e tristezas do resto do mundo.*)

— Não sei... talvez ele estivesse cansado, por ter passado a noite redigindo uma dissertação — disse Hannah. — Ou quem sabe brigou com seu companheiro de quarto.

As duas hipóteses são perfeitamente plausíveis, disse a Dra. Lewin. Além disso, ela não via razão para Hannah comunicar a Jared, na aula seguinte, que o prazo do xarope tinha vencido, caso ele não tivesse percebido. A Dra. Lewin achava que ele não estava correndo nenhum risco sério e, afinal, ela é médica.

Hannah soube da Dra. Lewin ao ligar para o centro médico da universidade, pedindo uma indicação. O que a fez ligar para lá — quem a instigou — foi Elizabeth. Falavam ao telefone de vez em quando, e uma vez, Elizabeth ligou na sexta-feira às sete da noite e acordou Hannah.

— Está tirando uma soneca? — perguntou Elizabeth.

— Mais ou menos — respondeu Hannah.

No domingo, Elizabeth ligou de novo e disse:

— Quero lhe dizer uma coisa, e vai ter de entender que não é um comentário sobre sua personalidade, que é espetacular. Acho que está deprimida e que devia procurar um psicoterapeuta. — Hannah não respondeu imediatamente, e Elizabeth perguntou: — Você se ofendeu?

— Não — replicou Hannah. Não se ofendera. A possibilidade de estar deprimida já lhe tinha ocorrido. O que não lhe tinha ocorrido era fazer alguma coisa em relação a isso.

— Alguns psicoterapeutas são realmente legais — disse Elizabeth. — Mas acertar o terapeuta faz toda a diferença.

— A Dra. Lewin foi a primeira pessoa para quem Hannah ligou da lista que recebeu, e gostou dela de imediato. De fato, a Dra. Lewin lembrou-lhe Elizabeth, mas com o tempo, percebeu que a associação era falsa, sem dúvida gerada pelas circunstâncias de estar buscando psicoterapia, pois elas não eram nada semelhantes.

Quando Hannah chega de volta ao seu quarto, são quase seis horas. Ela abre a gaveta de cima da escrivaninha, insere o novo pedaço de papel na pasta, fecha a gaveta, e fica sentada por um minuto, diante da mesa, sem se mexer. Aquela noite é o seu turno na biblioteca da veterinária, prospecto que a faz pensar: *Graças a Deus*. A intimidação da noite de sexta-feira, o impulso de se esconder no quarto, não a domina tão facilmente se ela sabe que há um lugar onde deverá ir mais tarde. Às vezes, passa na cafeteria, não para comer uma refeição de verdade, mas para pegar uma maçã ou uma barra de granola. E então, na biblioteca, deslizando os livros em suas capas de plástico nas prateleiras de metal, ordenando os periódicos cinzas ou azul-claros, o índice na capa listando os artigos — "Cirurgia Artroscópica do Sistema Musculosqueletal Eqüino"

— nas pilhas silenciosas, na atividade repetitiva e nada absorvente desses momentos, Hannah fica quase em paz.

São três horas, no sábado, quando o telefone toca. Hannah estava lendo sobre os azulejos de Iznik, do século 16, não falava com ninguém desde sexta-feira à noite, e esperava ouvir a voz de Jenny no outro lado da linha quando atendeu o telefone. Agora que estava quente, ela e Jenny tomavam *frozen yogurt* nos sábados à tarde. Mas foi a voz de Fig, sua prima, que falou:

— Estou ligando para saber de vovó.

— Do que está falando?

— Ah, Deus — diz Fig. — Ah, não. Ah, isso é horrível. Sim, é claro. — Em um sussurro, diz: — Continue fingindo. — Reassumindo a voz em tom alto, sua voz anormal e teatralmente alta, percebe Hannah, Fig acrescenta: — Sim, acho que devo. Não sei, talvez se você pudesse vir me buscar. Verdade? Não se importa mesmo?

— Fig?

— A casa em que estou é em Hyannis. Basicamente tem de seguir a Three South, pegar a Six e, quando chegar à cidade, pegar a Barnstable Road... Está anotando?

Hannah leva um tempo para responder.

— É uma pergunta de mentira ou está realmente falando comigo?

De novo sussurrando, praticamente murmurando, Fig replica:

— Estou com o tal professor, mas ele está agindo de maneira realmente inaceitável e quero ir embora. Preciso que procure Henry e o faça vir. Ele não está atendendo o telefone, mas se você for à SAE (a fraternidade que ele freqüenta), ele provavelmente estará jogando frisbee, ou então, pergunte a alguém onde ele está. Ah — acrescenta ela, agora em voz alta e desesperada. — Também não consigo acreditar. Às vezes, acontece rápido.

— Está agindo de maneira estranha — diz Hannah. — Está acontecendo alguma coisa perigosa?

— Estou simplesmente fingindo que vovó morreu — sussurra Fig. — Pode ir atrás dele agora?

— Refere-se à vovó, que morreu há quatro anos?

— Hannah, o que acabei de lhe dizer? Finja. Anotou o caminho?
— Fig repete-o de novo e, dessa vez, Hannah realmente anota, embora
Fig fale rápido com a voz estranha. — Já esteve em Cape, certo? — per-
gunta Fig.

— Cape Cod?

— Não, o Cabo da Boa Esperança. Pelo amor de Deus, Hannah, o
que você acha?

— Desculpe — diz Hannah. — Nunca estive. Henry sabe como chegar aí?

— Oh, por favor não fique triste — diz Fig. — Hannah, era o momento dela.

— Você está me dando arrepios.

De novo sussurrando, Fig diz:

— Explico tudo no carro. — Depois, alto: — Dirija com cuidado, está
bem? Tchau, Han.

— Me dê o número daí — diz Hannah, mas Fig já desligou.

No meio da linha de conexão do metrô para ir da Davis Square até a
parada no Campus da Universidade de Boston, Hannah pensa que talvez
tivesse sido melhor pegar um táxi. Ainda dá tempo de encher o tanque?
Fig está em perigo? A Sigma Alpha Epsilon acabou se revelando uma casa
de tijolos vermelhos, degraus na forma semicircular e, acima, um terraço
também semicircular, sustentado por colunas jônicas; dois garotos, um
sem camisa, estão sentados no terraço, em cadeiras de lona, as cadeiras
ocupando quase todo o espaço atrás de uma balaustrada de ferro batido.
Protegendo os olhos com a mão, Hannah olha para eles.

— Por favor — diz ela. — Estou procurando Henry. — Dá-se conta
de que não faz a menor idéia do sobrenome de Henry. Viu-o somente
uma vez, alguns meses antes, quando visitou Fig em seu quarto. Ele está
no último ano e é dois anos mais velho do que Fig e Hannah. Era bonito,
o que não é de se admirar, e simpático, o que é; ao contrário dos outros
namorados de Fig, fez a Hannah perguntas sobre ela mesma.

— Vai ter de nos dizer o que Henry fez antes de dizermos onde ele
está — fala um dos garotos. — Esta é a norma.

Hannah hesita, depois diz.

— Sou prima da namorada dele... prima de Fig.

— Você é prima de *Fig* — repete o garoto sem camisa, e os dois riem.

Hannah tem vontade de dizer: *É uma emergência.* Mas não sabe se é realmente, e também parece constrangedor mudar o tom da conversa tão drasticamente. Os garotos são cordiais, e a culpa é sua por não ter demonstrado a urgência antes.

Tentando parecer animada, ela diz:

— Sinto muito, mas estou com uma certa pressa. Parece que ele está jogando frisbee, não?

O garoto sem camisa se levanta, debruça-se na balaustrada, e aponta para dentro de casa.

— Ele está assistindo ao jogo.

— Obrigada.

Hannah sobe os degraus da entrada rapidamente. A porta está pintada de vermelho, escorada com uma cesta de lixo de plástico, e quando ela empurra a madeira pesada, ouve um deles dizer:

— Tchau, prima da Fig.

Ela fica contente, porque isso quer dizer que ela não parece completamente sem senso de humor.

Está mais escuro dentro da casa, e a televisão é imensa. Ela fica na soleira da sala de estar — um garoto olha para ela, depois vira o rosto de novo — e observa as nucas de talvez sete garotos. Eles estão distribuídos em vários sofás e cadeiras. Ela tem certeza de que Henry é o que está alguns passos à sua frente e vai para o lado do sofá.

— Henry? — diz ela. É ele realmente. Quando se vira, ela põe a mão na sua própria clavícula. — Sou Hannah. Não sei se se lembra de mim... nos conhecemos... com Fig...

Qualquer que tenha sido a reação dele que ela imaginara, por exemplo, ficar atento com um susto, nada aconteceu.

— Oi — diz ele, e parece intrigado.

— Posso falar com você um segundo? — Hannah aponta para o hall de entrada. — Lá?

Ao se afastarem da televisão, Henry se posiciona na frente dela, com os braços cruzados, mas não de maneira hostil. Ele tem cerca de 1,80 metro, usa uma camiseta branca e short azul e chinelos de dedo. Seu cabelo é castanho escuro, quase preto, e seus olhos também são castanhos. Ele é muito bonitinho, exatamente a imagem que se tem de como deve ser um namorado quando temos 9 ou 10 anos — como acha que será o seu namorado, a sua cara metade —, de tal modo que a faz se sentir um pouco triste. Ela mal o conhece (talvez ele nem seja tudo isso), mas isso não torna menos injusto que apenas algumas garotas cresçam para conseguir garotos daquele tipo.

Hannah respira fundo.

— Fig precisa que a gente vá buscá-la. Está com o professor dela.

— Do que está falando?

Tinha pensado que ele saberia de tudo, e que explicaria para ela o que estava acontecendo. O fato de ele estar reagindo exatamente como Hannah reagiu é irritante e intrigante.

— Ela me ligou — Hannah consulta seu relógio — há cerca de uma hora. Quer que vamos apanhá-la. Ela está em Hyannis.

— Está com Mark Harris?

— Esse é o professor?

— Professor dela... sim, isso.

— Não é?

Henry olha para Hannah por alguns segundos.

— Na verdade, Fig e eu não estamos mais juntos — diz ele. — Percebi que ela não lhe contou isso.

E agora? Hannah deve voltar para a Tufts? Não pretende alugar um carro e buscar Fig sozinha, pretende? Pode-se pensar que esse é o fim abrupto da missão. Mas também sente que Henry não está completamente hostil. Ele não está dizendo não; na verdade parece querer se mostrar relutante.

— Não acho que Fig esteja correndo *perigo*. — diz Hannah, e sente um certo asco de si mesma por ser tão conciliadora. *Aí está minha prima egoísta e aí está seu irresoluto quase-namorado, deixando que eu simultaneamente impulsione a situação para o resultado que vocês dois desejam e alivie qualquer desconforto que possam sentir.* — Mas — acrescenta Hannah — ela pareceu estranha.

— Hyannis fica a mais de 100 quilômetros daqui — diz Henry.

Hannah não diz nada. Ela sustenta seu olhar. Independente do quanto tenha que convencê-lo, e por mais comprometedor que seja para ela esse exercício, ela se mostra surpreendentemente boa nisso. Finalmente, Henry dá um suspiro e desvia o olhar.

— Tem o endereço?

Hannah assente com a cabeça.

— As chaves estão lá em cima — diz Henry. — Encontro você lá fora.

Ela gostaria de estar com óculos escuros, mas em outros aspectos, é tão bom ser levada pela estrada em uma tarde perfeita de fim de abril, tão bom estar simplesmente indo a algum lugar. Não viajava de carro desde o feriado da primavera, quando tinha ido para sua casa, havia mais de um mês. E estava preparada para Henry escolher um tipo horrível de música masculina — heavy-metal ou pretensiosos rappers brancos —, mas o CD que está tocando é o do Bruce Springsteen. Possivelmente, Hannah nunca se sentiu tão feliz em toda a sua vida.

Henry usa óculos escuros, com uma tira púrpura desbotada, uma tira esportiva que firma os óculos ao redor da cabeça. Ele mantém um mapa no carro, que já está desdobrado, aberto em duas páginas, também desbotadas, de Massachusetts.

— Você segue o mapa — disse ele, quando entraram no carro. E quando viu como Hyannis era longe, um ímpeto de excitação se desencadeou dentro dela.

No começo, não conversaram, exceto por Hannah, que disse:

— Precisa pegar a Noventa e Três para entrar na Três? — e Henry negou sacudindo a cabeça.

Passou-se quase meia hora até ele baixar o volume do som do carro.

— Então, ela simplesmente ligou inesperadamente e disse: "Vem me buscar"? — pergunta ele.

— Mais ou menos.

— Você é uma boa prima, Hannah.

— Fig é capaz de ser bem persuasiva.

— Esta é uma maneira de ver a coisa — diz ele.

Hannah não salienta que ele, também, está no carro.

Não falam.

"I got laid off at the lumberyard", canta Bruce Sprinsteen, e então Hannah diz:

— Acho que me frustrava mais com ela quando éramos mais novas. No começo do ensino médio, especialmente, porque foi quando Fig passou a ser convidada para festas pelo pessoal do terceiro e do quarto anos. Ou eu ouvia alguém contando o que tinha acontecido, como ela tinha feito boquete no estacionamento no jogo de basquete, e pensava, espera aí, minha prima? A Fig?

O fato de Henry parecer vagamente entediado, o fato de ele ser de Fig — mesmo que tenham rompido, ele continua sendo de Fig — e o fato de, assim, ser inacessível para Hannah, ainda que ambos estejam liberados, fazem-na se sentir extraordinariamente loquaz. Não é como se estivesse querendo lhe parecer atraente ou impressioná-lo; ela pode simplesmente relaxar.

— É claro que não tenho muita certeza de que gostaria de ir a estas festas — prossegue ela. — Provavelmente gostaria mais de ter sido convidada do que propriamente ir. Sou meio boboca.

— Ou talvez boquete não seja a sua — diz Henry.

— Na verdade nunca tentei. — Ela se pergunta se isso vai lhe parecer uma confissão. Se parecer... ha! Considerando-se que nem mesmo nunca beijou ninguém, sexo oral está muito longe do que ela já tentou. — Mas o principal com Fig é que não se espera que ela se equipare com a gente — diz Hannah. — O melhor é apreciar suas boas qualidades e não levar demais para o lado pessoal quando ela deixa furo.

— A que boas qualidades está se referindo?

Hannah relanceia os olhos para ele.

— Passou um tempo com ela — replica Hannah. — Sabe como ela é.

— É verdade — replica Henry. — Mas estou curioso a respeito do que está falando especificamente.

— Por que você não começa?

— Quer que eu diga do que gosto em Fig?

— É o que está me pedindo para fazer.

— Vocês duas não acabaram de romper — diz ele. — Mas vou entrar no jogo. — Desvia para a pista da esquerda, um Volvo ultrapassa, ele volta à pista da direita. É um motorista hábil e seguro. — Em primeiro lugar, ela é muito bonita.

Blá, blá, blá, pensa Hannah.

Henry olha brevemente para ela.

— Não é nada ofensivo, certo? Posso dizer que uma garota bonita é bonita?

— É claro que pode — replica Hannah. A única coisa mais chata do que falar da beleza de Fig é falar de como Henry pode falar disso.

— Não é só a sua aparência — continua ele. — Mas eu estaria mentindo se dissesse que isso não pesa. Além disso, ela é *imprevisível.*

Isso, Hannah suspeita, é um eufemismo para boa de cama.

— Deixa a gente sempre na expectativa — prossegue Henry. — Ela tem uma energia impressionante, e topa qualquer coisa. Se às três da manhã você disser: "Quero nadar nu no rio Charles agora mesmo", ela vai responder: "Bárbaro!"

Está bem, pensa Hannah, *entendi.*

Em seguida, Henry diz:

— E acho que não é de admirar que, sendo assim, me veja como um chato antiquado.

— Sim, mas Fig gosta de chatos antiquados.

— Acha?

— Ela precisa de platéia. Como se fosse definida em contraste com quem estiver perto dela. — Hannah nunca tinha discutido isso, mas tem certeza de que acredita no que está dizendo. — Quando estávamos na sexta série, havia uma menina chamada Amanda no nosso time de *softball* que estava sempre escapando dos exercícios. Ela era capaz de tocar o hino do estado de Connecticut, "Yankee Dooodle", na axila, ou dava saltos mortais de lado enquanto o técnico estava tentando explicar algo para nós, mas mesmo assim ele gostava dela. Quando entrávamos na van, Amanda se sentava na frente e escolhia a estação de rádio. Ela dizia: "Siga em frente, Técnico Halvorsen", e ele desviava. Era como se Amanda estivesse excluindo Fig. E Fig a odiava.

— Espere um pouco — interrompe Henry. — A garota tocava "Yankee Doodle" com a axila?

— Era uma espécie de truque.

— Bem, não é de admirar que Fig se sentisse ameaçada.

Hannah sorri.

— Acho que tem razão em achar extraordinário, mas nunca pensei sobre isso — diz ela. — Amanda levantava a blusa e batia o braço, como se fingisse ser uma galinha, e o movimento produzia um som que parecia sair da axila.

— Cristo! E eu que me achava o máximo porque virava minhas pálpebras para fora.

— Eu me lembro disso — diz Hannah. — Era o que os garotos que pegavam o mesmo ônibus que eu faziam, e todas as garotas gritavam.

— E qual foi o seu talento na escola? Você não pode dizer que não tinha nenhum.

A única coisa de que Hannah se lembra nesse momento não é algo que se diga a um garoto tão bonitinho. Mas de novo: ele é da Fig. Não está tentando seduzi-lo.

— Uma vez, na quarta série — replica ela —, no meio da aula de ciências, espirrei e peidei ao mesmo tempo.

Henry ri.

— Neguei que tivesse sido eu. Estava sentada quase no fundo da sala, e todas as crianças ao meu redor ouviram e perguntaram: "Quem foi?" E eu respondi: "*Obviamente* não fui eu, pois fui eu quem espirrou."

— Foi uma resposta muito esperta.

— Provavelmente acharam que foi Sheila Waliwal, que era o bode expiatório de tudo de grosseiro ou esquisito na turma. Ela foi a primeira a menstruar, quando estávamos na quinta série, e foi uma loucura só. Sheila ficou escondida no reservado do banheiro enquanto o resto das garotas estava em pânico, correndo para fora e para dentro. E Fig ficou no comando: foi como a diretora e produtora da menstruação de Sheila.

— Isso realmente parece gentil.

— Imagino que todas as garotas mostraram-se à altura da ocasião. Acho que simplesmente ficamos felizes por não ser uma de nós a primeira a passar por aquilo, embora olhando retrospectivamente, pelo que sei, havia garotas que já menstruavam, mas que não contavam para ninguém. Porém Sheila contou para Fig, o que foi o mesmo que fazer um comunicado público.

— Quando minha irmã gêmea menstruou — diz Henry —, meu pai congratulou-a à mesa de jantar. Quase não acabei de comer. Tínhamos 13 anos, eu parecendo e agindo como se tivesse 9, e ela parecendo e agindo como se tivesse 25.

— Não sabia que era gêmeo — diz Hannah. — Sempre achei ser gêmeo engraçado.

— Você e Fig são quase gêmeas. Só alguns meses de diferença, não são?

— Ela é três meses mais velha — replica Hannah. — Mas não é a mesma coisa. Crescemos em casas diferentes, com pais diferentes. Além do mais, o legal de se ser gêmeo...

— Vai falar na percepção extra-sensorial? Porque Julie e eu nunca conseguimos isso.

— Na verdade, ia falar nas ocasiões em que convidamos amigas para dormir na nossa casa. Costumava pensar que se tivesse um irmão gêmeo, ele convidaria seus amigos e eu poderia escutar às escondidas e descobrir de quem estavam a fim.

— Quando Julie dava esse tipo de festa, eu era banido de casa. Uma vez em que eu deveria passar a noite na casa de um amigo, ele adoeceu e não pude ir. Minha mãe simplesmente ficou maluca, e me disse: "Não deixe as amigas de Julie envergonhadas. Não pregue peças nelas." Não que eu planejasse fazer isso. Eu me sentia, provavelmente, mais envergonhado do que elas. Mas a minha mãe me pôs para dormir no seu quarto, em um saco de dormir no chão, do lado da cama dela e do papai. A noite toda, de hora em hora, ela se levantava e perguntava: "Henry, você ainda está aí?"

— Onde foi criado?

— New Hampshire. Viver livre ou morrer.

— Cresci na periferia da Filadélfia... como Fig. Mas não faço idéia do lema.

Sem hesitar, Henry diz:

— "Virtude, liberdade e independência."

— Mesmo?

— Massachusetts: "Pela espada buscamos a paz, mas a paz só existe com a liberdade." Este é ardiloso.

— Você os inventou?

— Tínhamos de decorá-los nas aulas de sociologia — replica Henry. — É o que alguns de nós fazíamos enquanto os outros estavam ocupados peidando.

Hannah acerta o braço dele, de leve, sendo mais um tapinha carinhoso, mas de imediato lhe vem a lembrança extremamente desagradável de seu pai avisando para nunca tocar em quem está dirigindo.

— Desculpe — diz ela.

— Pelo quê? — pergunta ele.

Ainda pensando no pai, Hannah se pergunta se existirão situações, situações a longo prazo, em que o conflito não esteja à espreita em cada curva, em que o tempo não se desenrole somente em antecipação de seus erros. É como imaginar uma aldeia em uma montanha encantada na Suíça. Fala para ele:

— Desculpe ter duvidado de você. E o Alasca... sabe o do Alasca?

— "Norte, direção do futuro."

— Missouri?

— "O bem-estar do povo será a lei suprema." Alguns foram traduzidos do latim.

— Maryland?

— "Atos viris, palavras femininas."

— Este *não* é o lema de Maryland — diz Hannah.

— Qual é então?

— Que significado pode ter "atos viris, palavras femininas"? O que é um ato viril ou uma palavra feminina?

— Acho que um ato viril é alguma coisa como cortar lenha. E uma palavra feminina é... rímel, quem sabe? *Paninho de renda?* A propósito, estou certo supondo que devo permanecer na Três até a Sagamore Bridge?

Hannah pega o mapa a seus pés.

— Parece que depois disso, a Três se torna Seis, o que é a mesma coisa que Mid-Cape Highway. Daqui a cerca de 16 quilômetros. — Os dois se calam, e então ela pergunta: — Você é um chato antiquado?

— Em comparação a Fig. Não sou do tipo festeiro. Quando estamos sozinhos, saímos um bocado, mas quando estamos em uma relação... às vezes, eu só tenho vontade de ficar em casa e relaxar. Mas a sua prima gosta de se divertir. Gosta de um rum com Coca-Cola, não gosta?

— Ela gostar de festas não foi o motivo para romperem, foi?

— Nossos rumos são diferentes. Vou me formar em duas semanas, e vou trabalhar como consultor, o que significa muitas horas de trabalho. E o fato de Fig ter mais dois anos na escola... é melhor assim do que ficar constantemente se perguntando o que ela estará fazendo. — Portanto Fig o traía. Isto é o que ele devia estar querendo dizer. — Mas é como você disse — prossegue ele. — Aceite as boas qualidades de Fig e não espere demais dela.

Hannah tinha dito isso? Nem lembra mais.

— A propósito, Mark Harris não é um professor de verdade — acrescenta Henry. — É um monitor babaca, estudando algo como Chaucer... É o Sr. *Sensível*. E está paquerando Fig desde o outono.

— Ele dá aulas para ela?

— Não nesse semestre. Mas o cara é um nojo. Realmente não me surpreenderia se ele usasse uma capa de veludo. — Hannah ri, mas Henry não. — Que tipo de monitor tem uma casa em Cape Cod? Tem de ser dos seus pais, não tem? — Ele sacode a cabeça. — Tenho de confessar que um lado meu queria dar meia volta com o carro.

A princípio, Hannah não diz nada. Houve a ligação inesperada de Fig e, imediatamente, a situação assumiu uma força viva própria. Mas na verdade, quem pode saber o que está acontecendo? Pensa em quando ela e Fig eram pequenas, como Fig aparecia para brincar: desenhavam ou assavam bolinhos. Então, sem aviso, queria ir embora quando Hannah achava que estava gostando da brincadeira. Acontecia até mesmo no meio da noite, e o pai de Hannah, que achava Fig uma criança voluntariosa, acabara impedindo que ela ficasse para passar a noite.

A probabilidade de Fig estar nesse momento em perigo é mínima. Provavelmente enjoou do monitor, que agora, por causa da capa de veludo, Hannah imagina como Sir Walter Raleigh. Mas se ela e Henry voltarem naquele momento, o tempo deles juntos vai acabar mais cedo. Os motivos dela para continuar pouco têm a ver com Fig.

— Acho que devemos prosseguir — diz Hannah. — Simplesmente é o que acho. Quer ouvir uma história estranha?

— Se está tentando me distrair, não está sendo muito sutil.

— Não, eu realmente quero contar. Outro dia... — Na verdade, planejava tocar nesse assunto com a Dra. Lewin na sessão do dia anterior, mas o tempo esgotou. — Bem, outro dia eu estava na palestra de ciência política, sentada mais para a frente, e pensei: "*A próxima pessoa que entrar no auditório será com quem vou me casar.*" Foi esta a idéia que me veio. Então a porta começou a se abrir, e se fechou de novo, sem ninguém passar por ela. Portanto acha que isso significa que o meu destino é ficar sozinha?

— Ninguém entrou depois disso?

— Sim, mas não naquele momento, quando me ocorreu a idéia.

— Não está falando sério, está?

— Não é que eu acredite totalmente, mas foi uma coincidência muito estranha.

— Hannah, você é maluca. Foi a coisa mais absurda que já ouvi. E se uma garota entrasse naquele momento... você ia achar que se casaria com ela?

— Bem, talvez eu quisesse dizer o próximo *garoto* que entrasse.

— Mas garotos entraram, não?

— Acho que sim, mas não...

— Se não quer se casar, tudo bem. Mas não pode achar que um jogo mental estranho que joga consigo mesma seja tão definitivo.

— Nunca faz isso? Tipo: se acordar na hora, vou tirar A na dissertação?

— Se eu achar uma moeda, terei boa sorte?

— Não falo de superstições genéricas. As que inventa, mas que acha que são verdadeiras. Nem se lembra de que as inventou.

— Se um floco de neve cair na minha orelha esquerda, ganharei na loteria.

— Não tem importância — diz ela. Finge uma cara feia.

— Se eu passar por uma girafa na calçada, vai crescer um terceiro mamilo em mim — diz ele.

— Muito engraçado.

— Se eu espirrar e peidar ao mesmo tempo...

— Juro que nunca mais lhe conto nada.

— O quê? — Henry sorri largo. — Feri seus sentimentos?

Com o dedo médio e o polegar de sua mão direita, ele dá um peteleco no lado da cabeça de Hannah. É excitante: antes de mais nada por ele a estar tocando sem nenhuma razão. E tudo bem, já que ela tocou em seu braço antes. Agora estão quites. Ele diz:

— Aposto que acredita em amor à primeira vista, também.

E o coração dela se sente quente e líquido. Ele não está *definitivamente* flertando com ela?

Mas sua voz soa surpreendentemente normal quando replica:

— Por que... você não acredita?

— Acredito em atração à primeira vista — responde Henry, e sua voz também ressoa normal, não mais provocadora. — E depois, talvez você se apaixone, quando conhece melhor o outro. Acho que acredito na química à primeira vista.

Ela está no travessão da balança, e se disser algo muito banal ou analítico demais, pesará para um lado. Mas possivelmente se disser a coisa certa, exata, Henry se apaixone por ela. (Não, é claro que não vai! Ele é o ex-namorado de Fig! E qualquer cara que sai com uma garota como Fig... Além do mais ele não pode estar flertando com Hannah, porque ter uma conversa sobre tópicos românticos significa automaticamente que eles não se aplicam às pessoas que os estão discutindo, certo? Se Henry se sentisse remotamente atraído por Hannah, tudo isso não pareceria óbvio demais?)

— Não sei o que acho — diz ela.

Henry sacode a cabeça.

— Não vale. Tente de novo.

— Então acho que ia dizer que não acredito em amor à primeira vista. Está desapontado?

— E o cara que ia entrar no auditório?

— Não nos apaixonaríamos naquele dia. Seria apenas uma *avant-première*. Talvez nem mesmo nos falássemos naquela aula, ou durante o resto do ano, mas no ano seguinte teríamos outra aula juntos, e aí sim nos conheceríamos.

— Um plano muito bem elaborado.

— Bem, eu não teria pensado nisso tudo. Só estou falando assim porque me perguntou.

— Interessante — diz Henry —, porque Fig é meio maluca, você é meio maluca, mas as duas são malucas de maneiras completamente diferentes.

— E de que maneira você é maluco?

— Já disse. Sou o típico chato americano. Joguei beisebol no ensino médio. Tínhamos um labrador cor de mel. Meus pais ainda são casados.

— E agora você vai ser consultor... o que parece ser um bom emprego para uma pessoa chata.

— Exatamente — diz Henry, mas ela vê que ele está sorrindo.

— Você acabou de me chamar de louca.

— Talvez eu devesse ter dito excêntrica. Você definitivamente parece que tem os pés na terra muito mais do que Fig — diz ele.

— Na verdade... bem, em primeiro lugar, não me acho louca. Mas em segundo, acho que rapazes gostam de uma certa dose de loucura nas garotas. O tempo todo vejo caras saindo com garotas bastante afetadas e instáveis.

— E garotas que saem com caras que não prestam?

— Não é a mesma coisa. O tipo de garota a que estou me referindo está sempre se queixando, chorando, fazendo uma cena. Se eu fosse o namorado, não ficaria com ela nem mais cinco minutos. Mas o fato de ele ficar significa que gosta do drama.

— De fora nunca dá para saber o que duas pessoas estão dando uma para a outra.

A maneira como Henry diz isso, sem alterar a voz, faz Hannah achar que ele teve várias namoradas sérias; parece maduro e experiente, como se falasse, ao contrário de Hannah, baseando-se em sua experiência pessoal.

— O que é visível às outras pessoas é somente a metade da história — diz ele. — Além do mais, não agimos como esperam que o façamos? Se sua namorada está tendo um acesso, é claro que você tenta derrubar seus argumentos no momento, mesmo que ela não esteja agindo de maneira racional. É uma espécie de paliativo.

— Isso faz parecer que se quisermos conseguir um namorado, teremos de bancar chatas de galocha.

— Eu diria que suas chances seriam maiores se, na hora, usassem uma camiseta curta.

— Então, não concorda comigo, certo?

— Sei que tem razão em alguns casos, mas está fazendo uma tremenda generalização.

Hannah se cala; seu atordoamento passou. Obviamente, está afastando Henry com sua teoria sobre garotas que precisam chamar a atenção — ele se mostrou diplomático, mas não particularmente interessado. Ainda assim, a distância que surgiu entre eles é quase um alívio; a febre de sua esperança estava alta demais.

Passaram-se alguns minutos e Henry falou:

— Como está indo?

— Estou bem.

Mas o ar também está mudando: pela janela aberta, vê que a tarde está caindo. Quando atravessam a Sagamore Bridge, diz a si mesma para não fingir que tem 31 anos e Henry, 33, e que seus dois filhos (um de 6 e outro de 14 anos) estão no banco de trás; diz a si mesma para não fingir que estão indo passar o fim de semana em um chalé na praia. É que o namoro na faculdade — todos aqueles rituais, roupas e coisas cifradas que supostamente devia dizer — parecem removidos do resultado por ela desejado. Seria melhor que estivesse com 10 anos, no tempo em que supostamente era alegre e cheia de energia. Tudo o que quer realmente é alguém com quem pedir comida para levar, de quem se sentar do lado no carro, exatamente assim, exceto que ela estaria desempenhando o papel principal, e não o da atriz coadjuvante. Convenceria Henry a dirigir para um lugar não por Fig, mas por *ela* mesma.

Cape Cod é mais brega do que ela esperava. Imaginara o lugar com cara de escola preparatória, mas há muitos shoppings. Estão se aproximando de Hyannis, e então chegam. A conversa entre eles se encerrou há cerca de vinte minutos, e a voz de Henry é praticamente uma surpresa quando ele fala:

— Está vendo aquele restaurante mexicano? Não está com fome?

— Acho que sim — diz Hannah. — Claro.

Dentro, o restaurante tem aquele ar de fast-food, embora Hannah acredite que não seja uma cadeia. Os dois pedem burritos — em um gesto afetado de boa educação, recusa guacamole e creme de leite — e os levam para uma mesa lá fora, perto da estrada. Henry senta-se em cima da mesa, e Hannah faz o mesmo. Estão de frente para os carros, o que é quase como se assistissem à televisão, aliviando, assim, a imposição de terem que se comunicar.

Hannah quase terminara seu *burrito* quando Henry disse:

— Não é que você esteja errada quanto aos homens gostarem de mulheres carentes. Basicamente, acho que tem razão. Mas acho também que está subestimando a importância que o cara tem de se sentir necessário. Parece realmente uma tolice, mas se uma garota está contando com você e você retribui, sente-se como um super-herói.

Por que exatamente ouvir isso deprime tanto Hannah?

— A longo prazo, a garota que não pode cuidar de si mesma não é aquela com quem quer ficar para sempre — diz ele. — Mas durante algum tempo... sei lá. É engraçado. As depressões são mais profundas, mas as euforias são realmente excitantes.

Hannah fica olhando os carros. É como se ela o detestasse.

Ele está falando mais devagar quando diz:

— Sei que só a vi uma vez antes de hoje, mas você parece se estruturar bem. Não parece precisar ser salva.

A parte deprimente é que ele só está metade certo — não é que ela não precise ser salva, mas sim que ninguém mais é capaz de salvá-la? De certa forma, sempre soube que é a única que pode salvar a si mesma. Ou talvez o que seja deprimente é que saber disso deveria tornar a vida mais fácil, ao invés de mais difícil.

— Percebe que é uma boa coisa, não? — diz Henry. Faz uma pausa, depois prossegue: — Não devia achar que não vai se casar, porque é exatamente o tipo de garota com que um cara se casa.

Receia olhar para ele, receia reagir. Está confusa porque ele lhe fez um dos dois tipos de elogio, mas os tipos são opostos. Ou está falando por pena ou por se sentir atraído. Ele a está confortando, ou então está revelando alguma coisa sobre si mesmo. E ela deve ficar levemente insultada com sua amabilidade fraterna ou embaraçada — embaraçada e ao mesmo tempo feliz — com sua declaração. De maneira súplice, ela pensa: *Simplesmente fale mais um pouco. Avance mais um passo. Faça com que isso definitivamente não pareça pena.* Olha para ele de soslaio, e quando seus olhares se cruzam, a expressão dele está séria. Se estivesse falando por pena, não estaria sorrindo de maneira encorajadora? Ela olha de volta para o trânsito e diz baixinho:

— Sim, talvez.

Não parece impossível que ele a beije ou pegue sua mão, nesse momento, e que a mantenha na sua se ela olhar para ele de novo. Ela está demorando para olhar para ele, e não evitando definitivamente olhá-lo, ou pelo menos é o que acha durante o minuto antes de ele se levantar, amassar numa bola o invólucro do *burrito*, e jogá-lo na lata de lixo. Abruptamente, não parece mais que ele um dia fosse beijá-la.

De volta ao carro, perto da suposta rua da casa em que Fig está, viram em várias esquinas erradas. Hannah propõe retornarem à estrada principal e perguntarem a alguém o caminho certo. Mas então Henry vê a rua que estão procurando. Chama-se Tagger Point, o que não é completamente diferente do nome que Hannah anotou: *Dagger Point.* Em sua defesa, Dagger Point, isto é, ponta do punhal, soa um nome muito melhor para uma rua de Sir Walter Raleigh.

— Pelo menos, existe — diz Hannah. — Não estávamos rodando à toa.

Percebe que Henry está irritado por ter-se perdido. Entretanto, sua irritação não é de todo inoportuna. É uma distração, restaura a normalidade.

— Quanto quer apostar que Fig está, neste exato momento, na praia tomando um drinque? — diz Henry. — E aquele babaca provavelmente estará lendo um soneto para ela.

Ele dirige devagar, procurando o endereço. É uma pena quando entra em uma alameda para carros, pavimentada de pedaços de conchas brancas, e além está a casa azul de tamanho médio e telha de madeira. É uma pena que o tempo deles juntos tenha acabado.

Mostrando mais descontração do que realmente sente, Hannah diz:

— Acha que estão fazendo sexo oral? — É quando Fig sai correndo da casa. Literalmente correndo. Está usando jeans e uma suéter de algodão preta e decote em V, e sobre o ombro direito está uma bolsa de lona branca, debruada de rosa-claro (é imaginação de Hannah, ou realmente aquela é a bolsa que sua mãe deu de Natal a Fig alguns anos atrás? Está de certa maneira surpresa por Fig a estar usando.) O cabelo castanho liso e comprido está solto, e Hannah de início não vê essa parte, quando sua prima vai correndo para o carro, e sim depois que ela abre a porta de trás, joga a bolsa dentro e entra batendo a porta, e diz: "Vá. Dê a partida. Henry, *vá*." Nesse momento, Hannah, virando-se para o banco de trás, percebe que Fig está com o lábio cortado. No canto esquerdo inferior: um corte vertical com linhas brilhantes de sangue dos dois lados, e sangue mais seco em uma mancha irregular se afastando do corte. Além disso, há uma vermelhidão extra no canto da boca se espalhando na pele em volta, e dentro da vermelhidão, algumas pintas minúsculas, como pequenas sardas de um tom de vermelho ainda mais escuro. O carro continua parado: Henry, também, está virado para trás. Fig não está chorando, tampouco parece ter chorado antes, e não parece estar com medo. O que ela mais demonstra é um ar de impaciência.

— O que diabos está acontecendo? — diz Henry.

— Nem pense em ir lá — diz Fig. — Dê a partida logo, ou me passe as chaves que eu dirijo.

— Esse babaca bateu em você ou qualquer coisa no gênero... foi o que aconteceu? — Henry parece tanto horrorizado quanto incrédulo. Parece confuso.

— Podemos ir? — diz Fig. — Então, com uma expressão de desdém, ergue as mãos e faz o sinal de aspas. — Caí.

Hannah não sabe se ela está debochando da preocupação deles, ou simplesmente da idéia de se incomodar em fingir que o corte no lábio aconteceu por acidente.

— Fig, você está bem? — pergunta ela. — Não quer que a levemos ao hospital?

Fig revira os olhos. (Será que Henry também sente, naquele momento, como se Fig fosse a filha e eles os pais? E não apenas uma filha bonitinha de 16 anos, usando rabo-de-cavalo, mas uma adolescente rebelde.)

— Vocês dois precisam voltar ao normal — diz Fig. — Pela décima vez: podemos ir?

Finalmente, Henry se vira para a frente, e Hannah o vê olhando Fig fixamente pelo espelho retrovisor. Quando faz a volta com o carro, saindo da alameda para a estrada, Hannah relaxa fisicamente: Mark Harris não vai aparecer agora, Henry não vai tentar entrar na casa.

— Ah, sim — diz Fig. — Obrigada por virem me buscar. — A capacidade de falar de Fig é quase normal. Se Hannah não visse como ela está, acharia simplesmente que sua prima estava falando com comida na boca.

— Fig, devia ter me dito — diz Hannah. — Eu não fazia idéia.

Henry sacode a cabeça.

— Aquele cara é um selvagem.

— Sabem de uma coisa? — diz Fig. — Mark está com a aparência bem pior do que a minha, e não estou mentindo.

Henry olha por cima do ombro.

— Está orgulhosa disso?

É verdade que estranhamente Fig parece estar se vangloriando.

— Bem, não precisa vingar minha honra ou seja lá no que for que estiver pensando — diz Fig. — Sei tomar conta de mim mesma.

— Isso está claro — replica Henry.

— E sabe do que mais, Henry? — diz Fig. — Às vezes eu o odeio.

No silêncio que se segue, Hannah se dá conta de que o CD de Bruce Springsteen tocou desde que ela e Henry deixaram Boston; devem tê-lo escutado inteiro várias vezes até ali. Depois de alguns minutos na rua principal, Henry vira à direita, e entra em um posto de gasolina.

— Ah, boa idéia — diz Hannah. — Fig, podemos buscar para você band-aid e o que precisar.

Esse comentário em particular faz Hannah pensar em como ela é idiota. Em parte porque ela julga as coisas pela aparência. Fig e Henry estão sendo sarcásticos um com o outro, o que para ela significa que estão com raiva. Ela realmente acredita que se todos tomarem um refrigerante, se acalmarão, e a viagem de volta a Boston será mais agradável, e Henry deixará Fig no seu dormitório, Hannah sairá do banco da frente para se despedir de Fig com um abraço, depois Hannah voltará para o carro, ela e Henry jantarão em algum lugar, e essa é a parte de suas vidas em que ficarão juntos. Realmente, ela deve ser a pessoa de 20 anos mais ingênua do mundo.

Henry, depois de desligar o motor, diz para Fig:

— Quero falar com você.

— Vou encher o tanque — diz Hannah.

Eles se afastam, e Hannah insere o esguicho da mangueira no tanque de gasolina. É uma noite bonita, sopra a brisa fresca da primavera, e as bordas do céu adquirem um tom púrpura claro. Obviamente, o professor é um tipo repulsivo, mas Fig parece mais ou menos bem, portanto talvez tudo bem ser um belo dia; de certa maneira, um grande dia.

Mas então, eles não retornam. Aonde quer que tenham ido, não voltaram. Ao pagar a gasolina, Hannah não os vê nos corredores de mercadorias. Antes de Henry parar o carro no posto, a idéia que Hannah fez de suas atividades foi ela do lado da pia, no banheiro feminino, passando levemente uma toalha de papel molhada no rosto de Fig — mais ou menos a la Florence Nightingale — enquanto Henry esperava lá fora. (Calibrando os pneus, quem sabe? Fazendo algo que homens fazem.) Mas não há ninguém no banheiro feminino, ninguém entrando nem saindo do banheiro masculino. Provavelmente ela sabe, mas ainda não conscientemente. Compra uma garrafa de água e vai lá para fora. No estacionamento, chama: "Fig?", e se sente ridícula. Dá a volta no pequeno edifício, e afinal fica demonstrado que não são tão difíceis de serem encontrados: Fig está encostada na parede dos fundos da loja, e Henry está ajoelhado, os braços ao redor da cintura dela, o rosto em seu abdômen exposto. Ela está passando a mão na cabeça dele. Apesar de a suéter de Fig estar levantada, os dois estão completamente vestidos, graças a Deus.

É desconcertante ver — de certa maneira, a ternura, e isso para ela é pior do que se estivessem fazendo sexo selvagem —, mas não é chocante. Nesse momento, Hannah não fica chocada, e depois, quando tiver um namorado, vai entender como a situação pedia aquilo. O rompimento recente, o machucado de Fig, a agradável noite de primavera — como seria possível não estarem nos braços um do outro? Além disso, se você faz parte de um casal, mesmo de um casal separado, se voltam a se unir, tal união só será completa e oficial quando se abraçarem. Mesmo quando só estão se encontrando em um restaurante para jantar — se não se abraçarem e se beijarem, Hannah acha, há algo errado na relação. Tudo isso quer dizer que estão representando seus papéis. Não estão tentando ser egoístas com ela. Ou pelo menos essa não é a intenção de Henry, e é possível acreditar que tampouco seja a de Fig, até ela virar a cabeça na direção de Hannah e dar um pequeno sorriso, de boca fechada. Hannah se retira imediatamente.

Encosta-se no carro com os braços cruzados; arquiteta um plano. Vai beijar um rapaz. Ou, teoricamente, vários. Vai beijar outros rapazes e então, um dia — não naquele dia à noite, obviamente, e talvez não por algum tempo —, quando Henry quiser beijá-la, estará pronta. Ele lhe deu uma razão para se preparar. Ela não se sente triste. Pensa em Jared, da turma de sociologia, em como foi louca em relação àquela coisa do xarope para tosse, e como o conhece tão pouco. Nem mesmo sabe se ele é heterossexual. A verdade é que não consegue imaginar nada além de ficar nervosa quando está perto dele — na melhor das hipóteses, alegremente nervosa, na pior, simplesmente nervosa. Mas não se imagina beijando-o. Tem certeza de que não se sente atraída por ele. Ele é como um jogo com o qual ela estava brincando. Deu-lhe algo no que pensar, e sobre o que conversar com a Dra. Lewin, além de seus pais.

Com Henry, no entanto, Hannah poderia dormir na cama à noite. Poderia comer cereal com ele de manhã, ou beber cerveja em um bar. Coisas chatas também — iria com ele a uma loja de departamentos para comprar um guarda-chuva, ou esperaria no carro enquanto ele fosse ao correio. Poderia apresentá-lo à sua mãe e à sua irmã. Não se trata de imaginar um romance fabuloso; o fato é que não há nenhuma situação que não possa imaginar experimentando com ele, nada que não contasse a ele. Parece que sempre haverá o que dizer, ou se não houver, não haverá constrangimento nem desconforto.

Quando Fig e Henry retornam ao carro, carregam com eles um brilho exclusivo que Henry tenta apagar e com o qual Fig parece à vontade (uma vez, quando tinham 15 anos, Fig levou Hannah à casa de um cara, de seis a oito quilômetros de onde estavam, depois desapareceu com ele no sótão, enquanto Hannah esperava na cozinha; de maneira constrangedora, quando a mãe do garoto chegou, Hannah estava comendo uma pêra que pegara na tigela sobre a mesa). Hannah não protesta quando Fig vai para o banco da frente. Henry, meio sem jeito, faz perguntas solícitas a Hannah, como se não estivessem juntos no carro havia duas horas. Quando suas aulas vão terminar? O que pretende fazer no verão?

Alguns dias depois, ele lhe passa um e-mail. *Oi, Hannah,* diz o texto. *Espero que esteja tudo bem com você. Descobri seu endereço no website da Tufts.* (Esta é a sua parte favorita, a idéia de ele digitar seu nome.) *O sábado foi muito louco, não? Fig e eu temos saído, e ela está indo bem. Achei que você ia querer saber. Cuide-se, Henry. P.S. Tenho certeza de que me acha um grande hipócrita. Posso imaginar que, se conversássemos sobre isso, você me falaria de minhas auto-ilusões.*

Hannah imprime o e-mail, e mesmo depois de decorar todas as palavras — a última frase é a sua segunda parte favorita — às vezes ainda olha a cópia. Como Hannah não está chateada por Fig e Henry terem reatado, a Dra. Lewin não parece entender (é extremamente incomum a Dra. Lewin não entender alguma coisa) que Hannah não veja Henry apenas como uma representação do tipo de cara com quem gostaria de se envolver; é Henry mesmo, Henry especificamente, com quem Hannah gostaria de se envolver.

Porém de novo: ainda não. Mais tarde, quando estiver mais preparada. Por isso, na viagem de volta de Cape Cod, ela quase não se importa em ser deixada primeiro, em receber o abraço de despedida. Quando Fig volta para o carro, Hannah se abaixa e acena para Henry, que permanece no banco do motorista.

— Tchau, Henry — diz ela. — Foi bom rever você. — É possível que ele perceba que ela está usando essa voz agradavelmente tranqüila só como máscara?

Ele hesita antes de dizer:

— Foi bom rever você também, Hannah.

Está completamente escuro quando ela observa o carro dar a partida. Pela primeira vez em anos, Hannah não sente ciúmes de Fig, e o lábio cortado é apenas parte disso. Simplesmente parece que Fig está descendo a estrada errada. Tratar Henry como ela tratou — ele não vai permitir isso indefinidamente, ou o destino não permitirá, Hannah tem certeza. Antes da luz dos faróis traseiros desaparecerem, Hannah concentra-se com força, como se Fig recebesse "a mensagem", como se a encarregasse dessa responsabilidade. Ela pensa: *Cuide bem do amor da minha vida.*

4

JULHO DE 1998

Quando Hannah vai para casa em maio, antes do começo de seu estágio no verão, encontra-se com seu pai para almoçar, perto do escritório dele. (Almoço é melhor do que jantar, porque ele é menos ameaçador à luz do dia.) Vão a um restaurante em que se sentam a uma mesa na calçada. Ela pede ravióli de espinafre, que vem com molho branco e não de tomate; provavelmente o menu especificava isso e ela simplesmente não tinha prestado atenção. Come alguns bocados, mas é uma da tarde de um dia ensolarado, e a idéia de comer o prato quente e cremoso inteiro vira seu estômago. Seu pai acaba de comer seu prato — uma salada Caesar com frango grelhado — e diz:

— O seu não está bom?

— Está bom — replica Hannah. — Quer um pouco? Não estou com muita fome.

— Se não está bom, devolva.

— Não se trata de não estar bom. Simplesmente não estou com muita disposição para massa.

Percebe assim que fala. Um dos sinais em seu pai, o sinal mais óbvio, são suas narinas. Elas se abrem como as de um touro.

— Não me lembro de já ter ouvido que se tem disposição para massa — diz ele. — Mas vou dizer o que sei. Eu sei que ravióli custa 16 dólares e sei que vou observar você comer o prato todo.

Ela sente dentro de si, em medidas iguais, o impulso de cair na risada e o impulso de cair em pranto.

— Tenho 21 anos — diz ela. — Não pode me obrigar a comer tudo.

— Bem, Hannah — ele fala em seu tom casual fingido, seu tom grande-demais-para-ceder-a você, que na verdade significa ele não cederá por muito tempo —, este é o problema. Quando a vejo desdenhando dinheiro, tenho de me perguntar se realmente devo pagar seu aluguel neste verão, de modo que você possa ficar de lá para cá em uma agência de publicidade. Talvez eu não esteja lhe fazendo nenhum favor ao mimá-la demais. — Esta, também, é uma das marcas registradas de seu pai: a escalada. Cada briga não é sobre si mesma, mas sobre todas as suas inadequações pessoais, seu profundo desrespeito por ele.

— Foi você que me instigou a fazer o estágio sem receber — diz Hannah. — Disse que pesaria mais no meu currículo do que ser babá.

Eles se olham, cada um numa extremidade da mesa. Uma garçonete de calça preta, blusa branca e avental preto amarrado ao redor da cintura passa carregando uma bandeja. Sem falar, o pai de Hannah aponta para o prato de ravióli.

Debaixo da mesa, Hannah está dobrando o guardanapo e se lembrando de que não deve esquecer a bolsa quando se levantar para sair. Ela se controla.

— Não vou comer — diz. — E não precisa pagar meu aluguel neste verão. Acho que esta não foi uma boa idéia. E não precisa pagar meus estudos este ano, tampouco.

A expressão no rosto de seu pai é de choque e deleite ao mesmo tempo, como se ela tivesse acabado de contar uma piada suja, mas muito engraçada.

— Uau — diz ele —, eu estava esperando poupar 16 dólares, e poupei 30 mil. Só estou curioso para saber como planeja levantar esse dinheiro. Acha que sua mãe pode lhe dar?

Desde o divórcio, as finanças da mãe não são claras para Hannah. Anos antes, conseguiu um trabalho quatro dias na semana em uma loja de roupa de banho e sabonetes finos, mas parece gastar boa parte de seu supostamente modesto salário nessas mercadorias: os banheiros na sua casa são equipados com toalhas de mão e miniaturas de frascos de loção inglesa vendidas na loja. Há uma pensão, obviamente, e a herança deixada por seus avós maternos falecidos havia alguns anos, mas a sensação de Hannah é de que se trata mais de aparência do que de verdadeira segurança.

Entretanto, também tem a sensação de que essa aparência desempenha um papel crucial em manter o ânimo de sua mãe, o que possivelmente é um investimento sábio.

Independentemente disso, Hannah se levanta. Pendura a bolsa no ombro.

— Acho que vou ter de encontrar uma maneira — replica ela. — Não quero ter mais nada a ver com você.

Às 10h30, ainda não tem praticamente ninguém no escritório — é a sexta-feira véspera do 4 de julho — e alguém lá embaixo liga o rádio e sintoniza em uma estação que toca músicas da década de 1970, como Hannah se dá conta depois da quinta ou sexta música. Por volta das 11h, Sarie, a outra estagiária, que vai para o último ano na Northeastern University, surge no espaço onde seria a porta, se o cubículo dos estagiários tivesse uma.

— Ele chegou atrasadíssimo — diz Sarie. — Assim que entrei no carro, ele disse: "Não estou com muita fome. Não quer tomar só um café?" E eu, de jeito nenhum, não quero apenas um café. *Veja...* — Diz com a boca, sem fazer som: *depilei minhas pernas*. Retomando a voz normal, fala: — Isto é, fiz um certo esforço. Mas respondi "é claro". E fomos àquela lanchonete mixuruca, nem mesmo um Starbuck's. Acho que tem ratos na cozinha. Ficamos menos de uma hora e então ele me levou de volta. Estamos lá fora, e isso é de matar, Han, ele perguntou se podia subir. — Sarie sacode a cabeça.

— Não entendi — diz Hannah. — Por que isso é tão estranho?

— Ele pergunta se pode subir para tomar um *café*. Acabamos de tomar café. Não é um absurdo? Nem mesmo respondi. Bati a porta na cara dele.

— Ah — diz Hannah. — Isso é horrível mesmo.

— Não podia ser pior — diz Sarie. — Se ele tivesse me levado para jantar fora, a história seria outra. Mas depois disso, esquece. — Faz uma carranca e murmura. — Garotos.

— Não são todos — diz Hannah imediatamente. — É um. Patrick, certo?

Sarie confirma com um movimento da cabeça.

— Não leve a mal, mas ele pareceu meio idiota desde o começo.

— Sim, realmente achou isso? Eu devia ouvi-la mais, Han. Todos eles são uns porcos.

— Não todos! — Hannah praticamente grita.

— Só estou provocando você — ri Sarie. — Preciso ir ao banheiro. — Quando ela se vira, Hannah repara no comprimento da sua saia, que não é nada comprida: três centímetros abaixo da bunda, no máximo; cor de romã; de um material colante que Hannah não identifica porque não usa esse tipo de roupa. Antes desse verão, Hannah não sabia que as pessoas podiam trabalhar usando o tipo de roupa que Sarie usa. Mas aparentemente, há muitas coisas que se pode fazer no mundo.

Sarie é baixa e curvilínea, e Hannah nota como suas pernas são bem torneadas. Ela tem o corpo que Hannah acredita ser o que a maioria dos homens gosta: não é alta demais, pequena, porém voluptuosa, um rosto agradável, cabelo louro pintado, mas não completamente falso. Sarie usa sempre saia, enquanto Hannah sempre usa calça comprida. Além disso, Sarie usa tanga. Quando estão no mesmo banheiro, Sarie fala de suas qualidades (são confortáveis, evitam as linhas da calcinha) e diz que se Hannah experimentar as calcinhas tipo tanga nunca mais vai querer usar outra coisa.

Às vezes — nas duas noites que Sarie conseguiu convencê-la a ir a um bar, Hannah, se sentindo enorme e sem graça, observou, no outro lado da mesa, como os homens se contorciam para olhar Sarie, como se ela fosse um tipo de fonte de energia, de luz — Hannah fica impressionada com ela. Mas quando pensa na tarde em que Sarie perguntou: "Espere aí, Xangai é uma cidade ou um país?" A pior parte foi que, possivelmente reagindo à expressão chocada de Hannah, ela riu embaraçada e disse: "Foi uma pergunta idiota, não foi? Não conte a ninguém que perguntei isso."

Quinze para o meio-dia, a música que vem do hall, lá embaixo, perturba tanto que Hannah desliga o relatório da reunião em que está trabalhando e, no topo de um papel de carta da firma, anota: *pôr a roupa para lavar*. Depois, *presente de aniversário para a mamãe*. Não lhe ocorre mais nada. Olha para o corredor. Ted Daley, que acabou de ser promovido do cubículo para uma sala sem janelas, está passando. Seus olhares se cruzam e ele acena.

— Nada de cara feia — diz ele, e Hannah, involuntariamente, sorri.
— Óculos bonitos — acrescenta Ted. — São novos?

— Acho que ficar tanto tempo no computador afetou minha vista — replica Hannah. — Ficam meio esquisitos.

— Não, ficam muito bem. É duro fazerem vocês virem hoje, não é? Não ser pago deveria oferecer alguns privilégios.

— Não me importo. — Originalmente, Hannah deveria trabalhar ali cinco dias na semana, mas acabou acertando somente três para que, nos outros dias, pudesse ser *baby-sitter* dos filhos de um professor. Ela tentou contar a Lois, a supervisora dos estagiários, sobre suas condições financeiras, mas somente o necessário para não fazer a mudança de horário parecer estranha. Como ficou demonstrado, não há trabalho suficiente para ocupar nem mesmo três dias. Sua função consiste, primordialmente, em enviar faxes, fazer cópias e comparecer a reuniões onde empregados de nível sênior levam uma hora para transmitir o que lhe parece ser aproximadamente três minutos de informação. Sua principal meta, à essa altura, é simplesmente conseguir uma boa carta de recomendação que possa usar ao se candidatar a empregos, quando se graduar, porém não em publicidade.

— Eu mesmo não estaria aqui — diz Ted —, mas vou a Baja em outubro, e nada me fará desperdiçar meus dias de férias. — Ele levanta os braços como se para impedir que paredes invisíveis o comprimam, depois move os quadris, ou o que tem de quadris. — Tudo do que preciso são de boas ondas, adrenalina pura, e fico satisfeito.

— Hum?

— *Fast Times at Ridgemont High* — diz Ted. — O filme? Meados da década de 1980? Não tem importância... você provavelmente estava no jardim de infância. Espero pegar umas ondas em Baja.

— Ah — diz Hannah. — Legal.

Há um silêncio meio constrangedor durante o qual Ted consulta o relógio e Hannah olha para o aparelho de surdez dele. *Quando alguém com aparelho de surdez cai na água,* ela se pergunta, *ele é retirado antes ou é à prova d'água?* Ted só tem 28 ou 29 anos — é assistente do contador executivo —, e quando ela chegou sentiu uma queda por ele, se isso é possível, *por causa* de seu aparelho de surdez. O aparelho fazia com que ele parecesse sensível, como se tivesse experimentado dificuldades, mas não tão grandes a ponto de torná-lo estranho ou amargo. Sua voz trinava afetuosamente, além disso, era alto e tinha os olhos verdes. A paixonite passou, entretanto, depois de menos de um mês. Em um recente *happy hour* na qual ficou por dezesseis minutos, ouviu-o em uma conversa animada sobre como Lois é uma cretina, o que, em primeiro lugar, Hannah acha que não é verdade — Lois é muito legal — e em segundo, lhe parece insensato e intoleravelmente comum. Com ou sem aparelho de surdez, Ted não é especial.

— O Ted está dizendo que vamos pedir pizza para o almoço. Quer dividir?

— Claro — responde Hannah. — Quanto tenho que dar?

Ted entra no cubículo para pegar o dinheiro, e Hannah instintivamente dá uma olhada na sua lista de coisas a fazer, embora pareça que tampouco Ted esteja com muito trabalho nesse momento.

— Escrevendo cartas de amor? — pergunta ele quando ela estende a mão para pegar a sua bolsa no chão, debaixo da mesa.

— Sim, para você — responde Hannah.

— Hein?

Quando ela percebe que ele não a escutou, pensa em não repetir a brincadeira, mas em seguida pensa: *E daí?*

— Estava escrevendo cartas de amor para você — diz ela mais alto. Ele sorri.

— Todas as garotas estão.

— A concorrência. — Hannah agita a mão no ar. — Esqueça-as.

— Ah, é? — diz Ted, ainda com um belo sorriso nos lábios, mas a sua expressão se tornou um misto de curiosidade e surpresa. Ele a está avaliando, percebe, e abruptamente ela fica sem saber o que dizer.

Baixa os olhos, depois torna a olhar para ele.

— Então, são 10 dólares, certo?

— Depende, se quiser pagar pela metade do escritório.

Hannah sempre se oferece para pagar mais do que sabe que deveria, principalmente por medo de parecer pão-dura. A maior parte das pessoas não faz objeção.

— Cinco dólares dá para cobrir — diz Ted. — Vai comer, digamos, duas fatias? — depois acrescenta: — Até lá, continue me escrevendo poemas. — E Hannah percebe que o humor de antes, a estranha e leve energia que passou entre eles, tinha sido substituído pelo embaraço só para ela, não para ele.

Quando as pizzas chegam, nove ou dez pessoas se agrupam na cozinha. Somente os membros mais jovens do grupo estão lá. Alguém pediu cerveja e uma garrafa é passada para Hannah.

— Eu não paguei pela bebida — murmura ela, mas ninguém está ouvindo, e Lois, que está grávida de cinco meses, passa para Hannah o abridor de garrafas.

— Para mim não — diz Lois dando tapinhas na barriga. Ela está comendo uma fatia de pizza de cogumelos.

— Quais são seus planos para o 4 de julho? — pergunta Hannah.

Lois acaba de dar uma mordida, e agita a mão em frente da boca.

— Ah, desculpe — diz Hannah.

Lois engole.

— Nada importante. Jim e eu vamos jantar com alguns casais.

— Cada um leva um prato? — pergunta Hannah animadamente. Por dentro, zomba de si mesma. Geralmente, almoça sozinha, na praça de alimentação no Prudential Building: uma bela salada cheia de proteínas que vem dentro de uma caixa de plástico transparente e um copo de Sprite.

— Acho que é isso — diz Lois. — Mas sabe de uma coisa? Estou fazendo a sobremesa.

— Ah, verdade? O que está fazendo?

— Preparei na noite passada. Uma torta de chocolate que a mãe de Jim me ensinou.

— Parece apetitosa — diz Hannah. Comeu rápido seu primeiro pedaço de pizza. Passam-se cerca de trinta segundos, durante os quais nem ela nem Lois falam, então Hannah começa a beber a cerveja. É escura e pesada, como sopa amarga.

— Olá, garotas — diz Sarie, aproximando-se delas. — São muito os que abandonaram o escritório hoje?

— Bem, se é o que você diz — replica Lois.

— Han, quer ir se vestir lá em casa, amanhã?

— Não se preocupe — replica Hannah. — Não vou me arrumar tanto.

— Vão sair no 4 de julho? — pergunta Lois.

— Sim, vamos — diz Sarie. — O apartamento do meu cunhado tem um terraço com uma vista incrível dos fogos.

Hannah tenta não se retrair. Ela se odeia por se retrair — por que ela se importa com o que Lois pensa? — e tudo o que deseja é estar longe das duas mulheres.

— Volto em um segundo — diz ela, e sai da cozinha.

No corredor, está um grupo de homens que Hannah mal conhece: Ted, um cara do audiovisual chamado Rick, um redator de nome Stefan, e outro cujo nome ela não lembra. Quando Ted a vê, tira a cerveja da sua mão e a examina estreitando os olhos.

— Parece que precisa ser substituída — diz ele.

— Acho que uma é o bastante para o meio do dia — diz Hannah, mas Ted já foi para a cozinha.

— Qualquer dia que Nailand está fora não é definitivamente um dia de trabalho — diz Stefan.

— Nailand não veio ao escritório no dia em que sua mulher entrou em trabalho de parto? — diz Rick, e todos riem.

— Na verdade, isso é impossível, já que Nailand adotou seu filho — diz Hannah.

Ted está de volta e ao ouvir esse comentário, inclina-se à frente, põe o braço ao redor dela e leva a boca ao seu ouvido como se para cochichar.

— Beba a sua cerveja — diz ele, com a voz normal, e os rapazes acham graça de novo.

Sem ter nada melhor a fazer, Hannah realmente bebe a cerveja. Os homens começam a falar sobre os planos do fim de semana, para onde viajarão.

— Convenci minha namorada a não ir a Nantucket, graças a Deus — diz Rick. — Detesto esse lugar.

Rick é a pessoa da agência que parece mais próxima de Ted. Sempre que pensa nele, a primeira coisa que lhe vem à cabeça é que teve um caso breve com Sarie quando começou o estágio, o que sua namorada simpática de Nantucket ignora.

— Quem estava tocando aquele lixo de música tão alto, hoje? — pergunta Stefan.

— Cuidado, panaca — diz Ted.

— Isso quer dizer que foi você? — fala Stefan.

— Na verdade, não — replica Ted. — Mas não tenho vergonha de dizer que a década de 1970 foi uma bela época em termos musicais. Quem não gosta de "I Will Survive"?

— Está falando sério? — diz Hannah. — Sabe que é uma espécie de hino feminista, não sabe?

Ao ouvirem isso, os homens caem na gargalhada, embora Hannah não tenha pretendido ser engraçada.

Ted põe sua cerveja no chão, afasta-se alguns passos, vira-se e respira fundo:

— "Primeiro tive medo/ Fiquei petrificada/ Pensando o tempo todo que não conseguiria viver sem você do meu lado..."

— Nossa! — exclama Hannah. Ela volta para a cozinha, pega outra cerveja, e diz a Sarie e Lois: — Deviam vir e dar uma olhada nisso.

No corredor, Ted está pavoneando-se cantando o coro, e as mulheres participam, exceto Hannah. Ela já está tonta, até mesmo sorri, de certa maneira, mas não está bêbada. Sente-se muito bem. Ela bebe raramente, e quando isso acontece, deseja poder ficar um pouco tonta o tempo todo.

A atuação de Ted incita os outros a cantarem músicas, cujas letras sabem inteiras: "Stayin'Alive", "Uptown Girl". Na excitação, Lois chuta a garrafa de cerveja pela metade de Ted, mas ninguém além de Hannah parece notar quando o líquido é absorvido no carpete. A atmosfera parece grosseiramente surreal: uma cena de um seriado sobre a vida em um escritório ao invés de um escritório de verdade onde, supostamente, as pessoas fazem coisas durante o dia.

Então, Ted segura nos ombros de Hannah, por trás, gira-a e puxa seus braços. Ela ri. Mas quando ele a solta, ela tropeça para trás e diz:

— Tenho que voltar ao trabalho.

— Trabalho, hein? — diz Ted. — Que doce ilusão!

De volta ao cubículo dos estagiários, as paredes parecem em movimento. Ela se senta à mesa e pega o mouse do lado direito do monitor do computador, e verifica seu e-mail. Nenhuma mensagem nova, e então fecha a conta rapidinho, antes de enviar uma mensagem incriminadora ao escritório todo — *Nunca vi em toda a minha vida tanta mediocridade reunida debaixo do mesmo teto,* ou talvez, ainda pior: *Trabalhar com vocês é como morrer lentamente* — ou ainda pior, antes de enviar uma declaração de amor a Henry. Desde a viagem a Cape Cod, um ano atrás, trocam e-mails esporádicos e não particularmente românticos (ele uma vez escreveu para lhe contar que havia um artigo no *Globe* desse dia sobre lemas do estado), mas os e-mails aumentaram em quantidade agora que ele mora na Coréia. Foi transferido em março para o escritório em Seul da mesma firma de consultoria em que trabalhava em Boston.

Passam-se menos de vinte minutos e Ted aparece.

— Oi — diz ele.

— Oi — diz ela de volta.

Ela se sente extremamente envergonhada. Não se trata de não gostar de ter gente ali, pensa. Como não gostar deles como indivíduos, diante dela com seus tiques e apetites particulares, seus gestos intermitentes de amizade? Não, assim como Ted está agora, são legais. Seria cruel se achasse que não. Só que não esperava que escritórios — a idade adulta — parecessem tão medíocres.

— Então, o dia está encerrado — diz Ted. — Estamos indo para casa de Rick, se quiser vir.

— Onde ele mora? — pergunta Hannah, que acha uma maneira gentil de recusar o convite sem recusar.

— No North End. E você em Somerville, certo? Pode pegar o metrô na Haymarket para voltar para casa.

Hannah espanta-se com o fato de ele saber onde ela estava morando naquele verão.

— Me dê só um minuto — diz ela.

São três e meia quando saem para a rua: Hannah, Ted, Rick, Stefan e Sarie. O metrô está extraordinariamente cheio para essa hora do dia, e brincam dizendo que o resto de Boston estava vadiando enquanto eles trabalhavam. Estão falando alto, mas todo mundo parece estar falando alto também. Uma eletricidade está no ar, a ansiedade do feriado.

A namorada de Rick não está em casa, quando chegam. O apartamento tem um sofá de couro preto e caixotes de cabeça para baixo servindo de mesas. *Que combinação horrível,* pensa Hannah. Em seguida, reparando no sofá, imagina quanto Rick deve ganhar.

Stefan e Ted estão discutindo o que comprar na loja de bebidas próxima, e Rick ensina o caminho. Quando eles saem, Rick vai ao banheiro para trocar de roupa, e Hannah e Sarie sentam-se no sofá.

— Já lhe contei do cara porto-riquenho que ligou hoje? — pergunta Sarie.

— Acho que a ouvi falando com ele — responde Hannah.

— Foi uma chatura. Ele estava querendo falar com uma garota chamada Margaret, e fiquei dizendo que não havia nenhuma estagiária com esse nome. Mas ele insistia: "Por favor, pode chamar a srta. Margaret?"

Hannah pega um número da *Sports Illustrated* que está no caixote à sua frente. Começa a folheá-la, olhando os anúncios.

Sarie continua a falar. À medida que a história se desenvolve, o porto-riquenho vira mexicano. Depois de quatro minutos, Hannah olha para o seu relógio e se pergunta se vão achá-la realmente estranha durante o resto do verão se se levantar naquele exato momento e for embora.

Aí Stefan e Ted retornam, e o que fazem é ficarem completamente bêbados — todos eles e, na realidade, especialmente Hannah. Rick busca no quarto o "Trivial Pursuit", jogo de perguntas sobre conhecimento geral, e jogam durante algum tempo, mas não param de beber. Passada uma hora ninguém consegue acertar mais uma pergunta. Abandonam o jogo, e alguém liga a TV. Passam-se mais 45 minutos, e quando Hannah se levanta do sofá para ir ao banheiro, tem de se segurar no ombro de Sarie para se equilibrar. No espelho acima da pia, olha suas bochechas vermelhas e, inexplicavelmente, quentes. As toalhas de mão são vermelhas — o fato de Rick ter toalhas de mão faz com que ela goste mais dele —, e seca seus dedos um por um, como se fosse uma modelo de mãos.

Quando volta para a sala, Sarie e Ted haviam trocado de lugar, e a hora seguinte é ocupada com uma manobra intricada e a consciência de Hannah de momentos, mas somente de alguns, em que ela e Ted mantêm contato físico. Esses momentos vão se tornando mais freqüentes, até o braço dele ficar sobre os ombros dela, bem levemente, mas definitivamente ali.

Nesse ponto — os sinais de que alguma coisa iria acontecer se intensificam —, Hannah retorna ao banheiro, pega uma escova de dentes no copo que está na pia, e escova os dentes. Em seu estado atual, o ato de pegar emprestado parece delicioso.

À certa altura, a namorada de Rick chega carregando várias sacolas de compras e parecendo contrariada. Ela e Rick vão para o corredor e começam a discutir em voz alta. É o tipo de coisa que, sóbria, Hannah acharia vergonhosamente cativante, mas nesse momento está distraída demais para apreciar o drama. Fecha os olhos — está tudo rodando — e quando os abre, vê Ted entrando na cozinha. Não consegue se controlar e o segue. Não tem nada a dizer, não tem nenhuma desculpa para estar ali. Só quer ficar perto dele.

O volume da TV foi aumentando gradativamente ao longo da tarde e à noitinha — já passava das sete horas — e agora estava estridente, conferindo à reunião uma sensação de caos muito maior do que o que o real.

— Está se divertindo? — Ted grita para ela, quando entra na cozinha. Ele está em pé do lado da pia, enchendo um copo de gelo. — Estou feliz por você ter vindo — acrescenta ele.

E mesmo enquanto ele fala, os dois sorriem maliciosamente. Ele larga o copo com gelo, eles se inclinam um para o outro até se tocarem. Os lábios dele roçam o maxilar dela, é o primeiro contato. Depois, um momento muito breve e delicado de negociação facial — então, isso é beijar — e depois, com intensidade. Ela nunca imaginou que seu primeiro beijo fosse acontecer na cozinha de uma pessoa que ela mal conhece, com um cara de quase 30 anos, com ela usando óculos; nem mesmo sabia que se podia beijar usando óculos. Além disso, há uma boa chance de serem vistos pelas pessoas na sala. Mas ela está tão bêbada que não dá a mínima para isso!

Ele segura o seu rosto com as duas mãos, os dedos na nuca dela, onde termina a linha do couro cabeludo, os polegares pressionados do lado dos lóbulos das orelhas dela. Ele avança um passo, de modo que seus corpos se juntam em todos os pontos. Não é um beijo vacilante, tolo; é um beijo pré-sexo. Como ela sabe? Simplesmente sabendo. É claro que ele a afasta, mas passa as mãos no cabelo dela e diz:

— Quer sair daqui?

Ela confirma com a cabeça.

Na sala, despedem-se dos outros. Ted dá uma desculpa que ela mal escuta, enquanto ela abraça todos, exceto Sarie, que aparentemente desmaiou na banheira. Depois descem aos trambolhões a escada e saem para a noite úmida. Discutem aonde ir, ao apartamento dele ou dela, e decidem pelo dela, porque as colegas com que o divide, Jenny e Kim, foram passar o fim de semana fora. A ausência de inibição de Hannah é tão acentuada que a impressão é a de que ela e Ted escaparam da companhia de uma pessoa moralista — uma tia-avó de lábios enrugados, talvez.

O metrô está cheio — ela não sabe por quê, àquela hora — e os dois ficam muito perto um do outro, além de ficarem colidindo. Hannah não sabe se isso se deve ao sacolejo do trem ou se é proposital da parte dos dois. Quando saem da estação em Porter Square, o sol está se pondo e ela percebe que está ficando sóbria. Mas, tudo bem. Certamente o lapso maior está entre não tocar e tocar, não entre tocar e o que quer que vier depois. Seguem em frente, depois dobram a esquina para o apartamento que ela, Jenny e Kim estão alugando. Ela abre a primeira porta, depois destranca a segunda com sua chave. Sobem a escada para o segundo andar, ela sente que todo o sangue em seu corpo está em ebulição, impelindo-a a prosseguir.

Dentro, ele diz:

— Vai me mostrar o apartamento?

Além da cozinha e da sala extremamente comuns, só há os quartos. Ela e Jenny dividem um com duas camas; Kim paga mais e tem uma cama de casal em seu próprio quarto. Hannah percebe que deixou a cama por fazer naquela manhã, e ela e Ted estão em pé do lado de seus lençóis bege emaranhados quando ele a beija de novo. Isso continua por vários minutos e, a certa altura, ele tira os óculos dela. Não falam, e o apartamento está tão silencioso, especialmente depois do barulho na casa de Rick, que Hannah está ciente dos ruídos que estão fazendo, como o som que fazemos ao beber. Gostaria de ter colocado um CD. Mas logo, não sabe como, estão deitados e ela pára de pensar nisso. Está deitada de costas, os pés pendendo para fora da cama, e ele está debruçado sobre ela. Então se acomodam sobre o travesseiro, ele desabotoa a blusa dela, passa a mão por baixo do seu corpo e abre seu sutiã.

— Apague a luz, por favor? — diz Hannah, mas ele não responde.

— Pode apagar a luz? — diz ela mais alto. — O interruptor é do lado da porta.

101

— Mas quero poder vê-la — replica ele.

De jeito nenhum.

— Não, não mesmo — diz ela e o afasta para o lado. Ele está beijando seu pescoço e se interrompe, para se levantar para apagar a luz.

— A propósito — diz ele, em pé —, tem alguma coisa para... proteção? — Ele se deita de novo, mais do lado do que em cima dela.

— Na verdade, achei que os homens sempre cuidavam disso. — Hannah dá um risinho e imediatamente se sente mortificada.

— Talvez eu tenha — diz ele. — Espere. — Vira de lado e põe a mão no bolso de trás.

Um intervalo de tempo abre-se e com a mesma rapidez se fecha de novo. Se ela vai dizer alguma coisa, tem de dizer já.

— Casualmente — começa ela, e sua voz já soa igual a quando apresenta relatórios a Lois —, acho que devo lhe dizer uma coisa. Nada grave, mas nunca fiz sexo antes.

A pausa é tão longa que ela acha que Ted não a escutou, e decide que afinal, talvez não seja uma boa idéia lhe dizer aquilo.

— Está dizendo — fala ele, e antes que continue, ela sabe que ele a ouviu perfeitamente — que é, que é virgem? É o que está dizendo?

— Bem, odeio essa palavra. Nem mesmo gosto quando as pessoas dizem paisagem virgem ou floresta virgem. Mas, sim, é isso.

— Você é religiosa?

— Não — replica Hannah.

— E você está no segundo ou no terceiro ano da faculdade?

— Vou para o último.

— Houve... nada pessoal, mas houve algum cara que a tratou mal?

— Como assim, que me molestou? — diz Hannah. Sua voz estava um pouco vacilante, mas agora se firma de novo. — É o que quis dizer, não foi?

Ele não responde.

— Não — diz ela. Não vai explicar mais. Tudo acabado. O momento passou.

— Não posso dizer que não me sinto lisonjeado — diz ele. — Mas acho que devia fazer isso com alguém que você ama.

— Você não está sendo antiquado?

— Hannah, você é legal. — O tom de voz de Ted é sério. Está tremendo mais do que o habitual. — Gosto de você. É só que nessas circunstâncias...

— Por que não vai embora? — diz ela.

— Ora, ainda podemos nos divertir.

— Verdade? — replica ela. — Podemos? — Mas então não quer mais ser uma pessoa delicada, não quer ceder ao seu próprio desprezo. Diz:

— Você devia ter se informado melhor. É Sarie que é a estagiária promíscua.

Ele olha diretamente para ela pela primeira vez, em vários minutos. Mesmo no escuro, o encontro dos olhares é excruciante. Ela desvia o olhar. Seu corpo levantando-se da cama alguns segundos depois é periférico, mais semelhante a uma sombra do que a uma pessoa de verdade.

Ele está em pé, pondo a camisa para dentro da calça, calçando os sapatos.

— A gente se vê — diz ele. — Obrigado, Hannah.

Mentalmente, ela acrescenta *por nada*. Tem de admitir que a voz dele não soa sarcástica. Apenas distante. Ele sai do quarto, e então, a porta da frente se abre e se fecha. A primeira coisa que ocorre a Hannah é que é sexta-feira, e que, pelo menos, ela terá o fim de semana antes de retornar ao escritório.

Ela fica exatamente como ele a deixou, sua blusa tirada pela metade, seu sutiã desabotoado, suas pernas abertas. Transcorre uma quantidade de tempo indeterminada, e então, ela ouve os fogos de artifício — estão muito próximos, possivelmente no pátio sob sua janela — e uma luz branca pisca no quarto como se fosse um raio. Quem são os idiotas que sempre insistem em soltar fogos em 3 de julho?

Antes de o verão começar, ela teve o pressentimento de que tudo seria diferente, de que a sua vida estava começando a mudar. Ia ficar em Boston, ao invés de ir para casa, alugando o apartamento com Jenny e Kim, e tinha o estágio. Tinha ficado esperançosa. Pensa naquele dia em maio, depois do almoço com seu pai. O restaurante era na rua Spruce, e quando se levantou da mesa, caminhou para o norte, na 20ª — ela estava tremendo —, e virou à direita na praça Rittenhouse. O parque estava cheio de funcionários dos escritórios comendo, de homens desabrigados sentados

103

nos bancos, cercados por sacos com seus pertences, de crianças correndo no meio das estátuas. No extremo do parque, ela saiu na Walnut Street, parando para comprar uma garrafa de água. A temperatura era de 30 graus, o primeiro dia realmente quente do ano.

Estacionara o carro de sua mãe na 7ª com a Walnut, e ao se dirigir para lá, passou por uma nova butique que parecia estar oferecendo uma espécie de festa de inauguração. Os empregados usavam jeans e camisetas de cores vivas, e tinham colocado alto-falantes na entrada que tocavam a música que se tornaria o grande sucesso do verão; foi a primeira vez que Hannah a escutou. Passando a 18ª, entre um empório de alimentos sofisticados e uma butique luxuosa com vestidos de cetim na vitrine, Hannah sentiu vontade de seguir atrás de três pessoas que, de início, achou estarem separadas, mas, logo depois, percebeu estarem juntas: uma garota mais ou menos da sua idade, um homem alguns anos mais velho, uma mulher que parecia mãe de um dos dois. Hannah observou seus perfis quando falaram entre si. O casal — e devia ser um casal, pensou Hannah quando o homem passou o braço ao redor da garota de uma maneira terna demais para que fossem irmãos — era bonito, o homem com ombros largos e um nariz pronunciado. A garota usava um vestido verde de alça e tinha o cabelo comprido de um louro quase branco; a cor tão clara, de certa maneira, a fazia parecer vulnerável. Ela mantinha o queixo erguido, em uma paródia de educação refinada. A mulher mais velha era corpulenta, se movia mais lentamente, usava um lenço na cabeça. O homem disse alguma coisa à garota, que respondeu sacudindo a cabeça. Não deu para Hannah ouvir a conversa, e ela apressou o passo. Mas não falaram de novo por quase uma quadra.

Então, de repente, a mulher se virou para a garota e disse:

— Você está feliz? — Tinha um sotaque que punha ênfase nas duas sílabas: está *feliz*? Era da Europa oriental, decidiu Hannah, talvez fosse húngara.

A garota não respondeu, e foi simplesmente ridículo, pois Hannah teve a nítida impressão de que a pergunta havia sido dirigida a ela. Como a garota pôde não responder? Teria sido a sua vida toda dessa forma, um grande questionamento sobre se as coisas estavam do jeito que ela queria?

No outro lado da rua, um carro de polícia acendeu a lanterna na capota, e Hannah fixou os olhos no azul girando, depois no policial. Ele estava anotando uma multa para o motorista de uma van que agitava as mãos enfaticamente. Os dois pareciam distantes. A música da loja continuava audível acima do ruído do trânsito, e como sempre acontecia quando ela ouvia música na rua em uma área urbana, sentiu-se como se estivesse em um filme. Tinha dado um passo drástico e possivelmente tolo com seu pai. Mas não se arrependia. De uma maneira estranha, o desagradável que ocorreu com ele continha seu contrário, e em tudo à sua volta havia a possibilidade de que as coisas melhorassem nos meses seguintes. Aproximou-se mais da mulher húngara, chegou tão perto que poderia tocar nas suas costas. "Está *feliz?*", perguntou a mulher de novo, dessa vez com mais insistência, e nesse momento, seguindo a rua Walnut, Hannah esteve prestes a responder que sim.

5

AGOSTO DE 1998

No quarto 128 do hotel Anchorage Holiday Inn, a irmã de Hannah, Allison, acaba de escovar os dentes, enquanto Hannah está lavando o rosto. Quando Hannah põe a toalha na beira da pia, Allison diz:

— Hannah, estou noiva! Sam e eu vamos nos casar.

— Sam? — Hannah repete o nome como se não tivesse certeza de quem é, embora Sam estivesse, nesse exato momento, no outro lado da porta, nesse mesmo quarto de hotel. Mas ela foi pega de surpresa. Ela e Allison estavam falando de besteiras, de marcas de filtro solar. — Desde quando? — pergunta Hannah.

— Ele fez a proposta na semana passada. Veja. — Allison estende a mão esquerda, em que está usando uma aliança de prata em forma de ondas. Hannah já a tinha notado antes, embora não tivesse lhe ocorrido que representasse um noivado. — Quase lhe disse ao telefone, mas aí achei que seria mais divertido contar pessoalmente — diz Allison.

— Mamãe sabe?

— Ela e papai sabem. Não está feliz por mim? Talvez queira me dar os parabéns. — Allison ri, de certa maneira, involuntariamente. — Achei que gostava de Sam.

— Não *desgosto* dele. É só que... eu não sabia que a coisa entre vocês era tão séria.

— Hannah, vivemos juntos há um ano.

— Bem, isso não me ocorreu. Você só tem 24 anos... é nova, de certa maneira. Mas Sam é legal. Quer dizer, sim, parabéns. Acho apenas que não o vejo como muito especial.

— Meu Deus, Hannah.

— Desculpe — replica Hannah. — Fui grosseira? Estava tentando ser franca. Não devia ter dito isso?

— Sim — responde Allison —, não devia ter dito isso.

Mas *não* ocorreu a Hannah que sua irmã fosse se casar com Sam. Allison nunca aceita quando a pedem em casamento. Não precisa, porque sempre tem um homem que irá se apaixonar por ela. Ela tem olhos verdes grandes e cabelos compridos castanho-claro, e dois caras antes de Sam a pediram em casamento. Um foi seu namorado de faculdade, que ela rejeitou porque, como contou a Hannah, não estava preparada para esse tipo de compromisso, e outro foi um cara do lado de fora de um bar no Dia dos Namorados. Allison estava esperando por seu amigo na calçada, e quando se virou, lá estava aquele cara alto e magrelo, de cabelo preto e jaqueta de couro preta, e uma porção de argolas de prata nas orelhas. Não era de jeito nenhum o tipo dela, mas se olharam e no momento seguinte estavam de bocas coladas, a mão dele no seu cabelo. Ela achou que ia desmaiar. O cara disse: "Case-se comigo, coisa linda." Hannah é capaz de imaginar essa parte, sua irmã encarando-o com seus olhos grandes e surpresos; os olhos de algumas pessoas dizem não antes que se diga uma palavra, mas os de Allison nunca, nem mesmo a vagabundos, a ex-namorados ou cafajestes no bar. Então o amigo de Allison trouxe-a à realidade e a afastou do local, sem que ela opusesse alguma resistência. Ela e o cara se perderam e não se viram nunca mais. Mas ela disse que não respondeu nada porque teve medo de dizer sim.

No banheiro no Holiday Inn, Hannah diz:

— Não fique irritada. Já estou começando a me acostumar com a idéia. Veja. — Ela estendeu os braços e Allison, um pouquinho relutante, os aceitou. E enquanto se abraçavam, Hannah disse — É maravilhoso, uau!

Ao saírem do banheiro, Sam está deitado na cama examinando o mapa de Prince William Sound, e Elliot, seu irmão, está remexendo em sua mochila, apoiada na parede.

— Disseram-me que seria conveniente dar os parabéns — diz Hannah, e se joga para abraçá-lo, sentindo-se um pássaro grande e desajeitado. Essa é a segunda vez no dia que, desajeitadamente, abraça Sam. A primeira foi no aeroporto.

Hannah foi a primeira a chegar a Anchorage, e não sabia bem o que fazer, de modo que comprou um sanduíche de peru cheio de carne molhada e sem cor. Tirou a maior parte, pôs na bandeja de plástico, e continuou comendo a alface e o pão, depois jogou o resto no lixo. Caminhou a esmo até um urso-pardo: um verdadeiro, embora morto, urso-pardo, de quase três metros de altura com o pêlo marrom escuro, a boca aberta em um uivo interrompido, atrás de uma redoma de vidro. Segundo o letreiro, um urso-pardo adulto podia pesar mais de 300 quilos e era capaz de farejar carniça a 28 quilômetros de distância. *Estou no Alasca,* pensou Hannah. *Alasca. Alasca!* Teve uma vontade súbita de estar em seu apartamento em Boston, assistindo com Jenny dramas em delegacias policiais, comendo ovos mexidos no jantar. Entrou em uma loja de presentes, examinou os chaveiros e ímãs, e pensou em comprar cartões postais, mas achou que ainda não conquistara o direito.

Quatro horas depois — finalmente, desistiu e comprou revistas para ler enquanto esperava — houve o rebuliço da chegada deles. Allison, Sam e Elliot tinham viajado juntos desde São Francisco, e ao desembarcarem, Hannah estava esperando no portão. Quando ela localizou sua irmã, sentiu crescer em seu peito o que sempre sente ao rever Allison depois de meses longe. Allison é tão familiar, cada traço de seu rosto, cada gesto que faz, e é tão extraordinariamente bonita, e ela é de Hannah. No meio dessa gente toda, é Hannah que Allison procura. E ela tem de reprimir suas lágrimas.

As duas se abraçam, e Allison diz:

— Gosto dos seus óculos. Parece uma intelectual.

— Guardei pra você alguns bolinhos servidos no avião porque têm gosto de queijo cheddar — diz Hannah.

Quando Sam se aproxima, Hannah fica sem saber se devem se abraçar ou se beijar, e decide abraçá-lo. Mas Sam se aproxima de uma maneira como se tivesse decidido beijá-la, de modo que no último segundo, ela dá a bochecha para ele e põe suas mãos inutilmente nos ombros dele. Então, ele percebe que ela pensara que ele ia abraçá-la, roça a testa dela com os lábios e põe os braços ao redor de sua cintura.

— Este é o meu irmão mais velho, Elliot — disse Sam quando ele e Hannah se soltam.

— E esta é a minha irmã mais nova, Hannah — disse Allison.

— E hoje no programa *Family Feud*, dedicado à família... — disse Elliot.

Ele é incrivelmente belo, Hannah pensou ao apertarem as mãos, definitivamente mais bonito do que Sam, embora se pareçam. Elliot tinha os olhos azuis, nariz reto, cabelo louro, e barba meio ruiva. Não era uma barba do tipo acadêmico comum, apesar de ele estar na pós-graduação. Era uma barba esportiva. No quarto do hotel, ao abraçar Sam pela segunda vez, Hannah pensa que se fosse por beleza, Allison deveria se casar com Elliot.

— Vai ser a nossa daminha, não vai? — diz Sam.

— Ela vai ser a nossa dama de honra, seu bobo — diz Allison. — Não vai, Hannah? — Allison está subindo na cama, do lado de Sam.

— É claro — responde Hannah. — É o máximo.

Observando sua irmã e Sam um ao lado do outro, acha que os dois foram feitos um para o outro: Allison é assistente social e Sam é professor da sexta série. Preparam jantares cuidadosos, que incluem coentro, fazem as palavras-cruzadas do *Times* juntos aos domingos, e nos meses mais frios, usam chapéus e luvas feitos por camponeses paraguaios. Além disso, o pai de Sam é gerente geral de uma cadeia nacional de drogarias, de modo que apesar dos salários modestos dos dois, Sam e Allison têm a oportunidade de passar as férias no Alasca. (Provavelmente foi o pai de Sam que, indiretamente, pagou a passagem de avião de Hannah.) Hannah não estava mentindo quando disse que não desgostava de Sam. Ele é muito gentil com ela; quando liga para São Francisco, ele pergunta, antes de passar o telefone para Allison, se está gostando da terra do feijão e do bacalhau.

Elliot entra no banheiro, e Hannah senta-se na beira da cama de casal. Acaba de lhe ocorrer uma preocupação que quer aliviar antes de ir se deitar.

— Allison, você vai dormir comigo, não vai? — diz ela. — Vão ser irmãos e irmãs?

Sam dobra uma ponta do mapa, de modo que possam se ver.

— Acha que o meu irmão cheira mal? — Ela entende como a resposta sendo não, não esperava dormir do lado de Elliot, mas quando Sam volta a examinar o mapa, ele acrescenta: — Allison e eu costumamos dormir juntos. Isto é um problema para você, Hannah?

— Só achei que você e Elliot ficariam em uma cama, e eu e Allison, em outra — replica Hannah.

Sua preferência é realmente tão esquisita assim? Ela acha que a maioria das pessoas concordaria que é extremamente aflitivo dormir em uma cama com um homem muito atraente que você mal conhece e que é fácil dormir em uma cama com sua irmã; podendo, dessa forma, disputar os lençóis sem nenhum constrangimento.

— Vocês... — começa Allison

— Se você vai dormir — diz Sam, interrompendo Allison —, o que importa? Não sei você, mas eu estou morto.

Babaca, pensa Hannah.

Elliot surge do banheiro, e Hannah, momentaneamente, fica muito embaraçada e não consegue continuar a discussão na sua frente.

— Elliot — diz Sam —, Hannah não quer dividir uma cama com você. Eu lhe disse que as acusações de estupro foram retiradas, mas ela não acreditou.

Elliot sorri abertamente.

— Não era nem mesmo uma mulher de verdade. Era uma hermafrodita!

— Hannah — diz Allison —, e se você e Elliot dividirem a cama hoje e uma barraca quando formos acampar, mas nós duas dividirmos um caiaque?

Isso é típico de Allison; ser tão *conciliatória*.

— Se quiser passar mais tempo com sua irmã, é melhor ficar acordada do que dormir — diz Elliot.

Seu tom de voz é impaciente, ainda que eminentemente lógico, e há um silêncio durante o qual ocorre a Hannah que ela tem o poder desagradável de arruinar as férias de todos simplesmente por ser ela mesma.

— Está bem — replica ela. — Allison e eu dividiremos o caiaque.

Quando apagam as luzes, todos ficam em silêncio imediatamente. Hannah tem consciência de como seu travesseiro é fofo, depois de como o quarto está abafado. Olha por algum tempo para as costas de Elliot em uma camiseta cinza e se pergunta se ele não tem uma namorada, e se tem, como ela é. Passa-se uma hora. Hannah começa a se sentir desesperada. Vai tateando até o banheiro. Quando se senta no vaso, tudo o que vem é uma colher de sopa de urina amarela. Ela volta para a cama.

À meia-noite — quatro da manhã no horário de Hannah, uma hora e quarenta e cinco minutos depois que apagaram as luzes, e aproximadamente vinte horas depois de ter deixado Boston —, ela pensa em acordar Allison, mas Sam e Elliot provavelmente acordariam também. Também pensa em sair furtivamente, chamar um táxi para o aeroporto e ir para casa, embora isso fosse desencadear uma corrente de excitação que não valeria o trabalho.

É meia-noite e vinte e cinco. Hannah mexeu-se tanto que o lençol soltou-se do colchão do seu lado da cama e se enroscou em seus tornozelos. *Simplesmente feche os olhos e não os abra em nenhuma hipótese,* diz a si mesma. Isso dá certo por quatro minutos, como verifica no despertador digital ao abrir os olhos. *Tudo bem, tente de novo.* Em algum lugar lá fora, a uma distância difícil de definir, ouve-se um lamento estranho. Não sabe se é um lamento humano ou animal. Fica escutando-o, o corpo retesado, se perguntando o que, se é que tem alguma coisa, deve fazer. Adormece pensando nisso.

De manhã, toma seu último banho durante os próximos cinco dias. Vão a uma loja de acessórios de esportes porque Sam precisa de mais meias de lã. A loja ocupa dois andares e está repleta de canoas, barracas, sacos de dormir e vendedores de olhos brilhantes e bom físico, que em seus shorts cáqui e botas de caminhada parecem a Hannah competentes sem fazer esforço, de uma maneira como ela nunca será. Já dá para ver que ela não é o tipo de pessoa que vai acampar no Alasca, e que acampar de verdade no Alasca, ser capaz de dizer que acampa no Alasca, não a tornará esse tipo de pessoa.

Allison e Sam planejaram a viagem meses atrás, e então em junho, ligaram para convidar Hannah, e sua irmã disse que tinham convidado Elliot também, para que ela não se sentisse de vela. Ela tem certeza de que Allison a chamou por causa da briga com seu pai — provavelmente acha que convencerá Hannah a se acalmar. Quando Hannah recusou o convite dizendo que não podia arcar com a viagem, Allison respondeu:

"Nós pagamos sua passagem. Só tem de fazer sua mala." Essa mala que incluía sacos de dormir bem quentes e calças, jaquetas e ceroulas e camisetas térmicas de diversos graus de resistência a água, somava, de alguma maneira, 800 dólares. Em pé na caixa registradora, em Cambridge, Hannah sentiu uma apreensão nauseante. Provavelmente nunca mais usaria tudo aquilo.

Está do lado de uma série de capas de chuva, quando um vendedor se aproxima.

— Posso ajudá-la? — pergunta ele. Tem o cabelo ondulado e um cavanhaque, é bonitinho, e parece ser da sua idade.

— Só estou esperando algumas pessoas.

— Está no Alasca de férias?

— Vamos andar de caiaque em Prince William Sound.

— Ah, mesmo? Vão se divertir muito. Talvez até mesmo vejam um urso. São incríveis em seu habitat natural, nada daquela coisa de zoológico.

— Mas não é perigoso ver um urso?

Ele ri um pouco, um belo riso.

— Acredite em mim, eles têm mais medo de você do que você deles. — (Em toda a sua vida, Hannah nunca acreditou em ninguém que tenha lhe dito isso sobre o que quer que seja.) — Geralmente só dá para ver seus excrementos — prossegue ele. Vai ser muita sorte se conseguir ver um de verdade. Os ursos-pardos devem ser evitados, mas os ursos-negros são brincalhões como crianças.

— Mas é *provável* que a gente veja um?

— Se ficar preocupada, o que tem de fazer é, quando estiver caminhando, principalmente em uma área com muita vegetação, gritar coisas como "Oi, urso! Oi, cara!" Ou cante. O importante é não surpreendê-los, especialmente uma mãe com filhotes. Se ouvem você se aproximar, eles saem do caminho. Vão acampar nas pequenas ilhas?

Hannah assente com um movimento da cabeça.

— Depende do tamanho da ilha. Não deixem nada para trás, limpem tudo. Sabe disso, certo? Não usem perfume, não deixem alimento do lado de fora à noite, essa rotina toda.

Tudo o que ele está dizendo lhe soa familiar, como algo que ela leu no guia de turismo sem prestar atenção — algo por que passou os olhos, talvez, e que na hora pareceu irrelevante. Agora ela pensa: *Ursos? Ursos reais, de verdade?* Ela nem mesmo gosta de cachorros.

— Se está preocupada, vendemos uns sinos — diz o rapaz. — Vou lhe mostrar. — Ele se dirige ao fundos da loja e Hannah o segue. — Outra coisa — continua ele — é spray de pimenta. Vou lhe mostrar isso também.

Os sinos se parecem com sinos de Natal. São vendidos individualmente, em cores vivas, com uma tira com Velcro.

O rapaz segura um vermelho.

— Prenda isso em você — diz ele. — Vamos tentar no seu cinto. — Quando se abaixa, sua cabeça fica na altura da cintura de Hannah, e ela se pergunta se parece gorda desse ângulo. Ele se levanta e diz: — Agora, ande.

O sino tilinta.

— Quanto é? — pergunta ela.

— Três dólares. Vou lhe mostrar o spray de pimenta. Vão ficar por quanto tempo?

— Uma semana, incluindo a viagem, portanto só cinco acampados.

— De onde você é?

— Massachusetts.

— Fala sério? Veio lá de Massachusetts só para ficar cinco dias? Devia ter respondido duas semanas, pensa ela.

O spray custa 35 dólares.

— Francamente — diz o rapaz —, seu dinheiro será melhor empregado no sino.

Ela decide comprar os dois. Ao pagar na caixa registradora, Allison, Sam, e Elliot estão esperando. O rapaz começa a falar também com eles sobre ursos, e quando ela se reúne a eles, o rapaz põe a mão em seu ombro.

— Tudo vai dar certo — diz ele. — Você é muito legal.

— Está com medo? — pergunta Elliot.

— Não — replica Hannah, e ao mesmo tempo, o rapaz diz:

— Eu estava em Denali com a minha namorada, na semana passada, *torcendo* para ver um urso, e não vimos.

Ao ouvir a menção de uma namorada, Hannah se sente uma tola por ter imaginado que o rapaz ia reparar no tamanho da sua cintura.

Elliot aponta o spray de pimenta de Hannah.

— Não lhe ocorreu que se o urso estiver perto o bastante para você conseguir atingir os seus olhos com isto, você estará frita? Ou, quem sabe, você tem uma mira super-humana.

— Não enche — diz Sam, sem raiva. — Deixe que leve, se é o que ela quer.

Allison pega o sino no cinto de Hannah, o segura no ar, e o balança.

— Oh, oh, oh — diz ela. — Feliz Natal. — Vira-se para Sam. — Foi um bom menino durante este ano?

Param em uma mercearia para fazerem compras, depois pegam o trem para Ander, que é onde pegam os caiaques e um barco para Prince William Sound no fim da tarde. Ander é um lugarejo de pequenos edifícios, com espaços irregulares entre si — uma mercearia, uns dois restaurantes, várias locadoras de caiaques — junto com vagões de trens abandonados ou enguiçados e um edifício gigantesco, de estuque rosa, um antigo *bunker* do exército onde, aparentemente, dois terços dos residentes atuais moram. Por trás dos edifícios, assomam montanhas irregulares, verdes em algumas partes e cobertas de neve em outras; na frente dos edifícios, a extensão azul do começo de Prince William Sound, com mais montanhas cobertas de neve na outra margem do rio. Embora faça sol, há poças por toda parte no cascalho barrento que forma as estradas da cidade.

São três e meia, e, para almoçar, pedem hambúrgueres de salmão, exceto Allison, que é vegetariana e pede espaguete. A garçonete parece embriagada; tem cerca de 40 anos, o cabelo oleoso e um dente incisivo preto, e conta animadamente que é de Corvallis, Oregon, que chegou na cidade há quatro anos de brincadeira, e há dois meses casou-se com o cozinheiro, usando aquele mesmo jeans que estavam vendo e naquele mesmo restaurante. Agora, ela e seu marido moram no *bunker*, no quarto andar. Esquece-se do que Allison pediu e tem de voltar, e Hannah sente um desejo estranho, se bem que não desconhecido, de *ser* essa garçonete, de ter 40 anos e ser calmamente não atraente, morar em uma cidade pequenina e estranha no Alasca, com um cozinheiro de comidas ligeiras que a ama. Além de não ser levada para a água em direção aos ursos.

Depois do almoço, caminham para a ponta de um píer e sobem em um barco que navega batendo nas ondas na direção norte, para Harriman Fjord. O capitão é um cara grande, mais velho e de barba, e os outros conversam com ele, mas Hannah senta-se em um lado do barco, o vento batendo em seu rosto e entorpecendo sua pele. Depois de uma hora, o capitão reduz a velocidade e a embarcação desliza para uma praia rochosa. Para além das rochas há samambaias, uma extensão de frutas pequenas, diferentes tipos de árvores e, para além das árvores, uma geleira. É a primeira que vêem, na forma de uma montanha, cobrindo uma extensão de talvez cinco quilômetros quadrados. Hannah imaginava as geleiras tão claras, reluzentes e nitidamente recortadas, como um cubo de gelo imenso, mas essa parece mais um campo de neve suja e irregular. Tem um matiz azulado, como se borrifada com um produto limpa-vidros.

Os caiaques estão amarrados no alto do barco e o capitão sobe, com uma agilidade surpreendente, para baixá-los. Colocam os caiaques cuidadosamente contra as rochas, depois chapinham de volta na água rasa, usando botas de borracha pretas, para pegarem suas mochilas. O capitão parte. Tudo parece imenso, o mar, o céu, as montanhas e a vasta e despovoada extensão de praia rochosa. Hannah não consegue acreditar que isso, que isso tudo existe realmente. Existe enquanto ela é babá dos filhos do professor, enquanto ela come sorvete com Jenny no campus. Agora aquilo tudo parece distante e irrelevante. Isso é o mundo: a limpidez do ar, o vento agitando a relva alta, a maneira como o sol de fim de tarde se reflete nas ondas minúsculas que batem nas rochas. Ainda assim, se sente uma tola; pensamentos sobre como somos pequenos sempre parecem pequenos. Além disso, a perplexidade não impede a ansiedade.

A cerca de cinqüenta metros da água, armam as barracas.

— Diga-me o que tenho de fazer — diz Hannah a Elliot.

Ele passa os mastros para ela, que estão desarmados, com uma corda de borracha por dentro. A maneira como deslizamos as peças de metal uma dentro da outra, como algo curvo se torna reto, faz Hannah pensar na varinha mágica no show de mágica para crianças. O solo é macio, fácil de enfiar as estacas. A barraca é turquesa, e quando Hannah entra nela, de joelhos para não sujá-la de terra, repara que o náilon lança uma sombra azul em seus braços. No fundo da barraca, Elliot abriu um zíper no tecido e expôs uma tela triangular — uma janela — que causou em Hannah uma impressão estranhamente doméstica. É como se ele pendurasse sinos-dos-ventos ou prendesse uma caixa de correio com o nome dos dois, para o caso de Allison e Sam quererem deixar uma carta. Hannah puxa os sacos de dormir para dentro; apóiam as mochilas nas árvores.

Só sairão de caiaque na manhã seguinte. Para o jantar, os irmãos preparam macarrão com queijo e salsicha de vegetais.

— Não ponham a salsicha no de Hannah — diz Allison. — Ela não gosta da textura.

Depois de fazerem a limpeza, Sam pendura a comida em uma árvore. Os irmãos jogam xadrez em um pequenino tabuleiro magnético, enquanto Allison senta-se na praia, escrevendo em seu diário. Sem saber o que fazer, Hannah entra na barraca, veste uma ceroula e troca de camiseta, e entra no seu saco de dormir. Na luz que cai, lê um romance policial que Allison acabou no avião, só que se confunde o tempo todo e tem de voltar uma página. Passaram-se quarenta minutos quando Elliot entra. Cumprimenta-a com um ruído de uma sílaba. Tira a camiseta e jaqueta de lã e, de costas para ela, sua pele é dourada, seus braços magros, mas musculosos. Ele tira o jeans também, e entra no seu saco de dormir usando cuecas cinzas tipo shorts.

— Você está fazendo doutorado em neurociência, não está? — diz Hannah. — Não é a mesma coisa do que ser médico?

— Vou fazer pesquisa e provavelmente dar aulas, mas nunca vou realizar cirurgias, se é isso o que está perguntando.

— Tem alguma especialidade?

— Estou em um grupo que estuda como partes diferentes do cérebro respondem à tensão. No momento, estamos examinando a amígdala, o que presumo não significar nada para você.

— Soa familiar.

Há um longo silêncio.

Tudo bem, pensa Hannah, *não importa.*

Por fim Elliot diz:

— Estuda na Tufts, não é?

— Sim, vou iniciar meu último ano. Estagiei, durante este ano, em uma agência de publicidade. Gosto muito de Boston. É verdade o que dizem sobre os motoristas de lá, mas como não tenho carro, isso não me incomoda.

— Sei como Boston é. Cursei direito em Harvard.

— Uau... você andou muito ocupado.

Ele não responde. Mas os dois estão deitados de costas, e é impossível para Hannah não sentir como se ele fosse, um pouco, seu marido. É a mistura do íntimo e do mundano como oposto ao íntimo e sexy. Quando estava no segundo ano da faculdade, uma vez ajudou, por acaso, o monitor do seu prédio, um garoto chamado Vikram, a comprar o que comeriam no lanche, entre os estudos, e também foi assim. Não se sentia atraída por ele, mas percorreram as alas, empurrando o carrinho, decidindo juntos o que comprar: *Por que as uvas estão tão caras? Queremos rosquinhas salgadas, certo?*

Elliot vira-se de lado, de costas para Hannah. Ela deveria ficar calada — obviamente ele está tentando dormir —, mas ouve a si mesma perguntando:

— O que acha de Sam e Allison se casarem? Incrível, não?

— Muito legal — diz Elliot. — Quero que sejam felizes.

— Você sabia que a relação era tão séria?

— Ele seria um bobo, se não fosse. A sua irmã é fantástica.

O fantástico de Allison, geralmente motivo de orgulho para Hannah, parece um assunto maçante. Ela não diz mais nada, tampouco Elliot. Está muito escuro e ela escuta o bater da água. Passam-se quarenta e cinco minutos, e — seu estômago parece dilatado e duro — ela hesita entre a preocupação de não dormir nunca e cair no sono e peidar alto. Imagina o pêlo áspero e cor de canela do urso e seu faro alerta, suas presas compridas, marrons e ligeiramente curvas. É claro que é uma ilusão, mas fica feliz por estar dentro da barraca, escondida. Como o urso tem sorte de ser aquele que é temido por todos; como deve se sentir livre, vagando pelas praias e no meio das árvores.

Depois do café da manhã, quando estão colocando a proteção que impede que a água entre no caiaque e seus coletes salva-vidas, Elliot diz:

— Você não vai usar isso no caiaque, vai? Não há ursos na água.

Mais cedo, Hannah havia prendido o sino na manga de seu colete, e ele tocava sempre que ela se movia. Ela olha para Elliot, depois desvia o olhar. Está cansada de tentar fazer com que ele goste dela.

— Eu quero — replica ela justo quando Sam pergunta:

— Ei, Hannah, qual é o tamanho do colete que está usando?

— Não sei. — Ela abre os ganchos de plástico na frente e procura a etiqueta. — Grande.

— Troca comigo, está bem? — Sam joga outro para ela. — Os dois médios são para você e Allison, e os dois grandes para mim e Elliot.

— Mas... — Hannah faz uma pausa. — Sei que você é mais alto do que eu, mas Sam, eu tenho seios. Meu peito é realmente maior do que o seu.

Allison dá um risinho.

— Hannah tem peitos grandes — diz ela. — São o meu tormento desde o segundo grau.

Não é verdade. Na oitava série, Hannah já usava o sutiã maior do que o da sua irmã mais velha e o da sua mãe, mas era o seu próprio tormento. Ainda assim, durante anos, ela e Allison agiram como se houvesse pelo menos uma coisa que sua irmã lhe invejasse.

— A verdade é que sou maior — diz Sam. — Não estou sendo sexista. Fique do meu lado, Hannah.

Primeiro ficaram lado a lado, depois costas com costas.

— Isso é absurdo — diz Elliot, mas Hannah não sabe a que ele está se referindo. À situação? A ela?

— Não dá para afirmar sem uma fita métrica — diz Allison.

Ela continua falando com uma expressão divertida — ou, para Hannah, fingindo sentir assim.

— Consegue fechar o médio? — pergunta Sam.

Hannah o veste. Tem certeza de que não vai fechar, mas fecha. O que provavelmente significa que fecharia também em Sam, exceto que enquanto ela mexia nos ganchos, ele tinha tirado facilmente o grande de suas mãos. Não havia nada a fazer a não ser lançar os caiaques na água.

De início, fica instável, depois desliza macio, quase como se deslizassem diretamente sobre a água, sem a fibra de vidro no meio. Elliot e Sam remam mais rápido do que Allison e Hannah, e quando se distanciam alguns metros, Hannah vira a cabeça e fala por cima do ombro — Allison está no leme.

— Então o que acha do gesto desse seu namorado ou noivo ou seja lá o que for?

— Hannah, acalme-se.

— Obrigada por me defender. Ficou com medo de que ele se sentisse menos homem se você admitisse que seu peito não é tão largo quanto ele quer acreditar que é?

Allison não responde.

— Mas gosto realmente de passar o tempo com seu irmão — diz Hannah. — Como é afetivo.

— Elliot é legal — diz Allison, e Hannah se irrita por Allison não defendê-la, nem mesmo diz nada que tenha relação com a conversa.

Quando eram meninas, brigavam de verdade — puxões de cabelo, declarações de ódio — e apesar de não brigarem mais tanto fisicamente, continuaram a discutir até Allison estar na sétima série. E então — foi horrível — ela se tornou boa. Da maneira como algumas garotas, nessa época, se tornam populares ou anoréxicas ou góticas, a personalidade de Allison tornou-se definitivamente generosa. Também ficou bonita, o que fez sua generosidade sobressair e tornar-se menos necessária.

— Sabe o que os dois me lembram? — Possivelmente, pensa Hannah, está indo longe demais. — "Cuidado com homens que já leram um livro." Agem como se eu estivesse paranóica em relação a ursos, como se tivessem a maior experiência em acampar.

— Sam acampou antes — diz Allison. — Juro. Os dois cresceram fazendo excursões em Wyoming.

— Bem — replica Hannah —, caubóis autênticos.

De novo, Allison não fala nada.

— Tenho uma única pergunta a fazer — diz Hannah. — Não se sente enganada por ele, embora sendo de uma família podre de rica, só lhe dar uma aliança de prata?

— Neste exato momento — replica Allison —, estou com muita dificuldade de imaginá-la dama de honra do nosso casamento.

— Isso é uma ameaça?

— Hannah, por que a ameaçaria? Porém, você está deixando claro que não gosta nem de Sam nem de Elliot. Eu não ia querer colocá-la em uma situação em que se sentisse desconfortável.

— Como essa, você quer dizer? É óbvio que todo mundo preferiria que eu não tivesse vindo. — Espera Allison contradizê-la, e como isso não acontece, acrescenta: — Inclusive eu.

Por mais de vinte minutos, nenhuma das duas fala. No começo, o colete salva-vidas parece a Hannah um espartilho, mas se acostuma. E é um alívio estar no caiaque. Agora só precisa completar a viagem em si, e não fazer os preparativos para a viagem *e* a viagem.

Finalmente, Allison diz:

— Está vendo a geleira lá adiante? Não podemos chegar perto demais, pois pedaços dela podem cair a qualquer momento. Isso é chamado de *calving,* isto é, quando um iceberg rui.

Sim, Allison é mais madura do que Hannah, Allison é uma pessoa melhor, mas também tem menos coisas em jogo para ela. Allison consegue capitular uma conversa porque Hannah não está onde a sua atenção está; para Allison, Hannah não é a principal pessoa na viagem.

— Está indo bem — acrescenta Allison. — A primeira vez que saí de caiaque, tive enjôo.

Com relutância, Hannah diz:

— Isso é possível?

— Vomitei na água. Pergunte a Sam. Ele me achou a maior boboca.

Depois, viram uma águia-calva, depois uma foca subiu à tona do lado do caiaque. Há algo de triste em sua cabeça marrom molhada, pensa Hannah, quando o animal mergulha de novo e desaparece.

Antes do jantar, quando Sam está fervendo a água para o cuscuz, e Allison e Elliot estão nas barracas, ele pergunta a Hannah.

— Nada de ressentimentos por causa do colete, está bem?

Hannah pára, depois responde:

— Sim, tudo bem.

Sam baixa a voz.

— Allison está realmente preocupada com sua relação com seu pai.

— Não sabia que minhas questões com meu pai eram do conhecimento público — replica Hannah, e Sam não toca mais no assunto.

Depois do jantar, jogam cartas na barraca de Allison e Sam. Faz tanto frio que todos vestem jaqueta e chapéu de lã. Por volta das nove, quando começa a escurecer — Alasca não é a terra do sol da meia-noite no fim de agosto —, pegam suas lanternas e as distribuem nos cantos apontando para cima, quatro luas dentro da barraca. Mas então fica completamente escuro e se torna impossível enxergar as cartas mesmo com a luz das lanternas.

Antes de ir para a barraca com Elliot, Hannah se dirige a uma árvore a seis metros de distância. Quando baixa a ceroula e a calça de lã, imagina um urso surgindo atrás dela e passando a pata em sua bunda. Sacode o sino.

— Ouvi você, Hannah — grita Allison, cantarolando.

Hannah fica agachada ali por um minuto até conseguir relaxar o bastante para urinar. Tem certeza que caiu um pouco nos seus pés — está de meias de lã e sandálias de dedo — mas está escuro demais e ela está cansada demais para se importar.

Os dias desenvolvem um ritmo. Comem mingau de aveia ou Pop-Tarts no café da manhã e, às vezes, chocolate quente; no almoço, comem cenouras, maçãs e *bagels* com manteiga de amendoim; e no jantar, Elliot ou Sam preparam massa ou feijão no fogão de Elliot. Cada um carrega duas garrafas de água, uma tigela, uma xícara e um conjunto de utensílios.

Mudam-se para outra ilha e no solo acima da praia, Hannah vê várias pilhas do que devem ser excrementos de urso: grandes torrões parecendo amassados, às vezes marrom escuro, às vezes quase rosa, salpicados de cerejas inteiras não mastigadas. Pensa no cara da loja em Anchorage, na maneira como disse: "Você é muito legal", e tenta segurar essas palavras, como um talismã.

Na água, navios de cruzeiro surgem a distância. Sam e Elliot fazem comentários sarcásticos sobre os passageiros, sobre a precária vivência dos tripulantes nessa região. "Turistas", dizem com desprezo, e Hannah pensa: *E nós somos o quê?* Ela preferia ser passageira de um navio de cruzeiro: uma mulher grisalha de Milwaukee, com uma câmera em uma bolsa de lamê dourado a tiracolo, comendo linguado em um prato branco todas as noites. Os navios distantes fazem com que Hannah sinta que não estão tão sós, e sempre fica triste quando desaparecem. Também se sente confortada quando, uma noite no acampamento, encontra um Band-aid semi-enterrado. O Band-aid tem o desenho dos Flinstones e Hannah o pega — nunca faria isso na vida normal — para examiná-lo na palma da sua mão.

À noite, ela dorme com sutiã usado para esportes e, como Allison instruiu, põe as peças de roupa molhadas — geralmente, meias — sobre a barriga, para que sequem. Pelo menos uma vez por dia, garoa. Quando isso acontece, Hannah acha que se simplesmente parasse de pensar, o tempo passaria e ela estaria de volta a Tufts, iniciando o novo ano escolar, se lamuriando por não ter aproveitado as férias exóticas e caras.

Na quarta tarde, durante um interlúdio ensolarado, os irmãos — geralmente muito mais à frente — esperam Allison e Hannah, e então se põem a borrifá-las de água com os remos. Mais exatamente, os irmãos molhavam Allison. Elliot, como Hannah, está sentado na proa, mas virou o corpo, de modo que está de costas para Allison. Quando Allison dá gritinhos e ri, a expressão de prazer no rosto de Elliot é tão forte e tão grande que ele parece um louco. Sua felicidade momentânea é o que deixa Hannah desconfiada. E então, nessa noite no acampamento, Elliot vai com Allison catar lenha e Hannah os vê voltando pela praia. A revelação involuntária está na postura relaxada, mas atenta, dele; claramente, de todos os lugares no mundo, aquele é onde Elliot queria realmente estar.

É nesse momento, na adoração de Allison, que Hannah quase se identifica com Elliot. Observando-os, ela sente em sua própria mão o desejo de tocar no cabelo ondulado da garota, dessa garota cuja gentileza e beleza endireitaria a sua vida se conseguisse que ela fosse sua. Hannah se pergunta se Elliot teria imaginado que ela seria outra versão de Allison.

Quando terminam de limpar tudo depois do jantar, Elliot e Sam anunciam que vão explorar o lugar. Depois que partem, Hannah vai com seu sino e seu spray de pimenta sentar-se em uma grande rocha que desce até a água. O céu está baixo, de um branco algodão, ligeiramente matizado de rosa, e as bordas de todas as coisas começam a escurecer. O estreito chamado The Sound está plano e vítreo. Allison vai para junto dela. Ficam em silêncio por um longo tempo.

— Está tão bonito que sinto culpa indo dormir — diz Allison, por fim.

— Aposto que ainda estará aqui de manhã — diz Hannah.

— Sabe o que eu quis dizer. — Allison faz uma pausa. — Hannah, acho realmente que você deveria falar com papai. Se pedir desculpas, tenho certeza de que ele pagará a sua faculdade este ano.

Ah, sim — Hannah sabia o que estava por vir.

— Nada me fará lhe pedir desculpas — replica ela.

— Onde vai conseguir o dinheiro?

— Já me encontrei com um cara da seção de ajuda financeira. Isso não é problema seu.

— De certa maneira, é. Você também está deixando a mamãe tensa. Ela não tem como arcar com seus estudos.

— Não pedi nada a ela. Estou recebendo empréstimos para estudantes.

— Acha isso certo? Tenho certeza de que alguém de uma família com menos recursos precisa do dinheiro mais do que você.

— É um empréstimo, Allison, não uma bolsa de estudos. Terei de pagá-lo, portanto sim, acho realmente que tenho direito.

— Papai pagou meu mestrado — diz Allison. — Tenho certeza de que ele pagará a sua graduação também, se você deixar. Na verdade, ele é uma pessoa incrivelmente generosa.

— Papai é um canalha — diz Hannah. — Mudando de assunto. Sam sabe que o irmão tem tesão em você?

Allison ri.

— Do que está falando?

É claro que Allison *ia rir* disso. Mas até que ponto sua negação otimista é o mesmo que superficialidade? Certamente não se trata simplesmente de ela ser burra. Hannah diz para as pessoas (disse para a Dra. Lewin) que ela e sua irmã são próximas, mas será mesmo verdade? Ela e Allison gostam realmente da companhia uma da outra, conhecem nem que sejam as coisas mais básicas uma da outra?

— Ele nunca tentou nada com você? — pergunta Hannah.

— Por que está me perguntando isso? — diz Allison, o que certamente é menos que uma negação.

— Que canalha — diz Hannah.

— Uma vez. Ele tentou me beijar em uma festa quando estava muito bêbado, e no dia seguinte, ficou arrasado.

— Você contou a Sam?

— Que importância tem para você se contei ou não? — A voz de Allison oscila entre provocação e autocomiseração. — De qualquer maneira, você só fica sentada nos julgando.

Ah, como Hannah sentiu saudades da Allison da escola primária, da Allison capaz de responder com sarcasmo quando adequadamente provocada!

— Sabe, eu me sentia mal por você, com os homens a paquerando o tempo todo — diz Hannah. — Sabia que devia invejá-la, mas todos aqueles caras pareciam um fardo. Você nunca correspondia, mas tinha de retornar as ligações ou deixar que a beijassem na bochecha ou simplesmente, como que *controlar* o interesse deles de uma maneira que parecia entediante. Mas hoje acho que eu estava enganada. Você vibra em controlar o interesse deles. Por que outra razão teria convidado Elliot a vir nesta viagem, sabendo que ele gosta de você?

— Isso é muito injusto.

— Foi para que ele observasse você e Sam brincando na natureza?

— Você nunca consegue dar uma trégua, consegue? — diz Allison, e está ficando em pé, irritada e de maneira desajeitada. Suas bochechas estão afogueadas.

Depois que se foi, Hannah continua ali, no momento silencioso e medonho que se seguiu à sua própria hostilidade. Mas então Allison volta. Fica em pé diante de Hannah, os olhos estreitados.

— Mamãe, às vezes, me pergunta se acho que há alguma coisa errada com você. Sabia disso? Ela diz: "Por que Hannah não tem namorado, por que não tem mais amigos? Devo me preocupar?" Eu sempre a defendo. Respondo: "Hannah caminha ao ritmo da batida do seu próprio tambor." Mas não é isso. O caso é que você é completamente obstinada e amarga. Acha que decifrou todo mundo, todos nós com nossas vidinhas estúpidas, e talvez esteja certa, mas é uma pessoa infeliz. Você faz a própria infelicidade, e faz as pessoas ao seu redor infelizes também. — Allison hesita.

Diga, apenas diga, pensa Hannah. *O que quer que seja.*

— A ironia — diz Allison — é que você me lembra papai.

É a última noite acampados. Estão em outra ilha, a terceira e última (a viagem está quase no fim, quase no fim, quase no fim). Hannah não faz idéia de que horas são, mas sente que dormiu profundamente, provavelmente por várias horas, quando desperta com o peso de Elliot em cima dela, sua mão sobre a boca de Hannah.

— Precisa ficar calma — diz Elliot. Ele está sussurrando em seu ouvido, baixo como nunca ouviu alguém sussurrar. É como se ele estivesse pensando os pensamentos dela.

— Tem uma coisa querendo alcançar a nossa comida. Você não pode gritar. Está entendendo? Vou tirar minha mão, mas se fizer barulho, eu a ponho de novo.

Embora ele não use a palavra, ela entende — depois de entender que ele não a está violentando — que ele está se referindo ao urso. Finalmente, como sabia que aconteceria, o urso apareceu.

Ela balança a cabeça concordando e ele tira a mão. O som de fora da barraca é de arranhar, como se arranhando cortiça, e com uma irritação genuína. O som de arranhar cessa, depois recomeça. Sam e Allison também estarão acordados? Elliot permanece em cima dela. Ela está deitada de lado no saco de dormir e ele está fora do dele, apoiado nos braços, o centro de seu torso pressionado no ombro dela, seu abdômen contra o quadril dela, suas pernas abertas sobre ela. Ele está nessa posição porque não quer arriscar fazer ruído ao se levantar? Porque, se o urso se aproximar da barraca, ele a estará protegendo? Ou porque é bom e surpreendentemente normal estarem os dois entrelaçados dessa maneira? A pressão de seu corpo não é nada desagradável.

O hálito de Elliot cheira a cebola do jantar e provavelmente lhe causaria asco se fosse confrontada com o mesmo hálito em uma festa. Nesse momento, não provoca nojo. Ela se pergunta se vão morrer. Pensa na exposição no aeroporto de Anchorage: *O urso demonstra raiva rosnando e batendo os dentes, e o pêlo de seu pescoço se eriça quando suas orelhas se achatam. Quando ameaçado, um urso pode atacar.* E ainda assim, está quase contente com a presença do urso; isso significa que ela não era paranóica.

Então, o urso passa entre a lua e a tela triangular da barraca, e ela o vê de modo incompleto, porém nítido — seu pêlo escuro, prateado nas extremidades e a massa do músculo em seu ombro. É um urso-pardo; um urso-pardo está do lado de fora da barraca. Está de quatro (ela o tinha imaginado em pé), a menos de três metros de distância. Como eles podem *não* morrer estando tão perto de um urso-pardo? Talvez a razão de Elliot ter ficado nessa posição é que não importa o que ele fizer agora — poderia agarrar o seio dela ou cuspir no seu olho, e ninguém nunca ficaria sabendo. O coração dela faz estrondos no peito. Uma onda de infelicidade a atravessa e suas feições se contorcem; começa a chorar. Uma fungada meio obstruída escapa, e Elliot imediatamente deixa cair seus braços, de modo que seu rosto, também, fica pressionado ao dela, seu nariz debaixo do queixo dela, sua testa na orelha dela. Ele sacode a cabeça. Passa os braços ao redor do alto da cabeça dela, firmando-a e subjugando-a. No seu rosto, Hannah exala a palavra *Allison*. Ele sacode a cabeça de novo. Se ele fosse outra pessoa, alguém cujo irmão não estivesse na outra barraca, ela não teria confiado. No fundo da mochila de Hannah tem um chaveiro — como suas chaves, abruptamente, se tornam irrelevantes quando se está fora da sua cidade — e preso a ele está um apito, que talvez afugentasse o urso se ela o soprasse. Seria algo a tentar, se não confiasse em Elliot quanto a permanecer imóvel.

E então, o urso vai embora. Como se fosse gente — ela pode sentir isso —, está relanceando os olhos vagamente ao redor, verificando se não há nada a que deva ficar atento antes de ir. Mas seu foco de atenção já saiu dali, e dirigiu-se à coisa seguinte. Está partindo, e então se foi. Nem ela nem Elliot se movem. Por quanto tempo ficam sem se mexer? Talvez seis minutos. É Sam que rompe o silêncio.

— Porra, que merda! — grita ele.

— Você está bem, Hannah? — pergunta Allison. — Vocês estão bem, não estão? Nós o vimos perto da barraca de vocês.

— Estou bem — grita Hannah de volta. — Elliot me fez ficar quieta.

— Queria ir abraçá-los — diz Allison. — Mas acho que vou esperar até amanhã.

— Não penduramos a comida alto o bastante? — grita Elliot para Sam. Diz isso com uma voz comum, ainda em cima de Hannah. Seu hálito começou a incomodá-la.

— Fiz como nas outras noites — replica Sam. — Não acho que ele pegou alguma coisa. Acho que estava só curioso.

— Ou tentando ser amigável — diz Elliot com sarcasmo.

Debaixo dele, Hannah ri, não porque o comentário seja particularmente engraçado, mas por causa da energia reprimida. Todos estão querendo que o momento passe, e está passando, está começando a conter o humor que predominará mais tarde, como uma história que contarão aos outros.

— Ele não quis desapontar Hannah — diz Sam. — Ele sabia que ela ia se sentir enganada se não tivéssemos pelo menos uma visão dele.

— Não era nem mesmo um urso de verdade — diz Allison. — Era aquele cara da loja em Anchorage vestido de urso. Ele estava com medo que você pedisse a restituição do dinheiro pago pelo spray de pimenta.

Agora, todos riram. Além de Elliot ter uma ereção. Se ela fosse outra pessoa, não uma virgem, seria quando Hannah... o quê? Abriria seu saco de dormir, tiraria o sutiã? Para manter as coisas acontecendo, provavelmente precisaria fazer muito pouco. Além disso, haveria o aspecto inconstante de evitar que Sam e Allison escutassem. No avião para casa, ela ficaria se lamuriando por não ter se deixado levar pelo momento. Elliot estava excitado, estavam no Alasca, e pelo amor de Deus, tinham acabado de escapar de serem estropiados por um urso-pardo. O fato de que as coisas não davam certo com ela e os rapazes — quem, na verdade, ela tinha de culpar a não ser a si mesma? Em momentos críticos, ela não consegue reunir a energia apropriada. Mas se ficar pensando nesse episódio particular, pensar nisso seriamente, e não como uma parte de uma lista maior, terá de admitir que se revivesse a situação, tomaria a mesma decisão. Estava cansada. Ele estava com mau hálito. Havia uma pedra debaixo de sua coxa direita, cutucando-a por baixo da barraca, pelo colchonete, pelo saco de dormir. Teria sido constrangedor no dia seguinte, ou talvez durante anos; ela se perguntaria obsessivamente se ele teria percebido que ela era inexperiente, se tinha achado que ela beijava mal demais. E além do mais, era a sua irmã que ele queria realmente. Só porque ele a aceitaria na falta de outra, só porque a proximidade do urso o deixara com tesão, não eram motivos suficientes.

Ela se mexeu como se deitando de bruços, e ele saiu de cima dela.

De manhã, há o requisito do inquérito, a repetição da trajetória do urso no local do acampamento. Guardam suas coisas na mochila pela última vez e partem. À tarde se encontrarão com o capitão na mesma praia em que os deixou.

Depois do almoço, o céu baixa e escurece.

— Hannah — diz Allison, e abruptamente, Hannah está esperando tensa, com cada fio de seu cabelo eletrificado. — Sei que as coisas deram errado nesta viagem, logo no começo — diz Allison. — Gostaria de poder consertá-las, ou talvez não devêssemos ter vindo todos. Mas tem de aceitar que vou me casar com Sam. Ele é realmente uma boa pessoa, e gosta de você. E se você se recusar a fazer um esforço, a situação será desagradável para todos.

— Não discordo de você — diz Hannah. — Mas pode simplesmente me explicar *por que* vai se casar com ele? Juro que não estou sendo sacana. Estou realmente curiosa. Quero entender que qualidades ele tem de que você gosta tanto.

— Vou me casar com ele porque ele me faz feliz — replica Allison, e imediatamente começa a chover. Chuva de verdade, e não uma garoa. Hannah não pode se virar completamente, vira a cabeça só até o lado e Allison está em sua visão periférica. — Sinto-me melhor quando estou com ele do que quando estou sozinha — acrescenta Allison, e por causa do aumento do volume de chuva, ela está quase gritando. Ao longe, um raio divide o céu, o quanto é difícil de se afirmar, estando na água dessa maneira. Hannah não tem certeza se Allison viu. — Sei que é uma fraqueza — prossegue Allison —, mas Sam cuida de mim. Não que eu não veja seus defeitos, porque vejo. Mas o amo ainda assim.

Chove a cântaros; gotas de chuva ricocheteiam no colete de Hannah e ensopam seu rosto e seu cabelo.

— Meus óculos estão embaçados — diz ela. — Não enxergo nada.

— Então tire-os. Se já não consegue ver, não vai piorar.

Quando Hannah os tira, não sabe o que fazer com eles. Se os colocar no bolso da capa de chuva, receia quebrá-los quando desembarcarem. Finalmente, os põe dentro da gola da sua blusa. Na chuva, tudo à sua frente é cinza e turvo.

— Está vendo eles? — diz Allison. — Estão indo para aquela praia à direita. Continue remando, eu piloto.

Os dentes de Hannah estão batendo e suas mãos estão frias e escorregadias. A chuva é quase sólida, como granizo. Ela quase vira para trás.

— Não acho realmente que Sam seja desprezível. Espero que saiba disso. — (Como se chamá-lo de desprezível fosse a pior coisa que Hannah tivesse dito. Deveria na verdade pedir desculpas pelo *Acho que simplesmente não o vejo como muito especial*. Mas a sinceridade do comentário o torna impossível de ser apagado. É melhor mudar.) — E sei que me pareço com papai em alguns aspectos. Sim, sou bem parecida, é claro que sou. Está nos meus genes. Não é ainda mais estranho que você não seja tão parecida com ele quanto eu sou?

— Você dá muita atenção ao que a faz infeliz — diz Allison.

Sem dúvida ela tem razão. E ainda assim dar atenção às coisas que a tornam infeliz — é um reflexo natural. Parece tão intrínseco, que de certa maneira é quem ela é. As observações nada lisonjeiras que faz a respeito das outras pessoas, os comentários que a põem em apuros, não são mais verdadeiros do que conversa fiada e bilhetes de agradecimento? Piores, porém mais verdadeiros. E por baixo de todo decoro, quase todo mundo não é moralista e frustrado? Ou somente algumas pessoas, e ela pode escolher não ser uma delas — pode também escolher isso sem, como sua mãe, simplesmente ceder?

Remam na chuva, e quando finalmente alcançam a ilha, os irmãos, que já desembarcaram, entram na água para ajudar.

— Consegui uma lona impermeabilizada — diz Sam.

Depois de amarrarem o segundo caiaque, Elliot desenrola outra lona no chão. Deitam sobre ela, todos os quatro se deitam de costas.

— Alguém mais tem sanduíche? — pergunta Allison.

— Tenho, mas não queira nem saber de quê. — diz Sam.

Prostrada na lona, dolorida e gelada e sem cruzar o olhar com ninguém, Hannah sorri. Afinal não está mais esperando pelo urso, e vão partir no dia seguinte. Afasta uma mecha de cabelo da testa e se senta abruptamente.

— Não sei onde estão meus óculos — diz ela.

— Qual foi a última vez que os viu? — pergunta Sam, e Allison explica que Hannah os tirou quando começou a chover.

— Droga — diz Hannah. Levanta-se, tateia o peito e barriga. — Devem ter caído quando estávamos remando.

Ela sai da lona e volta para a chuva, e corre para a água. Procura onde as ondas batem na costa. Chuta a areia preta e as pequenas pedras com a ponta dos pés nas botas de borracha, mas isso faz a água ficar ainda mais escura. Vai mais para o fundo, parando quando as ondas estão quase na altura de seu joelho, ameaçando entrar no cano das botas.

— Hannah. Ei, Hannah. — Allison arriscou-se a sair de debaixo da lona. — Vou ajudá-la a procurar — diz ela.

Procuram, os ombros e a cabeça inclinados, estreitando os olhos para verem melhor na água. Seguem em direções diferentes, passando uma pela outra quando vasculham seções próximas, e não falam. A chuva é um sussurro imenso e violento.

Talvez se passem dez minutos, e Hannah sabe que não vai encontrá-los. Mas continuam procurando ou, pelo menos, continuam a se arrastar pela água. Às vezes, ela relanceia o olhar para Allison, uma figura borrada em uma capa de chuva verde, o cabelo louro e ondulado agora liso e escuro, colado na cabeça. Terá de ser Hannah a interromper a busca, Allison não fará isso.

— Devem ter sido levados pela água — diz Hannah. — Tudo bem. Compro outros.

— Eu me sinto horrível — diz Allison.

— Fui idiota não os pondo no bolso.

— Talvez a gente consiga comprá-los em Anchorage.

— Não, eu vou ficar bem. Verdade.

E vai. Aeroportos, optometristas. Com isso ela pode lidar, mesmo perdendo todas as suas capacidades, consegue lidar com esse tipo de coisa.

Allison aperta o braço de Hannah.

— Pode ser minha dama de honra — diz ela. — Quero que seja você. Fui ridícula antes.

De volta para debaixo da lona, decidem preparar chocolate, e Sam é quem procura a caneca de Hannah, lava os restos do café da manhã — insiste em fazer isso —, depois despeja o chocolate em pó e a água fervendo.

— Sou míope — diz Hannah. — Só não consigo enxergar o que está longe.

Mas ele quer lavar sua caneca quando ela acabou de usá-la e ela aceita com um mínimo de protesto. Ao passar a caneca para Sam, seus dedos se tocam. *Dou-lhe minha irmã,* pensa Hannah, *porque não tenho escolha. Mas você nunca vai empatar comigo; sempre a terei conhecido há mais tempo.*

Se ele entende, não admite.

De volta a Ander, devolvem os caiaques, os coletes, e as botas de borracha, tiram fotos uns dos outros em pé no cais, ao fundo as montanhas, e passam a noite no Davida's B&B, onde também tomam o café da manhã. Ele fica dentro do antigo *bunker.* É um apartamento que cheira a cigarro, e Davida, uma mulher afetuosa, na faixa dos 50, usando jeans desbotados, suéter violeta claro, cheia de bolinhas, e um blusão azul, os acompanha no elevador até o apartamento em que ficarão, em seguida borrifa energeticamente o ar com um desodorizador até Hannah sentir seu gosto na boca, uma névoa amarga. Quando Davida sai, Elliot diz:

— Quem imaginaria que um dos "B" significaria *bunker*? — E Hannah ri de novo. Desde o quase gozo de Elliot na noite anterior, ela sentiu, generosamente, pena dele, depois achou que talvez houvesse uma tensão sexual entre eles, e agora sente que provavelmente ele não tem o menor interesse nela, mas que ela definitivamente tem uma queda por ele. Durante as últimas três horas, essa queda aumentou.

De manhã, embarcam no trem de volta a Anchorage e pegam um táxi para o aeroporto, onde todos embarcarão em vôos noturnos. Hannah chegará a Boston às seis e meia da manhã. No banheiro do aeroporto, Allison menstrua e não tem absorvente. Hannah tem que comprar um, colocando moedas na máquina encostada à parede, depois passá-lo para ela por baixo da porta do banheiro.

— Não está feliz por isto não ter acontecido no acampamento? — diz Allison. — Um urso me farejaria imediatamente.

Então, Hannah *está* de volta à Tufts, o ano escolar começou. Está segura e só de novo, como sempre esteve. No próximo mês de maio, Allison e Sam se casarão em uma cerimônia simples no Palácio da Legião de Honra, em São Francisco, e apesar de nas semanas anteriores à viagem Hannah não conseguir parar de pensar em como será sua relação com Elliot, ele, provavelmente, irá ignorá-la. Levará como acompanhante uma mulher muito loura, muito magra, não só muito mais bonita do que Hannah, como muito mais bonita do que Allison. A mulher será, provavelmente, médica do pronto-socorro.

Por um longo tempo — com mais freqüência do que ela desejaria não ter dito a Allison que Sam não era especial, com muito mais freqüência do que se arrependerá de não ter transado com Elliot — Hannah pensará em seus óculos no fundo do Pacífico norte. Lá é tranqüilo e escuro; peixes passam com suavidade; seus óculos permanecem intocados, as lentes claras de plástico e a armação de titânio. Na quietude sem ela, os óculos vêem e vêem.

6

SETEMBRO DE 1998

Hannah encontra o rapaz do departamento de ajuda financeira quando está esperando para ver o diretor. É a sua terceira visita ao departamento desde seu retorno do Alasca; o sistema de ajuda financeira está começando a parecer uma aula complementar para a qual não tem crédito. Em um pedaço de papel, repete os cálculos feitos mais de uma vez, como se dessa vez fossem dar um resultado diferente: se o ano vai custar 23.709 dólares, e se sua mãe aumentar o que lhe dá por semestre de 4 mil para 6 mil dólares ("Não precisa, de verdade", disse Hannah, e sua mãe respondeu "Ah, Hannah, só lamento que não seja mais"), e se Hannah conseguir um empréstimo de 4.300 dólares, e trabalhar trinta horas semanais na biblioteca de veterinária, em vez de vinte — no meio de seus cálculos, percebe que o rapaz atrás da mesa a está observando. Ela ergue o olhar.

— Enquanto espera, talvez eu possa responder à sua pergunta — diz ele. Ela tem certeza de que ele ainda não colou grau. É apenas uma ou duas polegadas mais alto do que ela, tem o cabelo castanho e usa óculos, e não é particularmente bonito.

Hannah nega sacudindo a cabeça.

— É meio complicado.

— Deixe eu tentar. Trabalho aqui há alguns anos.

— Sou um caso excepcional — diz Hannah, o que é exatamente o que o diretor desse departamento lhe disse. A parte excepcional é que Hannah não sabia até o fim de maio passado, depois do término do ano escolar, que precisaria de ajuda. Mas o rapaz sorri.

— Ah, já tinha percebido — diz ele.

Ou está flertando com ela ou zombando dela; o que quer que seja é desagradável. Ela baixa os olhos de novo e volta a escrever.

Menos de um minuto depois, o rapaz diz:

— Fui à exposição no Museu de Belas-Artes.

O livro que ela tem no colo, embaixo do pedaço de papel é uma biografia de Pierre Bonnard. Hannah está pensando em escrever sua tese sobre ele.

— Ele fez todos os quadros de sua mulher no banheiro, não fez? — diz o rapaz.

Hannah confirma com um movimento da cabeça. Está um pouco impressionada.

— Viu a última exposição? — ela pergunta. — Sua mulher morreu quando ele estava no meio de uma pintura, e o quadro é de longe o melhor. A interação de cores quentes e frias é realmente incrível, os ladrilhos no chão e na parede. É, digamos, luminoso. — Imediatamente, ela fica embaraçada. Esse *luminoso*... soou muito especialização-em-história-da-arte.

Mas o rapaz está concordando com a cabeça. Ele parece interessado.

— Quando estava na exposição? — diz ele, e no mesmo momento o diretor do departamento de ajuda financeira abre a porta de sua sala e põe a cabeça para fora.

— Hannah Gavener? — diz ele, e ela se levanta e entra na sala, atrás dele.

Durante os últimos três anos, Fig deu bolo em Hannah em dois Starbucks (um na praça Kenmore e o outro na esquina da rua Newbury com Clarendon), no balcão da Clinique no segundo andar da Filene's, e agora, uma manhã de domingo, no apartamento da própria Fig, fora do campus. Combinaram fazer a colação juntas, e no vestíbulo sombrio do edifício, Hannah aperta três vezes seguidas o botão do interfone. Uma voz sonolenta de mulher atende — supostamente, uma das três companheiras de apartamento de Fig — e pergunta:

— Quem é?

— É Hannah, e queria falar... — começa ela, mas é logo interrompida.

— Fig não está. Não veio para casa na noite passada. — Na interrupção da ligação há um quê de definitivo. Chamar de novo, Hannah pode perceber, não vai adiantar nada.

De volta ao seu dormitório, envia um e-mail sarcástico a Fig (*Não se preocupe por não estar em casa, pois realmente adorei andar de metrô pela manhã...*), porém depois de vários dias sem resposta, começou a se preocupar acreditando que alguma coisa grave tivesse acontecido.

Na quarta-feira à tarde, Hannah liga.

— Ah, meu Deus, eu estava louca para falar com você — diz Fig. — Podemos nos encontrar agora? Está livre para jantar hoje à noite? Ou, espere um pouco, hoje não, porque fiquei de sair para tomar um drinque com um cara que estuda Direito. Um estudante de Direito é a única coisa pior do que um advogado, certo?

— O que aconteceu com você na semana passada?

— Nem me fale. Lembra-se da minha colega de quarto no primeiro ano, a Betsy?

Hannah lembra muito bem dela. Na primeira vez que Hannah visitou Fig na Universidade de Boston, Betsy disse: "Veio correndo até aqui?" E Hannah respondeu: "Vim de metrô, por quê?" Betsy disse: "Porque está tão suada."

— Betsy deu uma festança no sábado e estava pirando — diz Fig. — Pediu que a ajudasse, quando, pode acreditar, a última coisa que eu queria era ser sugada no vórtice de sua insanidade. Mas ficamos percorrendo o apartamento todo, providenciando comida, limpando, e a festa nunca terminava. As pessoas só foram embora depois das seis da manhã. Você devia ter ido.

— Isso seria difícil considerando-se o fato de que eu não sabia da festa.

— O novo namorado de Betsy usa aparelho nos dentes. Consegue imaginar um cara com aparelho de dentes fazendo sexo oral com você?

— Se estava de ressaca, Fig, bastava ter-me ligado para avisar.

— Eu sei. Sou a pior pessoa do mundo. Mas ia ligar para você agora mesmo. E vou compensar: vou *preparar* um lanchinho para você.

— Não sabe cozinhar — diz Hannah. Mas a dieta básica de Fig eram cebolas em conserva, uma mistura de queijo cottage e ketchup, e ocasionalmente barras de chocolate. Nos restaurantes, ela mal comia algumas porções do prato que pedia, e Hannah e Allison tiveram dúvidas, durante anos, se ela era anorética ou não.

— Não seja mal-humorada — diz Fig. — Venha no fim de semana e vou preparar rapidinho torradas francesas.

— Você nunca preparou torradas francesas na sua vida.

— Talvez — replica Fig, e Hannah sente que há algo inegavelmente confortante no fato de conhecer sua prima tão bem que mesmo quando quer estar enganada a seu respeito, não está. — Mas vi minha mãe fazer milhares de vezes — continua Fig. — É só molhar o pão nos ovos.

— Não vou voltar — diz Hannah.

— Uau, fazendo jogo duro. Gosto disso, Hannah, gosto muito. É uma atitude audaciosa. Tudo bem, eu vou aí. Digamos, no domingo, ao meio-dia?

— Vou estar ocupada no próximo fim de semana — diz Hannah.

— Vai ser o máximo. Vamos rir e trocar segredos.

— Eu disse que vou estar ocupada.

— Então, combinado — diz Fig. — Mal posso esperar para vê-la.

O rapaz está lá de novo, trabalhando à mesa, quando Hannah retorna ao escritório de ajuda financeira para deixar um formulário. Quando a vê, ele diz:

— Hannah, não é?

— Oi — ela diz.

— Sou Mike — diz ele. — Só a título de informação. Como vai?

Há mais duas pessoas esperando — um rapaz de corpo atlético lendo a revista *The Economist* e uma mulher de meia idade apenas sentada — e parece meio esquisito conversar informalmente na frente deles.

— Estou bem — responde Hannah.

— Muitos planos para o fim de semana?

— Na verdade, não. Posso deixar isto com você? — Entrega-lhe o formulário, uma única folha de papel.

Quando sai — ainda no corredor, a cerca de vinte centímetros da porta do escritório —, ele a segue.

— Ei, Hannah — diz ele. Quando ela pára, ele fala: — Estava pensando se você gosta de jazz. Ouvi falar num lugar chamado Ajourd'hui que tem jazz no fim de semana.

Se está fazendo o que parece estar, pensa Hannah, *não posso ajudá-lo.*

— Não sei se está livre na sexta-feira — prossegue Mike.

Embora tente, não lhe ocorre uma razão para responder não.

— Acho que estou — diz ela.

Na sexta-feira, eles se encontram no dormitório dela e andam na noite quente de outono até o restaurante. Ele é de Worcester, Massachusetts, foi o que disse. É filho único. Seus pais também são divorciados. Quando descobre que ela é da Filadélfia, ele diz:

— Não me diga que pertence à seita ortodoxa chamada Amish.

— Eles vivem mais no campo — replica ela.

— Só estava mexendo com você — diz ele rapidamente.

A mesa deles fica num canto longe do palco. Hannah se pergunta se é uma boa mesa, com privacidade, oferecida a eles porque são jovens e está óbvio que é o seu primeiro encontro, ou se é uma mesa pouco procurada e estão sendo escondidos porque não são glamourosos. Mesmo no canto, a música está tão alta que Hannah sente como se estivesse gritando toda vez que fala. No fim, ela e Mike acenam com a cabeça um para o outro, com um meio sorriso.

De novo lá fora, a rua, em comparação, está silenciosa.

— Música ao vivo é fantástico — diz ele e, nesse momento, parece uma pessoa que nunca dirá nada surpreendente. No verão, perguntará *Está muito quente pra você?* e no primeiro dia de novembro se queixará (mas nem mesmo com muito ardor, e sim animadamente, informalmente) de como a decoração natalina começa a cada ano mais cedo, e se houver um escândalo envolvendo um político, dirá que a imprensa só quer ser sensacionalista, que é maçante ler sobre isso diariamente nos jornais. (Hannah nunca se sente entediada com esses escândalos.) Acabará propondo casamento — não a Hannah, mas a outra pessoa qualquer — aparecendo à porta da garota com uma dúzia de rosas vermelhas, levando-a a um bom restaurante, e combinando com o garçom para esconder a aliança no *crème brûlée,* de modo que ela a encontre com a colher, e nessa noite, depois de ela dizer sim, farão sexo — ele chamará de fazer amor —, ele olhará fundo nos olhos dela e dirá que ela o fez o cara mais feliz do mundo. A aliança será de ouro com um pequeno diamante.

Começam a andar e ele diz:

— Não é a sua. Não gostou, gostou? Dá pra notar.

— Fiquei um pouco preocupada com que o saxofonista estourasse uma veia — admite Hannah.

— Talvez devesse — diz Mike. — Teríamos nos livrado dele. Quer pegar um táxi? — Ele se afasta em direção à rua.

— Podemos ir a pé — diz Hannah. — Ou você vai de táxi, se quiser, e eu vou a pé. Quer dizer, não vamos... não vamos voltar ao meu dormitório, certo?

Ele dá um belo sorriso.

— Você é muito bem-educada.

— Só quis dizer que não achava que fôssemos para o mesmo lugar. Pode vir ao meu quarto, se quiser. — Por que ela fez essa proposta? — Mas aviso que não tenho nem mesmo televisão.

Ele ri, e talvez ela pareça ofendida com a risada, porque ele toca no seu ombro. Ela sente o olhar dele no seu rosto.

— Você está muito bonita hoje — diz ele, e o primeiro sentimento verdadeiro que experimentou durante a noite toda atravessa seu peito. É ela realmente tão sugestionável?

— Ei — diz Mike. Ela olha para ele, ele sorri e com a mão direita pega a mão esquerda dela. (Suas mãos são quase do mesmo tamanho, embora as unhas dele sejam mais estreitas do que as dela, assim como suas juntas. Depois, Hannah pensará que se alguém batesse uma foto das mãos dos dois lado a lado, e a mostrasse a estranhos perguntando quem era o homem e quem era a mulher, a maior parte responderia errado.) Puseram-se a andar, as mãos unidas.

— Estou feliz por termos saído — diz Mike. — É uma bela noite.

— Sim, é — diz Hannah com a voz baixa.

Intermitentemente, ao longo das últimas horas, ela se imaginou contando a Jenny ou Fig sua saída chata com um carinha furreca do departamento de ajuda financeira, mas lhe ocorre que não precisa contar a ninguém. No seu dormitório, sentam-se lado a lado na beira da cama, e ele passa o polegar no braço dela, e a leveza do momento deixa-a sem fala. Mike parece tão gentil e esperançoso (certamente tudo isso vai dar errado de alguma maneira) que ela sente vontade de chorar. Ele vira o rosto dela com a ponta dos dedos, e quando se beijam, sua língua é quente e molhada.

Não fazem muito mais do que se beijar, mas ele fica a noite toda, dormindo de camiseta e cueca samba-canção, com os dois braços ao redor dela; pede permissão antes de tirar a camisa e o jeans. O carinho durante a noite toda surpreende Hannah. *Não me arrependo do que aconteceu entre nós,* os braços de Mike parecem dizer. E ao amanhecer, *Ainda não me arrependo do que aconteceu.*

Mas de manhã, quando ele se senta de novo na beira da cama, dessa vez amarrando os sapatos antes de ir embora — ela mentiu lhe dizendo que seu turno na biblioteca começava às oito horas —, ela fica ali em pé, com os braços cruzados. Quando ele se levanta, põe a mão nas costas dela, e embora seja um gesto gentil, parece arbitrário e artificial, como se pudesse ter colocado a mão no alto da cabeça dela ou segurado seu cotovelo. Parece *simbólico;* são atores em uma peça, e o diretor mandou que ele a tocasse de modo que a platéia entendesse a ligação entre os dois. Ela quer que ele vá embora.

No domingo, o meio-dia vem e vai. Quando Hannah ouve uma batida na porta às 13h20, pensa brevemente em não atender, depois, é claro, atende. Fig está usando calça preta justa, suéter preta e botas pretas de salto alto. Joga a bolsa no chão e, em um movimento fluido — Hannah sente o cheiro de cigarro no cabelo comprido castanho avermelhado de Fig quando ela passa —, deita-se sob as cobertas na cama de Hannah.

Hannah, que está usando jeans e camiseta, diz:

— É tão grosseiro, Fig. Tire os sapatos.

Fig afasta as cobertas e levanta uma perna.

— Não — diz Hannah.

— Por favor — diz Fig.

— Você é ridícula. — Hannah segura o tornozelo direito de Fig, abre o zíper da bota, e a puxa. Depois faz o mesmo com a bota esquerda.

— Obrigada, docinho — diz Fig puxando as cobertas de novo até o queixo. — Decidi me tornar arrombadora de casas. Eu seria boa nisso, não seria?

— Estive pensando em irmos ao cinema — diz Hannah. — Tem alguma coisa que você queira ver?

— Na verdade, tenho de ir para casa cedo, porque Henry deve ligar. — Fig vira-se para consultar o relógio de Hannah. — Que horas são?

Basta o seu nome — é como se lembrar de que está ansiosa para ir a uma festa maravilhosa. Como para ela é irracional, realmente, esperar que sinta por alguém como Mike, que ela mal conhece, a certeza da afeição que sente por Henry. Seu melhor e-mail chegou algumas semanas atrás: *Devia pensar em aparecer por aqui. Fig falou sobre isso, mas não sei se vai aparecer. Há muita coisa a fazer em Seul (a maior parte das quais ainda não aproveitei), e poderíamos também viajar. Seria bom demais ver um rosto familiar, e soube que a Korean Air oferece passagens relativamente baratas.* Relativamente baratas — ela verificou — significava quase mil dólares, o que estava fora de questão. Ainda assim, foi um ótimo e-mail.

— Como vai Henry? — pergunta Hannah. Nunca soube se Fig sabia que ela e ele se comunicavam — parece que não, no entanto é mais seguro supor que sim. Talvez não surpreendentemente, Fig é uma melhor fonte de informação sobre Henry do que ele próprio, deixando, regularmente, escapar algum detalhe de sua vida que torna evidente como as comunicações dele com Hannah são salutares. O mais recente mexerico era que ele e alguns colegas tinham ido a uma boate onde se pedissem ao garçom uma garota, ele procuraria a mulher mais atraente na boate e a depositaria, à força se necessário, na sua mesa. Esse fenômeno, segundo Fig — que parecia não se sentir nem um pouco ameaçada pela idéia de outras mulheres serem jogadas para Henry —, chamava-se *"booking"*.

— Ele parece cansado — diz Fig. — Quase sempre quando liga, lá são três da manhã e ele ainda está no escritório. Então, não está curiosa sobre a minha carreira de ladra?

— Deveria?

— Roubei uma coisa.

— Maravilha, Fig.

— Olhe na minha bolsa.

Hannah sentou-se na cadeira à sua mesa e não se move.

— Vá, olhe — diz Fig. — Não morde. Vai achar muita graça.

Hannah estende a mão e pega a bolsa. Dentro tem várias notas de um dólar amarradas com um elástico a uma carteira de motorista, um batom, um maço de cigarros, e um pequeno porta-retrato de prata com uma foto preto e branco de uma mulher de avental e óculos tipo gatinha.

— Quem é? — pergunta Hannah.

— A bisavó de Murray.

— Quem é Murray?

— O estudante de Direito. Fiquei presa em seu apartamento até meia hora atrás.

— Achei que não gostava de estudantes de Direito.

— Definitivamente não, agora. Ele era muito chato. Mas está obcecado por mim, portanto dei a ele uma colher de chá.

— Henry sabe?

— Não pergunto, não conto. Lembra? De qualquer maneira, depois da noite passada, nada de colher de chá para Murray.

— Acha que Henry está envolvido com alguma mulher de lá, que ele não contou para você?

— Humm... — Fig parece considerar a possibilidade de uma maneira completamente desinteressada. — Não — diz finalmente, e Hannah sente alívio. A idéia de Henry encontrar alguém e ser retirado da vida das duas é o pior de tudo. Pelo menos, enquanto estiver ligado a Fig, saberá onde encontrá-lo.

— O retrato é tão *kitsch,* não acha? — diz Fig. — Não resisti.

Hannah olha de novo o retrato emoldurado. A mulher está com um belo sorriso e os olhos se enrugam atrás dos óculos; parece ter uns sessenta anos.

— Não se sente culpada? — pergunta Hannah.

— Sinto-me horrivelmente culpada. Indescritivelmente culpada.

— Devia.

— Estou usando uma camisa de cilício como penitência. Não pode vê-la porque estou sob as cobertas, mas coça como o diabo.

— Fig, é a avó dele.

— A bisavó. — Fig sorri. — E o sexo foi uma droga, de modo que achei que devia tirar algo de Murray.

— Uma droga? Verdade? — A idéia de Fig fazendo sexo ruim é novidade.

— Devo ter levado uma hora para gozar. Por falar nisso, algum progresso em sua abstinência épica?

— Realmente não estou a fim de falar sobre isso neste exato momento — replica Hannah. A ironia é que Fig não faz idéia do quanto épico tinha se tornado, anterior a Ted, desde o verão. Ela nunca prestava muita atenção na vida de Hannah. Mas contar a ela sobre Mike, contar a ela não como uma piada, é inconcebível.

— Você tem de sair — diz Fig. — Deus lhe deu peitos deste tamanho por uma razão, Hannah.

Hannah fecha os olhos.

— Não disse que tinha de ir?

— Tem uma coisa que quero lhe falar — diz Fig. — Acho que conheci o homem dos meus sonhos.

— Fig, por favor.

— É verdade — diz Fig. — Falo sério. — Nesse momento, ela parece estar no ápice de ter genuinamente seus sentimentos feridos.

— Presumo que não seja Henry ou Murray, certo? — diz Hannah.

— Seu nome é Philip Lake. Eu o conheci no verão, no casamento da irmã de Tracy Brewster. Lembra-se de quando fui para casa para ir ao casamento? Você estava no Alasca.

Hannah assente com um movimento da cabeça.

— Nem mesmo falei com ele no casamento, mas foi a primeira vez que o vi. Ele estava usando um terno de linho riscado, que nem todo homem pode usar, mas tinha aquele ar de absoluta confiança. Estava com uma mulher do tipo grudenta, por isso não me aproximei dele. Mas depois da cerimônia, não consegui tirá-lo da cabeça. Acabei pedindo seu endereço a Tracy, e devia ter guardado uma cópia da carta que lhe escrevi. Estava muito boa.

Mandou uma foto junto? Conhecendo Fig como conhecia, provavelmente, e uma foto obscena. Além disso, pensa Hannah, é improvável que a namorada grudenta fosse o motivo para ela não ter falado com ele no casamento. Se ela quisesse, ela o teria abordado. Mas provavelmente quis na verdade o mistério de contactá-lo depois, seduzi-lo a distância.

— Ele trabalha na televisão, em Los Angeles, e não é do tipo de contar vantagem, mas tenho certeza de que é bem-sucedido — diz Fig. — Ele quer me dar a passagem para ir até lá. Estamos nos correspondendo há algum tempo, e nesta semana começamos a falar ao telefone. Por que está me olhando desta maneira?

— Você acha isso uma boa idéia? O cara é basicamente um estranho.

— Hannah, a menos que saia com seu próprio irmão, todo mundo que você namorar será um estranho, de certa maneira. — Hannah pensa em Mike. Fig não está errada. — Mas pensei na segurança — continua Fig — e decidi que você deve ir comigo.

— A Los Angeles?

— Ficaremos num hotel. Sei que está apertada de dinheiro, mas podemos dividir as despesas. — Fig realmente acha que está fazendo uma proposta generosa? — Se tudo correr bem, ficarei na casa dele. Se ele se revelar um Mark Harris desprezível, o que quase posso afirmar que não é, então ficarei no hotel com você. Podemos ir atrás de astros do cinema juntas.

— Como pode ter tanta certeza de que Philip Lake *não é* um Mark Harris?

— Ele é praticamente parente dos Brewster. Foi casado com a irmã do Sr. Brewster.

— Ele é divorciado? Quantos anos tem esse cara?

— Quarenta e quatro. — Fig ri lascivamente. — Hannah, confie em mim, homens mais velhos sabem o que estão fazendo. Talvez devêssemos procurar um para você também.

— Quando seria a viagem?

— Não está definida, mas provavelmente no segundo ou terceiro fim de semana de outubro. Você não tem aulas às sextas-feiras, tem?

— Não, tenho neste semestre.

— Então viva um pouco. Nunca foi à Califórnia, foi?

Mesmo contra a vontade, Hannah experimenta a sensação de lisonja sempre que Fig faz um convite. Por mais que finja o contrário, sabe que irá. Sempre irá. Fig pode mudar de idéia e não querer a sua companhia, e Hannah ainda assim irá.

Fig senta-se na cama e balança os pés.

— Pense nisso — diz ela. Levanta os braços e se espreguiça; está claramente para ir embora. Olha em volta do quarto. — É uma graça você continuar a morar num dormitório mesmo já estando no último ano — diz ela.

O mais estranho é que Hannah e Mike continuam saindo. Ele continua a ligar para ela, e como no primeiro dia, nunca há motivo para dizer não aos seus convites. No segundo encontro foram ao cinema; depois de nenhum contato físico até aquela hora (sem saber o que fazer, Hannah acena com a mão ao dizer alô quando se encontram), nos últimos cinco minutos antes dos créditos rolarem, ele pega a mão dela. No terceiro encontro, comem em um restaurante vietnamita, no quarto encontro, comem cheeseburguers. Ele sempre paga, o que ela agora aprecia mais do que apreciaria antes; ele ignora seus protestos não muito insistentes. No quinto encontro, vão a Praça Harvard, depois caminham ao longo do rio Charles, o que Hannah imaginava que seria falso-romântico, como se tivessem forçando a barra, mas que é simplesmente agradável. Além disso, depois do primeiro encontro relativamente casto, cada noite subseqüente termina com eles no quarto do dormitório escuro de Hannah (ele tinha companheiros de quarto), os dois completamente nus. Ele não tentava convencê-la a fazer sexo, mas dizia, com freqüência, como se sentia atraído por ela; esta é a extensão da conversa dos dois durante esses encontros. Quando ela está quase adormecendo, ele diz: "Tudo bem se eu cuidar de mim mesmo?" E quando ela assente com a cabeça, ele fica deitado de costas, segura seu pênis, e impulsiona seus dedos ao redor para cima e para baixo. Ela fica de lado encostada nele, enquanto ele mantém seu outro braço ao redor dela e passa a mão na parte de cima de seu peito. Faz isso até gozar. O esperado seria ela achar esse arranjo grosseiro ou extremamente constrangedor, mas ele é tão direto e tão espontâneo que não é nenhuma das duas coisas. No meio da noite, com ela enroscada nele e quase adormecida, a sensação, na verdade, é de ternura. Às vezes ela pensa que se fosse Fig, ela faria isso para ele, mas em seguida lhe ocorre que se fosse Fig isso seria desnecessário, pois provavelmente estariam de cabeça para baixo pendurados em algum trapézio, se lambendo.

Cada vez mais, ela o toca. Ele diz: "Não precisa ser delicada. Não vai me machucar." Mas o tom em que faz essas observações é sempre — isso é muito estranho e ela não faz idéia do porquê — de encantamento; ele parece achar tudo o que ela faz extremamente agradável, deliciosamente feminino. A primeira vez que ele a beija de seu esterno, passando por sua barriga até entre suas coxas, ela diz:

— Você não precisa.

— Sei que não — replica ele. — Eu quero.

— Achei que os homens não gostavam disso — diz ela.

No escuro, ele levanta a cabeça.

— Quem lhe disse isso? — pergunta ele.

No começo, ela não menciona que é virgem — aprendeu a lição —, mas uma noite, mais de duas semanas depois, quando as coisas tinham se acalmado e ele a estava acariciando por trás, ela falou no quarto silencioso:

— Estava pensando... me perguntava com quantas pessoas você já teria feito sexo.

Ele não hesita.

— Quatro — replica ele.

Um silêncio começa a se instalar no outro lado dessa conversa.

Ela o rompe.

— O número de pessoas — diz ela — com quem fiz sexo... — Faz uma pausa, depois prossegue: — É zero.

Há um milésimo de segundo de imobilidade, de tempo congelado. Ela se lembra de Ted. Então Mike segura em seu ombro para virá-la. Quando ficam de frente um para o outro, a extensão do corpo dele contra a extensão do corpo dela, ele pega os braços dela, um por um, passando o primeiro por baixo dele e puxando o outro para que o abrace. Depois passa os braços ao redor dela, na mesma posição. Ele não fala nada.

No grêmio estudantil, Hannah esbarra com Jenny.

— Não a vejo mais. — diz Jenny. — Onde tem se escondido?

Hannah morde os lábios.

— Tenho saído com um cara.

O rosto de Jenny se ilumina.

— Quem?

— Não o conhece. E não é nada sério.

— Está livre agora? Quer tomar sorvete?

Depois de comprar o sorvete, vão para uma mesa no meio da balbúrdia de outros estudantes checando as caixas postais, entrando e saindo da livraria. Hannah descreve a seqüência dos encontros.

— Ele é legal — diz ela. — Mas não é realmente o meu tipo.

— Qual é o seu tipo?

— Não sei. Mais alto.

Jenny faz uma expressão consternada.

— Falando sério — diz ela —, não vejo qual é o problema. Parece ótimo.

Durante a maior parte do tempo, ficam apenas rolando no colchão, se pegando, até caírem no sono — não vestem pijamas, não lavam o rosto nem escovam os dentes —, mas nessa noite, Mike leva uma escova de dente nova, ainda no invólucro. Ele a mostra.

— Tudo bem? — diz ele.

Ela assente com a cabeça.

— Ótimo — diz ele. — Acho que estamos passando para o nível seguinte.

Quando vão para a cama, ele fica em cima de Hannah, e seu pênis roça o joelho dela; e esse contato parece comum demais. O fato de seus corpos serem apenas corpos, como fica demonstrado, é profundamente tranqüilizador e profundamente decepcionante. Ele se deita sobre ela, e os dois ficam parados.

— Sou seu primeiro namorado? — diz ele depois de um minuto.

— Você não é meu namorado. — Ela diz isso de maneira coquete, e dá dois tapinhas na bunda dele. Mas na verdade não está brincando.

— Eu nunca poderia ter um namorado.

— Por que não?

— Porque sou Hannah.

— O que isso significa?

Estão tendo uma conversa sobre a relação? Por mais que tenha ouvido falar sobre isso, sempre achou que era como fazer um safári ou pertencer a uma liga de boliche, uma atividade praticada pelos outros, mas da qual ela provavelmente nunca participaria. E agora estar participando não oferece nenhum alívio, não parece prova de nada que ela deseje provar. Parece irreal, e provoca aquela sensação de serem atores em uma peça.

— Então como devo apresentá-la às pessoas?

— Como Hannah — responde ela.

Fig liga na terça-feira à tarde.

— Acabo de falar com uma agente de viagens — diz ela. — Tenho de ligar de novo para ela às cinco horas. Vai comigo, não vai?

São quatro e quarenta.

— Me diz de novo qual é o fim de semana.

— Hannah, isso tem importância? O que mais tem para fazer?

Simplesmente não pode dar Mike para que Fig o destrua.

— Talvez eu tenha de entregar uma dissertação — replica ela.

— É o terceiro fim de semana de outubro. A passagem é pouco mais de trezentos dólares.

Hannah dá um suspiro. Agora que está devendo, dinheiro parece um faz-de-conta — qual a diferença entre dever 11 mil dólares e dever 11.300 dólares?

— Está bem — diz ela.

No terceiro fim de semana de outubro — no sábado — Mike completa 22 anos.

— Eu avisei você — diz ele. — Foi quando falamos em ir à casa de minha mãe.

Ele tem razão. Uma vez lembrada, recorda-se da conversa perfeitamente.

— Bem — diz ela —, pelo menos não é um aniversário tão importante quanto o de 21.

— É bom saber que se preocupa tanto.

É a primeira vez que ele se desentende com ela, e sua petulância parece infantil. Ela se levanta da cama, onde estavam deitados vestidos sem tirar a colcha — estavam para sair para jantar —, pega um elástico na salva sobre a cômoda, e prende o cabelo em um rabo-de-cavalo; é uma desculpa para se afastar dele.

— Pela maneira como fala de sua prima, nem mesmo parece gostar dela — diz Mike. — Você a faz parecer horrível.

— Ela é — replica Hannah. — Mas também é fantástica.

Mike parece incrédulo.

— Uma vez, quando éramos pequenas, alguém deu de Natal aos pais de Fig trufas de chocolate, e levamos furtivamente a caixa para o quarto dela e a comemos inteira — diz Hannah. — Depois, percebemos que havia alguma bebida no recheio, e Fig me convenceu de que estávamos bêbadas. Ela acreditou nisso de verdade. Começamos a tropeçar pelo quarto, a rolar pelo chão. Não fazíamos idéia de como as pessoas bêbadas agiam realmente. E eu fiquei tonta, mas isso também foi engraçado. Fig nunca é chata, e a vida nunca é chata quando saímos com ela.

Mike continua sem se impressionar.

— Além disso — diz Hannah —, uma vez ela tentou me fazer namorar um cara da sua universidade.

— Não sei se quero saber disso.

— Foi no começo do ano passado. Ela estava indo a uma festa a rigor da associação de estudantes e arrumou de eu ir com um amigo do seu namorado. Tenho certeza que o cara imaginou que eu fosse realmente bonita porque era prima da Fig. Ela me disse que se eu bebesse muito e não dissesse nada estranho, ele se amarraria em mim, mas que eu só deveria ir para o quarto dele se estivesse preparada para fazer sexo. E ele meio que tocou em mim no ônibus, mas eu não consegui. Eu não consegui ir até o fim. — Hannah também não se lembrava do nome do garoto. Ele jogava lacrosse e a característica que o definiu para ela foi que usava um colar de corda tipo gargantilha, com contas de madeira, e ele ter lhe dito que esperava estar ganhando cem mil paus, foi assim que disse, em cinco anos de graduado. — A noite foi um fiasco — diz Hannah. — Mas o que quero dizer é que Fig me deu um buquê. Ela sabia que o cara não daria, portanto conseguiu um para mim, uma íris com cravo-de-amor. Fig não é de todo má.

Mike sacode a cabeça.

— Antes de mais nada, você *é* realmente bonita — diz ele. — E sabe o que mais? Você é o seu pior inimigo.

Mike cursou o ensino médio em uma escola católica só para meninos, e Hannah desconfia que lhe é particularmente gratificante estar em uma universidade tão liberal: é membro inscrito no Partido Verde, e não come uvas porque são os trabalhadores migrantes que as colhem.

— Por causa do que em relação aos trabalhadores migrantes? — pergunta ela, e ele dá uma resposta detalhada, que a surpreende. Ela perguntou particularmente porque duvidou de que ele fosse capaz de responder. Mas ela não tem certeza de que seu idealismo bem fundamentado o torna melhor ou pior. Simplesmente soa um pouco tolo. Já grande, quando ainda morava com seu pai, qualquer dia era dia de não levantar a poeira, e portanto pessoas que levantam a poeira voluntariamente, que se definem nesses termos, oralmente, lhe dão inevitavelmente a impressão de estarem jogando um jogo, mesmo que não estejam conscientes disso.

Mike também parece sentir um prazer especial no fato de uma de suas amigas mais íntimas ser uma lésbica chamada Susan, que tem uma cruz preta delicada tatuada na nuca. Na noite que vão a um bar com ela, Hannah acha que percebe na voz de Mike um quê extra de prazer enquanto conforta Susan que acaba de esbarrar com sua ex-namorada.

Mas então — fazem a visita uma semana antes por causa da viagem de Hannah a Los Angeles — Hannah e Mike pegam o ônibus para a casa da mãe dele em Worcester. Revela-se então que a mãe dele também é lésbica. Portanto, não, nessa noite no bar quando Mike estava conversando com Susan, o subtexto não era *Veja como estou deprimido por você ser gay.*

A casa da mãe de Mike é uma casa do estilo colonial bem cuidada, com dois quartos e as partes laterais de alumínio branco. Mike, Hannah e a mãe dele jantam na varanda dos fundos, e quando Hannah a chama de Sra. Koslowski, ela diz: "Deixa disso, Hannah. Me chame de Sandy." Ela é contadora, divorciada do pai de Mike desde que ele tinha 4 anos. É baixa, como Mike, e esguia, com o cabelo grisalho na altura do queixo e um suave sotaque de Massachusetts. Está usando uma blusa xadrez sem mangas, jeans e mocassim. Tem um buldogue letárgico chamado Newtie, diminutivo de Newt Gingrich —, nome do Presidente da assembléia legislativa dos EUA de 1995 a 1999.

— É um tributo ou um insulto? — pergunta Hannah.

E a mãe de Mike diz:

— Ao homem ou ao cachorro?

Uma certa astúcia nessa conversa — da parte da mãe de Mike, tanto uma recusa de informação a respeito de si mesma quanto um adiamento do julgamento de Hannah, ou um pretenso adiamento — faz Hannah perceber que a mãe dele a vê como uma garota rica. O que, embora pareça falso nesse tempo, não é inteiramente errado.

Mike toca em Hannah muitas vezes na frente de sua mãe, e quando terminam o jantar, ele vai para o lado dela no banco, e põe o braço em volta de seu ombro. Quando se levanta para tirar a mesa — não deixa Hannah ajudar —, segura a mão esquerda dela e a beija. A sobremesa é sorvete.

— Hannah, quer menta e chocolate ou baunilha e pecã? —, pergunta Mike da cozinha.

E quando Hannah responde:

— Pode ser um pouco de cada? —, a mãe dele diz aprovando: — É isso aí, menina.

Ela deixa Mike e Hannah dormirem no mesmo quarto, na cama dele de garoto. Hannah presumiu que ela acabou no sofá da sala. No meio da noite — os dois estão de cuecas samba-canção e camiseta —, Mike diz:

— Vamos tirar a roupa. Quero sentir sua pele.

— E sua mãe? — pergunta Hannah.

— Dorme como uma pedra.

Logo, é claro, estão se beijando e entrelaçados; ele está em cima.

— Tem certeza de que ela não pode ouvir? — sussurra Hannah.

— Psiu. — Mike sorri no escuro. — Estou tentando dormir.

Quando ele diz que tem um preservativo, ela assente — realmente, a parte surpreendente é que demorou tanto tempo — e então ele a está penetrando. A entrada dói e Hannah pensa em Fig dizendo, quando estavam no segundo grau: "Apenas trinque os dentes e acabe logo com aquilo." Depois que entra, quando está realmente acontecendo, não é nem tão doloroso nem tão prazeroso quanto ela imaginava. Quando ele impulsiona, a sensação é mais a de uma espécie de fricção sumosa, e ela pensa como isso, supostamente, pode ser a razão de as pessoas ficarem em bares lotados nas noites de sábado, a razão de casamentos, crimes e guerras, e não consegue deixar de pensar *É realmente só isso?* Faz com que as pessoas — todos *nós*, ela pensa — pareçam tão estranhas e tão doces. Pode ver como um ato ou outro entre um homem e uma mulher juntos na cama varia, mas não devem sempre parecer mais ou menos os mesmos? Pela primeira vez desde que conheceu Henry há quase um ano e meio, lhe ocorre que talvez ele não seja uma resposta a nada em particular. Talvez Mike seja tanto uma resposta quanto Henry.

Depois que ele desaba sobre ela, sussurra.

— Então, gostou do sexo, Hannah?

O que há para dizer? Ela aperta a mão dele.

Ele sussurra:

— Vai ficando cada vez melhor. — E embora ela não chore, é quando ela chega mais perto de fazê-lo, por causa da segurança dele no futuro dos dois juntos. Ele não tem absolutamente nenhuma dúvida em relação a ela? Ele diz:

— Agora deixe eu cuidar de você — e usa a ponta do indicador e do dedo médio. Ela se contorce, e se contorce (certamente esse é um dos atos que não é idêntico de casal a casal), e quando ela goza, chora baixinho, e ele murmura em seu ouvido: — Você é tão linda. Tenho tanta sorte em ter uma bela, uma maravilhosa mulher nua na minha cama.

Na noite anterior à partida de Hannah para Los Angeles, a amiga de Mike, Susan, oferece um jantar pelo aniversário dele. Susan mora fora do campus com mais duas mulheres, e servem nhoque em pratos de papel e vinho tinto em copos de plástico, e todo mundo fuma baseado exceto Hannah e, possivelmente por deferência a ela, Mike. Hannah levou um bolo que comprou no supermercado, e digitou, no seu computador, uma certidão para jantar no restaurante que Mike escolhesse. Considera esse presente insatisfatório, o que um namorado sem imaginação, que não tivesse planejado nada, teria oferecido à sua namorada irritando-a. Mas quando dá a Mike antes de saírem para a festa, ele a abraça e diz:

— Obrigado, gata. — (Ser chamada de gata: como safáris e ligas de boliche, um fenômeno que achava que nunca experimentaria em primeira mão.)

Na festa, Hannah não bebe, mas Mike toma seis ou sete cervejas. De volta ao dormitório, ela vai para a cama depois dele, apaga a luz, e se deita de lado. Ele se inclina sobre ela e puxa as cobertas até seus ombros.

— Obrigada — diz ela.

— Espero que se sinta aquecida e amada. — Faz uma pausa. — Porque eu realmente a amo, sabe?

São duas da manhã e o quarto está completamente escuro. Anteriormente, tinha ocorrido a Hannah que esse momento aconteceria com Mike, e não sabia se queria ou não que acontecesse. De qualquer maneira, não esperava que fosse agora. Fica calada por talvez trinta segundos e então diz:

— Como você sabe?

Ela ouve, ela sente que ele sorri.

— Fiz uma busca na Internet — diz ele e a abraça; esfrega o nariz no seu cabelo.

A resposta não é uma impossibilidade, mas o sentimento não emergiu espontaneamente, e passa mais tempo. Ele dormiu? A frente do seu corpo contra as costas dela, e ela com os olhos abertos. Depois de quinze minutos, com a voz baixa, mas completamente desperta, ele pergunta:

— Você me ama?

Ela não responde nada porque nada do que pensa sobre isso é exatamente correto. Finalmente — sente-se mesquinha, mas também como se ele a tivesse colocado contra a parede — diz:

— Estamos juntos há menos de dois meses. Não é tanto tempo.

Ele rola o corpo, se afastando dela.

— Me faz um favor — diz ele. — Verifique seu calendário emocional e me informe em que data estamos. Talvez mais uns dois encontros funcionem para você. — Ela nunca o ouviu sendo sarcástico.

— Mike, talvez sim — diz ela.

— Talvez você sim o quê?

De novo, ela não responde. Depois, diz:

— Se digo isso porque você me forçou a dizer, teria algum significado?

Ela sente que ele rola mais noventa graus, de modo que estão de costas um para o outro.

— Obrigado por ter feito deste um belo aniversário — diz ele, e ela começa a chorar.

Imediatamente ele rola de volta para ela (então alguns homens realmente se abrandam com lágrimas femininas).

— O que poderia ser diferente entre nós para que ficasse melhor? — diz ele. — Não acho que *pudesse* ser melhor, exceto que parece que não quer que seja oficial. A besteira do não-sou-seu-namorado. O que é isso? Tem vergonha de mim?

— É claro que não tenho vergonha de você. — Às vezes, ela tem. Desejaria que ele não pronunciasse nada ironicamente a palavra *genuíno* como se fosse um vendedor de carros usados; desejaria que comesse uvas, ou se calasse sobre não comê-las; desejaria não suspeitar que, se o apresentasse à sua família, não o achassem tão apropriado. Dá-se conta de que nunca expressa esses sentimentos, mas deve fingir até mesmo para si mesma que não os experimenta? — Só estou me acostumando com tudo isso — diz ela.

— Sabe de uma coisa? — diz Mike. — Pode se acostumar sem mim. Não posso dormir aqui esta noite.

— São duas e meia da manhã!

— Estou com muita raiva. Não quero brigar com você.

— Vou para Los Angeles amanhã — diz ela. — Não vá embora.

— Sabe o que mais? — diz ele. — A biblioteca de veterinária só abre às dez aos sábados.

— Do que está falando?

— Na primeira vez que ficamos juntos, você me disse que tinha de trabalhar às oito na manhã seguinte.

— Mike, mal nos conhecíamos. Eu estava assustada.

— Mas tem razão — diz ele. — Por que eu ia querer convencê-la de alguma coisa?

Carregando sua mochila e bolsa de ginástica, Hannah pega o metrô para o apartamento de Fig. Tinha concordado em ir para lá antes de seguirem para o aeroporto, para ajudar Fig a escolher o que levar. Na cabeça de

Hannah, a briga com Mike é uma tigela de sopa que ela carrega por um longo corredor, e se pensar nisso, entorna a sopa; o melhor é apenas seguir em frente. No apartamento, o quarto de Fig está com a porta aberta, e ela está diante do armário usando uma calcinha do tipo tanga e mais nada. Instintivamente, Hannah tampa os olhos com as mãos, e Fig diz:

— Não seja puritana. Vou parecer uma universitária se vestir uma frente-única?

— Você *é* uma universitária. — A cama de Fig não está feita e está coberta de roupas, de modo que Hannah se senta no chão, encostada na parede.

— Mas não quero passar a Philip Lake uma aura de, digamos, farra universitária — diz Fig. — Quero parecer com classe.

— Suas botas pretas são elegantes — diz Hannah. — Use-as!

— São de Mindy, mas não é uma má idéia. Ei, Mindy... — Ainda só de tanga, sai do quarto para o corredor.

Quando volta, Hannah diz:

— Como vai decidir se fica com Philip Lake hoje à noite ou no hotel?

— Vou deixar as coisas rolarem.

Que tal... ficar hoje no hotel e pensar em ficar com ele amanhã?

Fig veste uma saia preta de camurça, fecha o zíper. Fica em frente de um espelho de corpo inteiro pendurado na parede, e se olha atentamente.

— O que acha? — diz ela. — Ponho uma coleira, e você atrela uma correia nela, e quando eu ficar traquina demais, você dá um puxão.

— Fig, foi você que pediu para eu ir nessa viagem.

— Não pedi que fosse minha babá.

De certa maneira, sim, pensa Hannah, mas não diz nada.

Fig tira a saia e a joga na cama. Relanceia os olhos para Hannah, e quando cruzam o olhar, ela diz:

— Está examinando meus peitos?

O calor abrasa as bochechas de Hannah.

— É claro que não — ela diz.

De fato, ao observar Fig, pensa que pode entender, pela primeira vez em sua vida, por que homens se sentem atraídos pelos seios femininos.

Antes, os seios sempre lhe pareceram uma parte estranha e pesada da anatomia — inclusive o seu —, mas na sua prima, faziam sentido. Os de Fig são pequenos, mas firmes, sua pele escura (Fig se queima no verão, e no resto do ano faz bronzeamento artificial) acentuada pelos bicos mais escuros. Às vezes, quando Mike está chupando o seu, Hannah não sabe quem está fazendo um favor a quem — acha que é mais para o benefício dele, mas não tem certeza de que maneira exatamente. Nos seios de Fig, entretanto, ela percebe uma certa festividade; pendendo tão visivelmente, são uma espécie de convite.

— Então, qual o plano? Ele vai nos pegar no aeroporto? — pergunta Hannah.

— Ah, Deus, não — Fig responde. — Pensei em pegarmos um táxi. Quer dizer, Hannah, Philip não sabe que você vai.

Fig está borrifando perfume nos pulsos, depois passa os pulsos atrás das orelhas. Não está mais olhando para Hannah, e portanto, ela acha que Fig não perceberá o que é certamente uma expressão de desilusão no rosto de Hannah. É claro que Philip Lake não sabe que Hannah vai; só supôs o contrário por não ter pensado nisso antes. Houve um momento em que essa viagem teria adquirido um vulto maior para ela, consumido mais energia pela antecipação, mas andava tão distraída recentemente. Nem mesmo tem certeza da hora do vôo — 1h20 ou 1h40 — e abre o zíper da mochila para pegar a passagem. Quando a puxa para fora, um papelzinho amarelo está colado no envelope. Em tinta azul, na letra de Mike, está escrito: *Hannah é o Máximo!*

Durante pelo menos um minuto, ela segura o papel entre o polegar e o indicador, olhando para ele, imóvel. Não sabe se ele o pôs ali antes ou depois da briga, mas de qualquer maneira, como ela podia ser tão idiota? Por que exatamente está viajando para Los Angeles? Por que, como Allison colocou, está dando atenção a algo que a faz infeliz, por que continua escolhendo Fig quando, por fim, tem o privilégio de fazer uma escolha?

Fica em pé.

— Fig — diz ela —, não vou com você.

— Do que está falando? — diz Fig.

— Você vai ficar bem. Se acha que Philip Lake não é um cara frívolo, aposto que seu instinto está certo. Não precisa de mim.

— Está ofendida porque não o avisei que você ia? Se isso tem tanta importância para você, vou avisá-lo.

— Não é isso — replica Hannah. — Tem um assunto que tenho de tratar aqui. Essa viagem não foi uma boa idéia. — Está pondo a mochila e segurando a bolsa. Fig está olhando com curiosidade e perplexidade ao mesmo tempo. Talvez, pela primeira vez, Fig esteja pensando que a vida de Hannah contém seus próprios corredores e portas misteriosas. — E você realmente tem seios bárbaros — diz Hannah. — Tenho certeza de que Philip Lake vai adorá-los.

— O que deu em você? — pergunta Fig, mas Hannah já está no corredor, acenando para ela com a mão livre.

— Depois vai ter de me contar — diz ela.

— Perdeu a porra do juízo — diz Fig — e espero que não ache que vou reembolsar o dinheiro da passagem.

Hannah senta-se no banco esperando o metrô, segurando o papel amarelo. Está perto do apartamento de Fig, mas Fig não vai atrás dela. O trem acaba de surgir à distância quando ocorre a Hannah que possivelmente não pode esperar o tempo que vai levar para transferir a linha e então caminhar da estação de Davis Square até o campus. Tem certeza de que Mike vai estar trabalhando até o meio-dia, portanto o que deve fazer é pegar um táxi e ir direto à sala de ajuda financeira. Mas é quase certo que escreveu o bilhete antes da briga, e se já não achar o mesmo?

Do lado dos trilhos tem um telefone público. Hannah põe as moedas e disca o número. Quando Mike atende, ele diz:

— Serviço Financeiro.

E ela está à beira das lágrimas quando fala:

— Sou eu.

O silêncio dele é longo o bastante para que ela sinta medo. Nesse silêncio, ela pensa que se ele ficar feliz em ouvi-la — ela ficará arrasada se não for assim —, ela vai dizer que o ama, também. Vai dizer isso imediatamente, nessa conversa.

Ela ouve ele engolir em seco.

— Oi, gata — diz ele.

Parte III

7

FEVEREIRO DE 2003

Na manhã do casamento de sua mãe com Frank McGuire, Hannah dorme até quinze para as nove e acorda com Allison dizendo: "Acorde, Hannah. Tia Elizabeth está ao telefone, e quer falar com você." Quando Allison abre as cortinas — são listradas de rosa, as mesmas com que sua mãe decorou seu quarto quando mudaram para lá doze anos atrás —, a luz ofusca a vista de Hannah. Flocos brancos parecem flutuar na janela.

— Está nevando de novo? — ela pergunta.

— Só alguns centímetros. Apresse-se e atenda o telefone. Elizabeth está esperando. — Allison faz uma pausa à porta. — Depois, talvez queira salvar Oliver. Tia Polly está aqui e acho que o está deixando zonzo de tanto falar.

É claro — Oliver. Hannah sabia que havia razão para se sentir inquieta mesmo no sono.

— Desço em um segundo — diz ela.

Não há mais telefone no quarto antigo de Hannah. Ela entra no quarto de sua mãe, tira o telefone do gancho e fica diante do espelho que está pendurado na porta interna aberta do armário. Ela está usando calça de pijamas de algodão e uma camiseta de manga comprida, e se observa dizer alô.

— Podemos discutir um minuto o que a bela Jennifer Lopez está fazendo com aquele excêntrico Ben Affleck? — diz Elizabeth. — Sempre que o vejo me dá ganas de acabar com aquele sorrisinho afetado na sua cara de eterno estudante universitário.

— Eu acho que ele é engraçadinho — diz Hannah.

— Darrach e eu acabamos de alugar... não me lembro do nome do filme, Hannah, é esta minha cabeça confusa. Mas não foi por isso que liguei. Você precisa ver seu pai.

— Acho que não — diz Hannah.

— Quanto tempo faz? Cinco anos?

— Eu o vi no casamento de Allison, há menos de quatro anos. De qualquer maneira, foi a última vez que vi *você*.

É verdade. Desde o verão que passou com Elizabeth e Darrach, Hannah viu sua tia duas vezes: uma vez num domingo durante o ano de caloura no ensino médio (foi idéia de Hannah), quando eles e Rory a encontraram e a sua mãe em um restaurante na metade do caminho entre Filadélfia e Pittsburgh; e alguns anos depois, quando Elizabeth foi a Filadélfia para o aniversário de 50 anos de seu pai. Hannah e Elizabeth continuam a se falar a cada dois ou três meses, e Hannah pensa em sua tia mais do que isso — volta e meia se vê lembrando de coisas que Elizabeth lhe disse, sugestões sobre a vida adulta —, mas Hannah nunca mais retornou a Pittsburgh. Tem certeza de que lhe despertaria lembranças demais.

— Ora — diz Elizabeth. — Sua ex-mulher se casa hoje, e o cara com quem está se casando parece, desculpe minha linguagem, podre de rico. Não acha que seu pai merece uma trégua?

— Como vai Rory? — pergunta Hannah. — Continua trabalhando no restaurante?

— Não mude de assunto.

— Meu pai pode ligar para mim com a mesma facilidade com que eu posso ligar para ele. Por que a responsabilidade é minha?

— Não lhe disse para nunca mais ligar para você?

Hannah não responde. Alguns dias depois do último almoço dela com seu pai, ele lhe enviou um cartão de seu dentista, um lembrete da data de sua consulta anual, que, não sabe como, foi enviado ao seu apartamento. No lado de fora do envelope, ele escrevinhou: *Foi bom vê-la na semana passada, Hannah.* E ela não tinha a menor idéia de se ele estava sendo sarcástico ou simplesmente esquecido. No casamento de Allison, foi impossível evitá-lo completamente, mas evitou o máximo que pôde. Até hoje, Allison diz que seu pai pergunta sobre ela, e Hannah não sabe se é verdade. O fato de ele não ter pago seu último ano na Tufts pareceu uma mensagem — teria sido fácil para ele ficar acima dela simplesmente enviando o cheque. Hannah nunca se arrependeu de sua decisão, mas ainda está endividada.

— Não estou pedindo para que procure seu pai — diz Elizabeth. — Estou mandando. Tenho autoridade bastante para isso?

— Ele e eu nunca tivemos muito o que falar — replica Hannah. — Talvez seja assim que tenha de ser entre nós.

— Ninguém está sugerindo que finja não ter problemas com ele. Mas apenas tome uma xícara de chá, pergunte como vai seu trabalho. Dê-lhe uma razão para achar que não destruiu tudo o que é bom na sua vida.

— De certa maneira, destruiu — diz Hannah, embora argumente mais por reflexo do que por convicção. O frescor da raiva em relação a seu pai, o que ela sentiu naquela tarde no restaurante, desapareceu; sabe que está mais irritada com ele do que a raiva que sente. — Se eu for vê-lo — diz ela —, tenho certeza de que vai esperar que eu lhe peça desculpas.

— Pois então que ele se dane. Você vai fazer uma visita, não vai lá para se humilhar.

— Por que está tão segura que essa seja uma boa idéia?

— Diria até mesmo que não estaria fazendo isso por ele, mas por você mesma. Na verdade, talvez por mim. E agora chegamos ao ponto essencial. Está preparada?

— Provavelmente não. — Hannah tinha ido para uma janela que dava para a entrada de carros da casa. A neve continuava a cair e viu sua mãe em um roupão rosa e botas, falando com tia Polly, enquanto se dirigiam ao seu Volvo. Pelo menos, isso quer dizer que tia Polly não está mais prendendo Oliver.

— O ponto essencial é que ele é solitário — diz Elizabeth. — E é o seu pai.

Na cozinha, há *bagels* e *muffins* em uma cesta sobre a mesa, e Sam está avaliando as dissertações de seus alunos da sexta série, enquanto Allison enrola guardanapos em volta de garfos e facas, e os amarra com fita azul. Serão dezenove convidados, incluindo a família; a cerimônia se realizará às cinco da tarde. Quando Hannah pergunta à sua mãe se vai evitar ver

Frank durante o dia — o que não seria tão difícil, já que ele ainda tinha sua própria casa — ela responde:

— Ah, querida, tenho 53 anos. Isso é mais para gente da sua idade.

Quando Hannah se senta, Sam diz:

— A Bela Adormecida. Está de ressaca ou algo parecido?

— Onde está Oliver? — pergunta Hannah.

— Pediu o carro da mamãe para ir comprar alguma coisa — diz Allison. — Disse que estaria de volta em mais ou menos vinte minutos.

— Espere aí — diz Hannah. — Ele foi dirigindo? — Oliver não tinha carteira de motorista. Quando Allison a olha com curiosidade, Hannah desvia o olhar. Diz para Sam: — Não estou de ressaca. Nem mesmo bebi ontem à noite.

— Pois devia — diz Allison. — A champanhe parecia deliciosa. — Allison está com seis meses de gravidez e mais radiante do que o normal.

— Hannah, se está namorando um australiano, vai ter de se desinibir — diz Sam. — Ser mais voluptuosa.

— Oliver é da Nova Zelândia — replica Hannah. — Mas obrigada pelo toque.

Sam sorri entusiasmadamente, e Hannah pensa na energia que gasta se irritando com ele. Na época, ela não percebia que não se pede a uma pessoa que defenda sua cara-metade, que nunca deveria ter pedido isso a Allison. Não por causa da santidade da condição de casal (até onde Hannah percebe, há somente episódios cada vez mais efêmeros de santidade entre qualquer casal), mas porque talvez a pessoa *não possa* defender seu parceiro inteiramente, porque provavelmente a pessoa tem a sua própria ambivalência, e suas críticas sejam dissimuladas. Não necessariamente o casal, mas o indivíduo tentando avançar na sua vida, fazendo escolhas que espera que sejam as certas quando, na verdade, como alguém pode saber? Forçar Allison a defender Sam, hoje Hannah acha, foi ingênuo tanto quanto odioso. Hannah costumava imaginar uma fusão maior entre duas pessoas, um ponto além do qual se sente uma certeza inquestionável um no outro.

— Assinou o cartão para mamãe e Frank? — pergunta Allison.

Hannah confirma com a cabeça, pegando um pãozinho de gergelim.

— Papai está na cidade, não está? — diz ela.

— Sim, o vimos ontem. Está pensando em... — começa Allison, sua expressão encorajando-a.

— Talvez — diz Hannah. — Mas por favor não vamos dar tanta importância a isso.

Oliver retorna depois de um tempo mais próximo de quarenta do que de vinte minutos. Quando Hannah ouve o carro, pega o casaco e vai para fora. Oliver beija-a na boca, e ela sente o gosto de cigarros, que presume ser o que foi comprar. Está usando uma camisa de flanela xadrez sob uma *parka* preta que definitivamente não lhe pertence — é de Sam ou até mesmo de Allison. Hannah a aponta e diz: "Legal." Hannah e Oliver vieram de Boston no vôo noturno do dia anterior, e então — a mãe de Hannah insistiu pedindo desculpas —, ele dormiu no sofá no gabinete. É um tanto bizarro ter essa beleza toda ali, à luz do dia, no apartamento familiar, tranqüilo e nada excitante de sua mãe.

— Então, tia Polly se ofereceu para me mostrar seu portfólio da aula de arte — diz Oliver. Senta-se na balaustrada do pórtico, acende um cigarro, e dá uma tragada. — Mas sinto que está cheio de pênis gigantes, e receio ficar constrangido.

— Tia Polly está tendo aulas de arte? Algo como educação para adultos ou coisa do gênero?

— Pergunte você a ela. Vai ficar mais do que feliz em lhe contar. No momento estão estudando a forma humana, e ela disse que o modelo masculino é muito bem dotado.

— Tia Polly não disse *bem dotado*.

Oliver ergue a mão com o cigarro, a palma virada para ela.

— Deus é minha testemunha. — Mas ele estava com aquele meio sorriso na cara.

— Tia Polly nunca diria isso. Ou se disse, não sabe o que significa. — Polly é a mãe de Fig, tem 58 anos, o cabelo grisalho que geralmente usa preso em um coque. Todo ano, no dia de Ações de Graças, usa um broche esmaltado na forma de peru.

— É claro que ela sabe o que é — diz Oliver. — Acha que estava se referindo às orelhas dele? Também disse que acha seu escroto esquisito.

Nunca teve predileção por escroto, mas algo especial acontece com o tal cara.

Hannah sacode a cabeça — os dois estão sorrindo — e ela diz.

— É um grande mentiroso.

— A apreciação de sua tia dos órgãos sexuais masculinos é sadia. Não seja moralista.

Oliver continua sentado na balaustrada, e ela sente um impulso estranho de empurrar seu peito com a cabeça, como uma cabra. Não se interessa em fazer sexo com ele, mas sempre se conforta com os braços dele ao seu redor. Quando ele acende outro cigarro, ela sente uma certa felicidade — achou que ele fumaria apenas um, mas agora vão ficar ali fora por mais tempo, sozinhos no pórtico dos fundos. O fato de Oliver fumar não a incomoda em absoluto, porém o ato de fumar de certa forma a incomoda. Mas a fumaça a faz lembrar dele, mesmo quando estão juntos.

— Talvez vá ver meu pai hoje — diz Hannah. — Acha que devo?

Oliver encolhe os ombros.

— Claro.

— Lembra-se de que não falo com ele há anos?

— Desde que ele tentou obrigá-la a comer todo o prato de massa, se não estou enganado. — Oliver sempre parece que não está prestando atenção, ainda que tenha uma memória excelente. É ao mesmo tempo insultante e lisonjeiro.

— Se eu for, quer ir comigo? — pergunta Hannah.

— Quero ou devo?

— Os dois, acho.

— Dever sim. Querer não. — Talvez ele perceba que ela não gostou, porque a puxa para si, de modo que fica encostada de lado em seu peito. Apesar do cigarro estar perigosamente próximo do seu cabelo, essa configuração é a mesma que ela estava imaginando antes, ela sendo a cabra.

— Você não precisa que eu vá com você, Hannah — diz ele, e seu tom é afetuosamente indulgente. — Você é uma garota crescidinha.

Ao sair do elevador no quarto andar, Hannah percorre o corredor acarpetado até encontrar o apartamento do seu pai. É ali que ele mora há quase dez anos, desde que vendeu a casa deles na Main Line. Apesar de seu coração estar acelerado, bate na porta sem hesitação; o gesto de bater na porta é hábito. Quando seu pai abre, ele sorri de uma maneira agradável e superficial, como faria para a filha adulta de um vizinho, e diz "Entre." Ela o segue e aceita a Coca light que ele oferece, que é o mesmo que ele está bebendo. (É estranho — quase feminino — ver seu pai bebendo Coca light.) Fica impressionada sobretudo com sua boa aparência. Aos 58 anos continua em forma, magro; seu cabelo grisalho está perfeitamente penteado; está usando mocassins, calça cáqui e uma camisa pólo azul com a gola visível no decote de seu pulôver de moletom. Se ele fosse um estranho por quem Hannah passasse na rua, ela não presumiria que levasse uma vida coerente com essa aparência? Pensaria que ele tinha uma esposa atraente com quem compareceria a um jantar beneficente no museu de arte nessa noite.

Depois de se acomodarem na sala, ele diz:

— Faz muito tempo que não nos vemos, Hannah. Tenho de confessar que fiquei surpreso quando recebi sua ligação hoje de manhã. A que devo a honra?

— Bem, vou passar o fim de semana na cidade — replica Hannah.

— Verdade. Sua mãe vai se tornar uma verdadeira herdeira, hein? Quem diria!

— Frank parece um cara legal.

— Vou lhe dizer o que Frank McGuire é. É um empresário astuto. Não tem medo de sujar as mãos. É isso o que ele é.

— Você o conhece?

— Oh, claro. Não há anos, mas o conheci. É um sujeito muito conhecido nesta cidade.

— Conosco, ele é muito retraído — diz Hannah.

— E você, como vai? Acho que agora está ganhando bem em um bom emprego.

Se ele realmente pergunta a Allison sobre Hannah, parece impossível que não saiba qual é o seu trabalho.

— Trabalho para uma instituição sem fins lucrativos que envia músicos clássicos a escolas públicas — diz ela.

— O que é uma ironia, de certa maneira. Lembro-me de como não conseguia aprender a tocar piano.

— Está pensando em Allison. Nunca tive aulas de piano.

— Como? Teve aulas com aquela bruxa em Barkhurst Lane.

— Definitivamente foi Allison.

— Nunca estudou piano? Acho que teve uma infância sem oportunidades.

— De qualquer maneira — diz ela —, levanto fundos.

— Não lucrativa, hein? Tanto você quanto sua irmã se revelaram duas almas caridosas.

— Você foi do Corpo da Paz, papai.

Ele faz uma careta brincalhona.

— Difícil acreditar, não? Sempre achei que uma de vocês seguiria a área de negócios ou faria Direito. Não é tarde demais, sabe? Está para fazer 26 anos?

Ela confirma com um movimento da cabeça. Não consegue imaginar nada que se ajustasse menos a ela do que negócios ou advocacia.

— Provavelmente estaria bem no meio. Um MBA em particular, que abre muitas portas. Se eu tivesse a sua idade, era isso o que eu faria, esqueça essa besteirada de Direito.

Ela balança a cabeça mais um pouco. Se ficar mais quinze minutos, vai ser o bastante.

— Tem viajado muito a trabalho? — ela pergunta.

— Cada vez menos. Tive um caso em King of Prussia, se considerar como viagem esse vaso sanitário. Aonde fui, não a trabalho mas a passeio, foi à Flórida, no mês passado. — Ele se inclina a frente. — Pegue aquele álbum na estante, por favor. Vai gostar de ver.

Quando ela já está com o álbum nas mãos, ele faz sinal para que se aproxime. Está dizendo para se sentarem no sofá um do lado do outro? E desde quando seu pai bate fotos? Sempre demonstrou impaciência quando sua mãe mandava que posassem. Enquanto sua mãe esperava que o sol ressurgisse ou, talvez, que Hannah sorrisse, ele dizia: "Depressa, bate logo, Caitlin."

— Fui com dois amigos, Howard Donovan e Rich Inslow — diz ele. — Inslow está separado também.

Hannah não se lembra de seu pai ter amigos, certamente não íntimos. Os Donovan e os Inslow eram membros do mesmo *country club* que os

Gavener — sua mãe tinha deixado de ser sócia depois do divórcio, de modo que Hannah raramente o freqüentava —, mas os outros homens não pareciam ser mais do que meros conhecidos. De maneira curiosa, seu pai tinha parado de namorar na época que sua mãe começara; ele tinha tido algumas relações, mas nenhuma tinha se consolidado.

— Foi uma viagem para jogar golfe, apenas um prolongado fim de semana — está dizendo seu pai. — É este o lugar. Um belo campo gramado, bela vista do oceano. Fica em Clearwater, em Gulf.

Como era estranho pensar em seu pai em uma loja, comprando esse álbum azul de couro, depois sentando-se nesse mesmo sofá, talvez, e deslizando as fotos para dentro do plástico. Ele não rotulou as fotos nem fez qualquer seleção, incluindo as que são idênticas ou que estão fora de foco ou que os mostram de olhos fechados. Ali estão Howard Donovan e Rich Inslow na sala de espera junto ao portão de embarque no aeroporto da Filadélfia, Rich comendo uma espécie de sanduíche de queijo, presunto e ovo; fotos aéreas durante a descida do avião, uma foto de Howard dirigindo, enquanto Rich, no banco da frente, segura um mapa, uma foto deles tirando os tacos da mala do carro alugado no estacionamento do resort. O humor do seu pai crescendo à medida que mostra as fotos, até alcançar o zênite: fotos do que seu pai se refere como um restaurante oriental onde jantaram na véspera da partida. Há dois instantâneos de Rich com o braço ao redor de uma garçonete jovem, de cabelo preto bonito em um quimono branco e azul-marinho, alguns da decoração (muito bambu, com a opção — que seu pai e amigos aparentemente declinaram — de tirar os sapatos e se sentar no chão), e a foto preferida de seu pai nesse cenário, uma bandeja de *sushi* e *sashimi* pedida por Howard. Seu pai aponta os retângulos viscosos de peixes rosa e castanho avermelhado em cima de arroz, gengibre.

— Sabe o que é isso? — pergunta ele, apontando um montinho verde-claro.

— *Wasabi*, não é?

— Essa coisa é letal. É a raiz-forte japonesa. Juro por Deus, faz seus olhos lacrimejarem.

Ela está chocada, e também com medo de encará-lo. Quando ele vira a página, descreve uma sobremesa de que ela não se lembra do nome, mas que é servida em chamas. Ela se sente completamente aturdida. Esse é o seu pai é: alguém que se deleita com a existência do *sushi*. Alguém que tira fotos dentro de um restaurante. Seu pai é *comum*. Até mesmo sua elegância de um modelo de meia idade na publicidade de uma loja de departamentos impressa no *Inquirer* de domingo. Foi sua imaginação que o tornou um monstro? A lição essencial dada por ele, ela sempre acreditou, era a seguinte: há muitas formas de transgressão, e a maior parte você só reconhecerá depois de tê-la cometido. Mas foi ela que inventou essa lição? No mínimo, fez concessões, entrou no jogo. Não somente quando criança, mas durante toda a adolescência e na idade adulta — até esse exato momento. Ela se dá conta agora que Allison não entrou, e que por isso não briga com o pai nem se recusa a falar com ele por longos períodos. Por que se incomodar? Hannah sempre supôs que Allison sentia-se intimidada em sua devoção paterna, mas não — Hannah que viu a raiva dele com muito mais intensidade do que em qualquer momento.

Depois de trinta e dois minutos, Hannah leva a sua Coca light para a cozinha e a joga fora (anos atrás, Allison tentou convencê-lo à aderir à reciclagem e, é claro, não conseguiu). Hannah se pergunta se Sam também percebe que David Gavener não é para ser levado a sério. Será que a Dra. Lewin também percebe isso, mesmo à distância? Será que todo mundo percebe, menos Hannah e, durante algum tempo — por 19 anos, tempo em que seus pais ficaram casados —, sua mãe?

Mas não ser genuinamente ameaçador não é o mesmo do que não ser um tolo. Ele era um *tolo*. Na cozinha, pensa em voltar para a sala e lhe perguntar do que sentia tanta raiva naquele tempo. Sua mulher era gentil, suas filhas eram obedientes. Tinham um padrão de classe média alta. O que mais ele havia esperado?

Mas quando torna a entrar na sala de estar, ele diz:

— Diga a sua irmã e Sam para me ligarem se quiserem entradas para o jogo do Eagles contra os Giants. Há uma chance de conseguir uma para você também. — Em seguida, estende a mão para ela, e é por isso que ela não pode lhe perguntar nada. Se ele está apertando sua mão, se está sendo tão distante e cuidadoso, ele sabe que se comportou como um idiota. Não precisa que lhe digam. Por baixo do seu tom jocoso, porém amargo, ele sabe.

Ela se adianta e o beija no rosto.

— Tchau, pai — diz ela.

Frank Mcguire tem 61 anos, oito anos mais velho do que a mãe de Hannah. Mede mais ou menos 1,80 metro, tem pouco cabelo e entradas pronunciadas, amplo diafragma, dedos curtos rechonchudos e lábios grossos; o lábio inferior, em particular, é tão macio e grande quanto o de uma atriz de Hollywood. Durante a cerimônia, segurando um buquê de frésias e rosas, Hannah experimenta uma onda de pensamentos reprimidos até então. Sua mãe e Frank fazem sexo? Frank está comprando a beleza da meia-idade de sua mãe e foi capaz de comprá-la só porque sua mãe a pôs à venda? Como é a sua barriga sem roupa, e se tem essa barriga, fica por cima ou por baixo? Uma coisa é envelhecer juntos, gradativamente, como se a flacidez e aumento de peso ficassem menos óbvios se acontecessem ao longo dos anos, mas ficarem um com o outro pela primeira vez dessa maneira — a pessoa não se sente terrivelmente apologética em relação a seus defeitos e com medo do que o outro pode expor?

Além disso, e a informação revelada? Com tudo o que lhe aconteceu até agora, vai ter necessidade de ser seletivo, portanto simplesmente se descarta as partes mais excruciantes de seu passado? Terá a mãe de Hannah mencionado alguma vez a Frank que seu primeiro marido obrigou-a, junto com suas filhas, a abandonar a casa no meio da noite? Será que a mãe de Hannah se lembra disso? Deve se lembrar. Não que tenham falado sobre isso, mas ela deve se lembrar.

— Vou lhe contar uma coisa que nunca contei a ninguém — diz Fig. — Mas você não pode fazer escândalo, OK?

Hannah e Fig estão sentadas no sofá da sala, segurando pratos no colo. Sua mãe havia contratado um bufê, tinha separado a porcelana azul e branca, e os talheres de prata com o monograma, e à volta delas, os convidados, cuja maioria era de parentes, conversam ruidosamente. A cerimônia foi breve, agora são quase seis horas, e já está escuro lá fora. Dentro, a sala apresenta um brilho rosado: os copos e talheres estão cintilando e as bochechas das pessoas estão coradas, talvez por causa do champanhe ou talvez porque a Sra. Dawes, a amiga mais antiga da falecida avó de Hannah e Fig, fora convenientemente incluída nas festividades e o termostato portanto subira para 24 graus.

— Falo sério — acrescenta Fig. — Nada de demonstrar surpresa.

— Fig, fala logo.

— Estou me encontrando com alguém novo — começa Fig, e Hannah pensa: *É claro que está*. Está a ponto de interrompê-la, quando Fig concluiu: — E é a irmã de Dave Risca.

De início, Hannah pensa que não escutou direito.

— *Irmã*? — repete ela.

— Não acabei de dizer para não fazer escândalo?

— Não estou fazendo escândalo — diz Hannah. — Estou tentando entender. — Fig, você está namorando uma *mulher*? Não está se referindo a uma amizade — diz Hannah. — Está dizendo que se beijam?

Quando Fig replica "Não, estou dizendo que estamos tendo uma relação", Hannah pensa em como essa notícia a forçará a reconsiderar o mundo.

— Esbarrei com ela alguns meses depois de ter me mudado para a casa de Philly — diz Fig. — Conversamos na calçada, e comecei a sentir aquele comichão, ela perguntou se eu queria tomar um drinque. E uma coisa leva a outra.

— Como ela é?

— É elegante. — Sob o tom encantado e protetor de Fig, Hannah percebe sua atração pela mulher. Talvez, em parte, a relação seja uma diversão para Fig, mas não completamente. — Ela tem, digamos, um maxilar delicado e olhos verdes. Seu nome é Zoe.

— Cabelo curto ou comprido?

— Curto.

É um alívio para Hannah. Seria de certa maneira injusto, embora não surpreendente, se Fig estivesse namorando uma lésbica de cabelo louro comprido.

— É realmente diferente de estar com um homem? — pergunta Hannah.

— Não especialmente. De qualquer maneira sempre achei mais fácil gozar com o sexo oral do que com a penetração.

— Fig... Não foi isso o que perguntei.

— Claro que foi. — Fig dá um sorrisinho afetado. — Todo mundo fica curioso com a relação de duas garotas. Como é a sua vida sexual com Oliver?

— Não importa — diz Hannah.

— Oliver é engraçadinho — diz Fig, o que deprime Hannah. Principalmente porque logo depois que a apresentou a ele, Fig estava usando uma camiseta preta decotada, Oliver cochichou em seu ouvido: "Sua prima tem seios magníficos." Provavelmente nesse mesmo momento, com Oliver do outro lado da sala, ele e Fig estão trocando uma espécie de sinais extra-sensoriais, a que somente os extremamente atraentes têm acesso: *Você é um tesão, blip, blip. Sim, eu sei, você também, blip, blip. Não acredito que estou sentado do lado do sonolento padrasto de Hannah.* No momento em que Oliver fez o comentário sobre os seios de Fig, Hannah disse: "Devia lhe perguntar se pode tocar em um." E Oliver respondeu: "Por que perguntar? Estragaria a surpresa."

— Minha mãe também o acha uma gracinha — está dizendo Fig. — Oi, mãe.

Tia Polly está do lado da lareira, conversando com Allison.

— O namorado de Hannah é uma graça, não é? — diz Fig.

Tia Polly põe a mão em concha no ouvido.

— O namorado de Hannah — repete Fig e põe o polegar para cima. (*Namorado de Hannah* — sempre serão as palavras mais esquisitas que Hannah pode imaginar. *Legal,* pensa ela. *Inteligência militar.*)

— Ah, ele é fabuloso, Hannah — grita tia Polly. — Aquele sotaque australiano!

— Na verdade, neozelandês. — Hannah sente como se estivesse gritando.

— Allison me disse que se conheceram no trabalho. Vamos... — Tia Polly inclina a cabeça para a direita e aponta. *Vamos falar depois na cozinha,* ela quer dizer. *Ou, pelo menos, vamos fingir que vamos falar, de modo que paremos de gritar uma para a outra.*

— Reparou que a Sra. Dawes está com um mau hálito obsceno esta noite? — pergunta Fig, e Hannah sente abruptamente que precisa checar Oliver. Talvez ela tenha percepção extra-sensorial, afinal, talvez isso não dependa da pessoa ser atraente. Conversando com sua mãe e Frank,

Oliver foi ficando inquieto, ele quer um cigarro e que Hannah lhe faça companhia enquanto fuma. Ela sabe disso.

— É como se ela tivesse comido alho antes de vir para cá — diz Fig.

Hannah toca no braço de Fig.

— Só um minuto — diz ela. — Volto já.

Hannah se apaixonou por Oliver pelo seguinte: ele retirou a farpa de sua mão.

Às vezes, ela pensa, como se fosse uma espécie de justificativa, que antes de se tornar sua namorada, nem mesmo gostava dele. Ela o conhecia, dividia a sala com ele, e não gostava dele. Mas a sua resistência inicial, considerando-se o que aconteceu entre eles, significa que ela é ainda mais uma tola sugestionável?

No trabalho, suas mesas ficavam em frente a paredes opostas, e quando o ouvia ao telefone, ou pior ainda, quando uma colega jovem e atraente, geralmente nova na firma, aparecia e se demorava na entrada da sala, claramente se preparando ou meio aturdida vindo de um encontro sexual extra-trabalho com ele, Hannah ignorava tanto ele quanto a mulher. Aquele jogo, o padrão de suas palavras, a maneira como a mulher ostentava uma expressão tão saciada e estúpida quanto a de Oliver, ou então a maneira nada cínica, pronta para se entregar — as duas possibilidades eram de embrulhar o estômago. Exceto que depois de algum tempo, Hannah parou de reparar. Sinal do quanto Oliver não lhe interessava, de como nunca seria capaz de perturbá-la. (Mais tarde, sentiu a nostalgia da recordação do tempo antes de levá-lo a sério.)

Certa noite, depois que uma mulher chamada Gwen tinha passado por lá — aparentemente ela e Oliver tinham ido a um bar em Downtown Crossing —, Hannah disse:

— Espero que saiba que noventa por cento se deve ao seu sotaque.

— Meu *sex appeal*, quer dizer? — Oliver estava sorrindo. No intervalo entre ela falar e ele responder, tinha imaginado que talvez ele não entendesse a que se referia, e tinha se sentido aliviada por isso. Mas ele não pareceu ofendido.

— Não é como eu chamaria — replicou Hannah. — Mas entenda como quiser. — Se ele não tivesse entendido e ela não o tivesse ofendido, ela teria parado. O fato de ele ter entendido e de ela não tê-lo ofendido... entretanto... significava simplesmente que tinha de se esforçar mais.

— Magnetismo animal — disse Oliver. — Você poderia chamar assim.

— Poderia.

Nunca tinham conversado antes? De repente, pareceu que não. Tinham se sentado a dois metros e meio um do outro durante quatro meses, ouvindo mesmo sem querer cada palavra emitida por cada um deles, apesar de trocarem diretamente apenas as observações mais inofensivas: *Viu que chuva? Bom fim de semana!* E agora ela via que ele era devasso, mas também inteligente.

— É claro — estava dizendo Oliver —, faz-se duas perguntas, ou duas para começar. Sem dúvida, faz-se muitas outras, e teremos de passar o resto das nossas vidas esclarecendo-as. Mas a pergunta mais premente é: é certo presumir que você não se inclui na categoria de mulheres seduzidas por algo tão superficial quanto um sotaque?

— Obviamente não — replicou Hannah —, e os outros dez por cento são agressão básica. Era a sua segunda pergunta, não era?

— Você é clarividente! — exclamou Oliver. — Do que sempre suspeitei. Mas agressão tem conotações predatórias, e sou um cara muito pacífico.

— Assertivo, então — disse Hannah. — Você é um mulherengo.

— Bem, isso eu não tinha notado... soa encantadoramente antiquado.

— Sem escrúpulos — replicou Hannah. — O que acha?

— Um aventureiro.

— Só em sonhos.

— Se sou um mulherengo — disse Oliver —, então vai ter de admitir que toda mulher gosta de ser abordada.

— E *não* no fundo sempre quer dizer *sim*, certo? E se está no metrô do lado de uma mulher sexy e tem vontade de tocar nela, toca, pois tem certeza de que ela estará a fim.

— *Não* nem sempre quer dizer *sim* — disse Oliver. — Mas provavelmente quer dizer com você mais do que com a maioria. Sob seu exterior formalista, tenho certeza de que bate o coração de um animal lascivo. — Contra a vontade, Hannah se sente lisonjeada. Ele acrescenta: — Talvez um gerbo.

Teria esperado, nos últimos meses, ela começar uma conversa com ele? Teria ele *querido* falar com ela? Não. Ele é convencido — se quisesse isso, teria puxado conversa. O que devia ter acontecido era que no momento em que o insultou, ele estava entediado, disposto a não agravar um conflito. Eram três e meia da tarde, a hora mais morta no escritório. Por que não?

Mas parecia que a conversa tinha perdido o encanto; o insulto do gerbo soou pessoal. Iam se sentar às suas mesas, cada metade virada para o outro, e ela disse:

— Tenho que dar um telefonema.

Estava discando, quando ele falou:

— Dentro de mim, bate o coração de um leão mulherengo.

Era estranho, pensou Hannah, que Oliver fosse divertido, porque parecia que não precisava ser. Não teria importância para as Gwens do mundo se ele fosse ou não divertido. Além do seu sotaque, era o tom e ritmo desse tipo de conversas que contava, não era? Não os *insights* verdadeiros. Além de sua beleza, que era considerável: Oliver media 1,84 metro, tinha os ombros largos, cabelo que tinha sido castanho quando começara na firma e, três semanas depois, louro descolorado. Na época, Hannah tinha perguntado se ele tinha ido a um salão para pintá-lo ou se tinha feito ele mesmo, e ficara desapontada quando ele respondeu que ele mesmo fizera a descoloração, com a ajuda de uma amiga. Mais tarde, ela percebeu como tinha querido ser sarcástica com um cara que tivesse gasto centenas de dólares no cabelo. Tinha se precavido contra a sua beleza; era tão fácil ver que ela teria se danado caso se apaixonasse por essa beleza.

Depois da conversa pós-Gwen, Hannah e Oliver conversaram um pouco mais, porém não muito. Provavelmente em três minutos, ou talvez mesmo antes de ela voltar para a sua mesa, Hannah já se sentisse nervosa em relação à mudança da dinâmica entre eles. Deveria se comportar diferente a partir de agora? Tipo mal-humorada, mas pronta para uma resposta inteligente? Na manhã seguinte, subindo até o oitavo andar de elevador, sentiu pânico; apesar do pânico, pressupôs um grau cada vez maior de insensibilidade. Oliver, como sempre, chegou cerca de quarenta minutos depois dela, que continuou a fazer ligações não completamente necessárias, já que seria mais fácil estar falando ao telefone quando ele entrasse; a pressão para assumir uma expressão facial ou dizer alguma coisa seria menor. Mas acabaram-se as ligações que tinha que fazer, portanto quando ele chegou, fingiu estar absorta nos papéis à sua frente. Deu uma olhada na direção dele, e sem encará-lo disse: "Oi", e voltou a atenção ao trabalho. Com uma voz perfeitamente amável, mas não franca e notavelmente afetuosa, ele respondeu: "Olá, Srta. Hannah", e mais nada. Portanto talvez... talvez ele não quisesse conversar com ela, tampouco quisesse que a conversa do dia anterior tivesse imposto um precedente. Talvez a conversa do dia anterior *não tivesse* imposto um precedente. Talvez ele não desse a mínima. Não importa. Quanto mais tempo se passasse — dias se passassem —, mais seria um alívio não ter dado em nada.

Aconteceu algumas semanas depois, em Newport. Era outubro e passariam a noite lá, cortesia de um de seus principais patrocinadores. Todos embarcaram no ônibus naquela manhã em Boston, com piadinhas sobre como começariam a beber logo cedo, e Hannah percebeu, ao se registrarem no hotel, que o quarto de Oliver ficava a três do seu. Era de se supor que ele não dormiria sozinho; ela tinha certeza de que uma nova assistente de nome Brittany tinha se sentado do lado dele no ônibus.

Ao cair da tarde, depois das reuniões, mas antes do jantar, Hannah tomou um banho, se vestiu e foi para seu terraço que tinha vista para o mar. A temperatura estava por volta dos dezesseis graus, o céu raiado de rosa e laranja, o ar fresco e o cheiro agradável, e ela sentiu a tristeza promissora de estar em um cenário perfeito. Pode ter sido a distração gerada por essa tristeza ou a sua qualidade indulgente que fez com que passasse a mão descuidadamente na balaustrada de madeira. Retirou-a imediatamente, mas já era tarde demais — a pontinha marrom da lasca projetava-se na palma da sua mão com o resto certamente enfiado na pele.

Hannah odiava esse tipo de coisa, um cisco no olho, um mosquito na boca, qualquer objeto estranho onde não deveria estar; só desejava que o tempo passasse, que estivesse na parte em que tudo foi retirado e aquilo é passado, mesmo se estivesse machucada ou com um corte. Sem pensar, se apressou, quase correndo, de volta ao seu quarto, e então seguiu o corredor até a porta de Oliver.

Ele estava lá. Se ele não estivesse, teriam acabado juntos?

— Estou com uma farpa — disse ela, e estendeu a mão para ele que estava em pé à porta. Não estava tão distraída a ponto de não lhe ocorrer que poderia parecer afetadamente puritana, mas a farpa *estava* na palma da sua mão direita, como poderia retirá-la sozinha? Ele a mandou entrar — achou, mas não podia afirmar, que ele tocou em suas costas ao passar — e se sentaram na beirada da cama. O quarto dela tinha uma cama tamanho grande, mas no dele havia duas de solteiro. Em seu inconsciente passou o pensamento que se ele fosse gentil ajudando-a com a farpa, talvez ela se oferecesse para trocarem de quartos, de modo que ele e Brittany pudessem fazer sexo com mais espaço.

Ele baixou a cabeça para seu braço estendido e passou o polegar na palma, nas duas direções.

— Está bem aqui — disse ele.

No mesmo instante, a consciência da presença dele, da sua proximidade, se tornou maior do que a aflição com a farpa. Não estava nem aí para a farpa. Talvez tivesse sido apenas um pretexto. O cabelo de Oliver tinha voltado a ser castanho, a parte pintada já tinha crescido e desaparecido, e ela gostou da sua cabeça inclinada, gostou de seus dedos masculinos, gostou de como mal precisavam falar, de como ele não se mostrou surpreso ao vê-la à sua porta. Parecia *inevitável*. Na vida juntos, ele a reconhecera como um membro da sua tribo: ele não confundiria seu silêncio com polidez, seu senso de responsabilidade com falta de senso de humor; ele nem mesmo confundiria seu puritanismo com o puritanismo de verdade. Ele seria impetuoso e detestável, e não pensaria (Mike tinha pensado) que falar sobre outras pessoas era um pouquinho imoral. Ela não sentiria a solidão de ser a única a ter opiniões. Ao sair de um restaurante onde tinham comido com um grupo, se ela comentasse como um deles tinha deixado uma gorjeta tão pequena, ou como a história que outro contara sobre sua viagem à França tinha sido longa e chata, Oliver também teria reparado nisso. Não diria de uma maneira agressivamente amável: "Eu realmente gostei de ouvir sobre a viagem."

— Preciso de uma pinça — disse Oliver.

Era um tanto constrangedor ela ter uma, mas era necessária. No tempo que levou para voltar ao seu quarto, pegar a pinça e retornar ao corredor, a percepção do seu destino se inverteu — claramente, ela estava maluca — e ao voltar para seu quarto, se inverteu de novo. Sim. *Alma gêmea* bateu-lhe como uma expressão estúpida, então qualquer que fosse seu equivalente não idiota. Poderiam sempre fazer companhia um para o outro, ela poderia cuidar dele, poderia mantê-lo na linha. Certamente ele precisava ser mantido na linha. Talvez, pensou de maneira brilhante, já tivesse tentado, sem conseguir, largar a cocaína.

— Fique quieta — disse ele. — Quase consegui. Ah, aqui está. Quer ver? — Ergueu a pinça. A farpa, curta e rombuda quase não existia, era quase nada.

Quando ele olhou para ela, ela percebeu que o estava olhando intensamente. Ele sorriu — de maneira aflita — e disse:

— Lembre-se, Hannah, de que sou um mulherengo.

— Eu sei disso — disse Hannah.

— Pois então. — Os dois continuaram sem se mover.

Finalmente, ela disse:

— Se eu fosse outra mulher, você me beijaria agora.

— Com certeza — disse ele.

— Pois então me beije.

Inclinando-se à frente, sua boca próxima a dela, Oliver disse:

— Sempre soube que era uma vadia fogosa.

Depois do bolo de casamento, a geração mais nova — Hannah, Oliver, Allison, Sam, Fig, e seu irmão de 22 anos, Nathan — acabou no gabinete assistindo à ESPN.

— Fig, onde está seu namorado? — pergunta Allison.

— Que namorado? — diz Fig em tom *blasé*.

— Sabe a quem me refiro. O carinha sexy que me apresentou no ano passado.

— Ah, aquele cara — replica Fig. — História antiga.

— Nossa! — diz Allison. — Eles não conseguem segurá-la.

— Então é um devoradora de homens — diz Oliver por cima do ombro. Está sentado na ponta do sofá entre Hannah e Fig, inclinado-se para a TV, os cotovelos nos joelhos e um uísque (o quarto? o nono?) na mão. Fig está recostada relaxadamente, seus pés sobre a mesinha de centro. Esse é o sofá em que Oliver dormiu na noite passada.

— Às vezes, sou — replica Fig. — Quando estou com fome.

Não, pensa Hannah. *Não, não, não!*

— Por que se chama Fig? — pergunta Oliver, e Hannah pensa: *Eu proíbo. Isso não é negociável.* Além do mais, a pergunta de Oliver é uma besteira, porque Hannah lhe contou a origem do apelido de Fig não uma, mas duas vezes. Contou-lhe quando descreveu sua família, e de novo no avião para a Filadélfia. Tudo bem que não se lembre da primeira vez, apesar de sua memória excelente, mas deve se lembrar da segunda.

— A culpa é de Hannah — diz Fig. — Não conseguia dizer *Melissa*.

— Ainda assim você continua a usar o apelido — diz Oliver. — Podia tê-lo mudado, se quisesse.

— Ele cai bem em mim — replica Fig. — Sou meio como um figo.

— Quer dizer, meio como uma cebola, escamosa e vai fazer você chorar — diz Nathan sem tirar os olhos da televisão. Fig faz uma bolinha com o guardanapo debaixo do seu copo de vinho e joga nele, acertando sua nuca. Ainda sem se virar, ele o pega onde caiu.

— Na Síria antiga, o figo era considerado afrodisíaco — diz Oliver, e Hannah se levanta e sai da sala. Tem certeza de que o comentário não é, entre outras coisas, nem mesmo verdadeiro. Não que não soubesse que levar Oliver à sua casa, para o casamento da sua mãe, fosse uma idéia questionável — mas é que não conseguiu se conter. Aquele homem bonito e carismático é, de certa forma, seu; ela quis testemunhas.

Na cozinha, a mãe de Hannah e tia Polly estão lavando pratos. A mãe de Hannah está usando avental sobre o vestido de cetim bege com que se casou.

— Mãe, não acredito que esteja fazendo isso — diz Hannah. — Deixa que eu lavo.

— Ah, não se preocupe. O que podia fazer e que seria um grande favor para mim, era levar, com Frank, a Sra. Dawes para casa. Só ir do lado dele, para que não se perca. Eles estão no hall de entrada.

Parece decididamente perigoso deixar Oliver e Fig na casa sem a sua supervisão, mas o que fazer? Além do que, na verdade, ela não quer estar perto deles nessa hora.

Quando Hannah, Frank e a Sra. Dawes descem os oito degraus na frente do edifício e se dirigem ao carro (parou de nevar no começo da tarde, e foi Hannah que limpou a escada), ela pensa em como um observador, alguém na outra calçada, iria supor que eram membros íntimos de uma família — Hannah, a filha de seus vinte e poucos, Frank, um filho de meia idade, e a avó, Sra. Dawes — quando a verdade é que nenhum deles conhece bem o outro. A sra. Dawes segura no braço de Frank, e Hannah segue na frente deles. Andam irritantemente devagar. A Sra. Dawes usa sapatos pretos baixos com um laço de gorgorão, meias transparentes cor da pele, *tailleur* de lã vermelho e preto, agora oculto por um casacão de lã comprido. Carrega uma pequena bolsa de couro preto. Seus tornozelos são tão finos quanto os de Hannah na escola elementar, e seu cabelo, uma mecha cinza ressecada presa, que vira para cima nas pontas, está rareando de tal maneira que partes de seu escalpo rosa ficam à mostra. Devia usar um chapéu ou um lenço, pensa Hannah, embora ela mesma não esteja usando nada.

Graças a Frank, o carro já está ligado, e também o aquecimento. Ao pé da escada resolvem colocar a Sra. Dawes no banco da frente, e antes de Frank fechar a porta, Hannah pergunta:

— Sra. Dawes, quer que eu ponha o cinto de segurança?

— Não vai ser necessário — replica a Sra. Dawes.

Hannah senta-se no banco de trás, diretamente atrás da Sra. Dawes, e Frank, na direção. O carro é um Mercedes. Enquanto seu pai, como um Doberman que você quer manter entretido, bem alimentado e sem ameaça de divergência ou surpresa, sempre foi a presença definidora em todas as situações, Frank é tão agradável que Hannah não sabe bem como é a sua personalidade. Antes desse fim de semana, ela o havia visto duas vezes: primeiro no verão, depois quando foram juntos com sua mãe, Allison e Sam, a Vail para o dia de Ação de Graças, ficando os cinco em três quartos separados pagos por Frank. Antes disso, a mãe de Hannah não esquiava desde 1969, mas se saiu muito bem, começando com aulas, na primeira manhã, no declive para iniciantes, e rapidamente se mostrou apta a se unir a Frank; Allison tinha esquiado somente algumas vezes com Sam, no Lake Tahoe, mas também desceu com entusiasmo os declives, até mesmo, algumas vezes, praticando *snowboard*. Hannah nunca tinha esquiado e preferiu não esquiar depois da primeira aula com sua mãe. Observando sua mãe e sua irmã ao retornarem ao chalé ao anoitecer, os rostos queimados de um rosado sadio, animadas, Hannah ficou impressionada e se sentiu traída. A viagem tinha sido planejada para ajudar Frank, Allison e Hannah a se conhecerem, como sua mãe tinha expressado várias vezes, mesmo quando todos estavam na mesma sala, ela diria: "Espero que se conheçam!" As conversas de Hannah e Frank eram do tipo que teria com uma pessoa aparentemente agradável sentada do seu lado no avião: clima, filmes, a comida servida no momento. Frank estava no meio de uma grande biografia de capa dura de um membro do Parlamento britânico do começo do século XX. Frank gostava de palavras-cruzadas. Usava gravata no jantar, exceto na noite que Allison anunciou: "Vamos levá-lo a um inferninho, Frank!" E os levou a um restaurante sobre o qual ela tinha lido em uma revista, em que chifres pendiam nas paredes e as garçonetes usavam jeans justos e camisetas mais justas ainda ou camisas de flanela. Para ir a esse lugar, Frank usou seu blazer descontraído e camisa, mas com o colarinho aberto. A conta dos cinco nesse dito inferninho foi (Hannah espiou) de 317 dólares, e como sempre, Frank assinou o cheque.

Às vezes, quando ela e Allison estão conversando na frente de Frank sobre, digamos, perfumes, Hannah se pergunta se ele as acha divertidamente tagarelas ou simplesmente frívolas. Ele não tem filhos. Foi casado por 29 anos com uma mulher que ou era doente mental ou extremamente difícil (a mãe de Hannah fala da mulher de maneira tão breve e misteriosa, que ela não consegue saber qual dos dois), e enviuvou havia quatro anos. "Ele é um pouco tímido", disse a mãe de Hannah inicialmente, embora ela não esteja certa de que isso seja verdade — o fato de não falar muito não quer dizer que seja tímido. Principalmente, Frank é rico. Este é o fato onipresente a seu respeito, a razão por que seu casamento com a mãe de Hannah é, excetuando qualquer traço psicótico ainda não revelado, um acontecimento positivo. Todas as coisas sendo iguais, por que não se casar com um homem rico? (Em algum lugar, pensa Hannah, deve haver uma porta capaz de fazer a mesma pergunta de uma maneira mais inteligente.) Agora há a garantia de que a mãe de Hannah pode, durante um futuro previsível, continuar usando calças rosa de pregas e cardigã pastel, continuar preparando fettuccine Alfredo com camarão (sua criação) para as ocasiões especiais. Não que a sua mãe seja materialista, apenas que Hannah não está certa de que ela saiba viver de outra maneira. E Frank possui uma certa qualidade competente e confortante que Hannah desconfia que seja, em parte, devida a seu dinheiro. Tem o pressentimento que, sob pressão, ele poderia cuidar dos problemas — digamos, se Allison ou Hannah tivesse um distúrbio gástrico e precisasse ser internada, ou se uma delas dirigisse alcoolizada. A probabilidade de qualquer uma das duas situações é praticamente nula, mas se ocorressem, Frank dá a impressão de que perceberia o problema e lidaria com ele sem muita conversa ou acusações. Além do mais, ele não parece querer provar nada, parece o oposto de irritável. Até mesmo o fato de estar conduzindo a Sra. Dawes para casa — Hannah vê nisso um bom sinal no casamento dele com sua mãe, ele não sentir a menor necessidade de ficar afetando atenções de recém-casado, não precisar ficar a noite toda do lado de sua mulher, de modo que se veja, e de que os outros o vejam, como alguém que ficou do lado de sua mulher a noite toda.

Frank liga o rádio, sintoniza na estação pública, e um volume agradável de música clássica enche o ar.

— Sra. Dawes, a temperatura está boa para a senhora? — pergunta ele. — Vai esquentar mais em um ou dois minutos.

— Nunca me aqueço — replica a Sra. Dawes. — Pode ligar em 40 graus que não vai adiantar.

— Bem, fiquei muito feliz por tê-la na cerimônia — diz Frank. — Foi muito importante para Caitlin.

Hannah nunca tinha gostado muito da Sra. Dawes, mas com certeza a sua presença tinha significado muito para a sua mãe: a geração mais antiga abençoando a união.

— É impressionante como Caitlin conserva sua aparência — diz a Sra. Dawes. Vira a cabeça 90 graus à esquerda. — Tenho certeza de que vocês controlam o que comem, mas a sua mãe sempre foi naturalmente esbelta. Não acho que seja imaginação minha o fato de Allison estar mais gorda do que na última vez que a vi.

— Allison está grávida — replica Hannah, e Frank bufa como se estivesse reprimindo o riso, e se for mesmo assim, significa que está alinhado com Hannah, caso contrário pode ser que tenha engasgado. — Deve ter em maio — acrescenta ela.

— Espero que tudo corra sem problemas. É bem mais complicado quando se é mais velha, como sabe.

— Ela só tem 29 anos.

A Sra. Dawes dá um risinho dissimulado.

— Não é tão jovem, Hannah. Eu tinha quatro quando estava com essa idade. Mas vocês, hoje, preocupam-se com a carreira.

Brandamente, não veementemente, Hannah pensa: *Ah, foda-se.* Teoricamente, Hannah se acha um monstro por não gostar de uma mulher de 82 anos. E a fraqueza física da Sra. Dawes é um visão nada exagerada. Mas sempre que fala com ela por mais de um minuto, lembra-se imediatamente do motivo de sua antipatia: a Sra. Dawes queixa-se e critica de uma maneira animada, sugerindo, quem sabe, sua própria tolerância bem-humorada com as deficiências dos outros. Nunca pergunta muito a Hannah, tampouco é particularmente loquaz. Hannah sabe que outras pessoas (Allison, em primeiro lugar) não considerariam justo julgar uma octogenária segundo os mesmos critérios que aplicaria a pessoas muito mais jovens, e por isso Hannah nunca mencionou a ninguém mais sua antipatia pela Sra. Dawes. Além disso, a Sra. Dawes não é crítica ou rabugenta o bastante para parecer atestadamente uma velha ranzinza.

— Conte-me — diz Frank —, a senhora tem filhos ou filhas, Sra. Dawes?

— Tenho dois de cada, e acreditaria se eu dissesse que todos moram na Califórnia? Todos os quatro.

Sim, eu acredito, pensa Hannah. Em seguida, supondo que sua mãe a tivesse mandado ir junto para acompanhá-los menos para ensinar o caminho do que para aliviar Frank da companhia implacável da Sra. Dawes, Hannah se desliga e deixa com ele o peso da conversa.

A Sra. Dawes mora a quinze minutos da casa da sua mãe, em uma área arborizada onde não se pode ver da estrada a maior parte das casas.

Pega-se um caminho, 400 metros atravessando as árvores, que dá diretamente na casa — invariavelmente uma casa grande, se bem que do tipo antiquado, de telhas de madeira, ao invés dos exagerados condomínios mais modernos. A Sra. Dawes está descrevendo a Frank o interesse de seu falecido marido na observação de pássaros — refere-se a ele como Dr. Dawes —, quando se interrompe para dizer a Frank para virar à esquerda na alameda. Hannah tem uma vaga lembrança de ter estado ali anos atrás, para o aniversário de um dos netos da Califórnia da Sra. Dawes, em que houve um show de mágica. Embora Hannah não pudesse ter mais de seis ou sete anos, lembra-se de ter achado estranho ir à festa de aniversário de alguém que ela não conhecia.

A casa está completamente escura. Allison e Sam pegaram a Sra. Dawes antes do casamento e, Hannah pensa com irritação, sua irmã deveria ter deixado pelo menos uma luz acesa. Frank sugere que Hannah ajude a Sra. Dawes a sair do carro para o caminho de tijolos que leva à porta da frente, e recua o carro de modo a iluminá-lo com os faróis. Hannah sai, abre a porta de trás, e estende seu braço direito. A Sra. Dawes põe os pés no chão, ou melhor, seus saltos na neve, já que a aléia não foi limpa. (Allison e Sam também poderiam ter feito isso — Sam não levaria mais de três minutos.) A Sra. Dawes se segura no braço de Hannah, que sente a mulher idosa se erguendo. Quando a Sra. Dawes está do seu lado, Hannah sente o cheiro, não de alho como Fig afirmava, mas de um perfume agradável de lilás. Fecha a porta do carro e Frank faz a volta. Passam-se somente alguns segundos depois que a porta do carro se fecha, e ela e a Sra. Dawes ficam ali, sozinhas na noite, e Hannah sente aquele medo primitivo do escuro — a casa, a floresta e o céu estão negros à sua volta, sorrateiramente vigilantes e indiferentes à vulnerabilidade de um indivíduo, ou possivelmente caçando tal vulnerabilidade. Até mesmo quando Frank estaciona e surge do carro, a tensão de Hannah só diminuiu ligeiramente. Como ao deixarem o edifício de sua mãe, andam em passos miúdos, mas dessa vez quem vai na frente é Hannah.

— Se me der as chaves, Sra. Dawes — diz Frank —, poderei ir na frente e abrir a porta para a senhora.

Dão uma parada enquanto a Sra. Dawes remexe na bolsa. Seu chaveiro é uma tira de couro marrom, nada diferente de um marcador de livros, com contas turquesa, vermelha e preta. *Ora, Sra. Dawes,* pensa Hannah, *que coisa mais étnica.* A confusão para explicar a Frank qual da dúzia de chaves corresponde a qual dos dois cadeados faz com que, quando ela e a Sra. Dawes alcançam a porta, ela ainda não tivesse sido aberta.

— Dê-me elas — diz a Sra. Dawes asperamente, mas passa, ela própria, não menos de quatro minutos remexendo nervosamente no chaveiro.

— Você deve tê-las misturado, por isso não consigo ver quais são — diz ela a Frank mais de uma vez. Durante esse intervalo, Frank e Hannah se entreolham várias vezes. Na primeira vez, ele ergue as sobrancelhas, na segunda, ele dá o sorriso mais triste que Hannah já viu. Ele não está impaciente, ela percebe; sente apenas pena da Sra. Dawes.

Por fim, a porta se abre. Frank encontra o interruptor e se vêem em um hall com o piso de madeira coberto por um tapete oriental. À direita da porta está uma cômoda de mogno com um espelho acima; à esquerda está a escada com um corrimão lustroso. O hall dá para uma sala alinhada de estantes, com móveis antigos, mas bonitos — um sofá branco, várias poltronas forradas com motivos florais, mesinhas laterais de tampo de mármore, uma mesinha de centro com um cinzeiro de porcelana e um vaso de prata sem flores — e também uma *chaise longue* posicionada a quase dois metros da TV de plasma.

— Posso ajudá-la a subir, Sra. Dawes? — pergunta Frank. — Gostaria de deixá-la acomodada antes de irmos embora.

Hannah olha para a escada para ver se há uma cadeira de rodas motorizada. Não há. E sua mãe lhe disse que a Sra. Dawes recusou a ajuda de outra empregada além da faxineira que trabalha três vezes por semana. A mãe de Hannah sempre menciona essa recusa quando tem motivo para falar da Sra. Dawes: a Sra. Dawes, *que não pensa em abrir mão daquela casa grande;* a Sra. Dawes *que continua sem sequer considerar a possibilidade de uma enfermeira à noite, nem mesmo alguém que fique sentada lá embaixo, e que a Sra. Dawes nem precisaria vê-la...* Por vários anos, a mãe de Hannah mandou comida para a Sra. Dawes uma ou duas vezes por semana — alguns bolinhos, digamos, ou um pouco de sopa — e a quantidade pequena fazia essas entregas parecerem não valerem o esforço. Ou, o que é pior ainda, como talvez sua mãe só estivesse passando adiante as sobras, quando na verdade ela compra os itens em uma delicatessen cara.

Mas agora, imaginando sua mãe dirigindo até ali, Hannah compreende as porções minúsculas. Possivelmente também compreende por que sua mãe está disposta a ignorar a coragem de Frank.

— Vocês dois têm que voltar, senão vão achar que foram soterrados na neve — diz a Sra. Dawes.

— Não tem pressa — replica Frank. — Posso lhe preparar um chá? Não sei se gosta de tomar uma xícara de chá à noite.

— Vou lhe dizer o que estou com vontade de beber desde que saímos da casa de Caitlin: um copo de água. O pato estava extraordinariamente salgado. Não o achou salgado, Hannah?

— Para mim estava bom — replica Hannah.

— Não gosto muito de pato. Se quiserem água, é por aqui.

Há outra progressão vagarosa, dessa vez pelo hall, e então, chegam à cozinha: piso coberto por um linóleo xadrez branco e vermelho, um refrigerador e uma pia que Hannah acha serem da década de 1950, mas que talvez sejam da de 1940 ou 1960. Quando a Sra. Dawes fecha a torneira, Hannah toma consciência do silêncio completo na casa. O único barulho é o que estão fazendo. A Sra. Dawes pegou copos com pontos laranjas desbotados do tamanho de uma moeda. Não oferece gelo, e os três ficam ali, engolindo audivelmente a água em temperatura ambiente. Hannah se dá conta de que está com sede. Observa — vê que está para acontecer, depois vê que acontece, mas não pensa nisso até depois de ser algo que poderia ter previsto — quando a Sra. Dawes coloca seu copo na beira do escorredor de pratos do lado da pia. Dois terços da base do copo pende no ar, como se sobre um rochedo. O copo se inclina para o chão e se estilhaça.

Frank dá um grito constrangedor. E se abaixa, flexionando o corpo da cintura para cima, e não os joelhos, para enxugar a água derramada, usando toalha de papel tirada do rolo do lado da pia. Erguendo o olhar, sua face ruborizada por causa do grito e de ter se curvado, pergunta:

— Sra. Dawes, onde está a vassoura? Vamos limpar isso em um minuto.

Quando a Sra. Dawes retira a vassoura do armário no canto, Frank faz menção de pegá-la, e ela não deixa.

— Eu fiz a sujeira, Frank — diz ela. — Eu limpo. — Varre de maneira lenta e um tantinho trêmula, e Hannah se sente como que observando um ato privado. Devia se virar ou fingir estar ocupada com outra coisa. Mas também quer intervir. Espera até os cacos de vidro estarem empilhados e diz:

— Deixe-me pegar com a pá de lixo. Posso?

Talvez a Sra. Dawes permita porque Hannah é mulher, ou talvez porque não possa se abaixar como a pá de lixo requer que faça. Está juntando todos os cacos, se pergunta Hannah, ou deixou algum estilhaço no chão? Espera que a Sra. Dawes use chinelos, porque caso se cortar vai ser um processo muito complicado — curvar-se para pressionar um pano no pé, ir até onde guarda os band-aids, sem saber se o vidro penetrou sua pele ou continua no chão.

— Cuidado — diz a Sra. Dawes, e mais nada. Tampouco Frank fala. Hannah sente os dois observando-a de cima. Havia alguns segundos, estava pensando como suas coxas parecem quando está de quatro, mas tem uma súbita percepção de que o que está mais proeminente nesse exato momento, é a sua saúde. Sua juventude, seu vigor, sua flexibilidade — a não necessidade de esforço para se agachar e varrer os cacos de vidros, e a atenção absorta nesse ato. Devem imaginar que planeja ir a um bar depois disso com seus primos e Oliver, que o casamento foi a primeira parte da noite, e que para ela haverá uma segunda parte. Até onde sabe, não haverá, mas é verdade que poderia. Na cozinha da Sra. Dawes, Hannah tem consciência das várias mudanças que sua vida pode sofrer, da sua imprevisibilidade. Coisas ruins ou dolorosas certamente lhe ocorrerão, mas ela reagirá. Muita coisa vai acontecer.

Quando os cacos foram juntados, a Sra. Dawes os leva para a porta da frente, e Frank pergunta:

— Tem certeza de que não quer que a ajudemos a subir? Hannah e eu teríamos prazer em... — rapidamente, ele lança um olhar para Hannah, depois o desvia. Nesse olhar de relance, ela acha que ele lhe pede desculpas. Mais tarde ela se recordará desse exato momento, quando começou a gostar de seu padrasto. A insolência da gentileza ao oferecer seus serviços assim como os dele próprio, e seu pedido tácito imediato de desculpas por ter feito isso, por possivelmente atrasar a partida quando dá para ver a impaciência dela: parece tudo tão íntimo e familiar.

Hannah fica feliz quando a Sra. Dawes recusa de novo a oferta de Frank. No entanto, permite que ele tire seu casaco e o pendure.

— Muito obrigado, sinceramente, por sua presença na cerimônia — diz Frank, e Hannah percebe que ele está na dúvida se deve abraçá-la. Deve ter concluído que seria atrevido, ou pelo menos que Sra. Dawes assim o acharia, porque se limita a dar três tapinhas no ombro dela. Antes de Hannah decidir conscientemente, inclina-se e beija a Sra. Dawes na bochecha, de modo não diferente de como beijou seu pai horas antes. É possível, pensa ela, que nunca mais vá rever a Sra. Dawes.

Antes de Hannah e Frank deixarem a casa, a Sra. Dawes acende a luz lá de fora e o caminho de tijolos agora iluminado repele a tristeza e o perigo da noite. Mas também a tristeza e o perigo foram mantidos acuados, para além do perímetro da luz, porque Hannah e Frank deixaram a Sra. Dawes dentro. Uau! Não é grosseria sentir assim, é? Fizeram tudo o que podiam por ela. Foram absolutamente pacientes, até mesmo se excederam. Quantas vezes Frank se ofereceu para levá-la para o andar de cima? No mínimo duas vezes!

Mas quando estão prendendo os cintos de segurança, uma sinfonia triste emana do rádio, e Hannah perde sua breve frivolidade. Abruptamente, ela e Frank deixam de existir em relação à Sra. Dawes; são simplesmente eles dois em um carro. Ela olha para a esquerda. Frank está concentrado na alameda sinuosa. Alcançam a estrada e ali, talvez sentindo o olhar dela nele, Frank sacode a cabeça.

— Não quero envelhecer nunca, Hannah — diz ele.

Ela olha para ele atônita. Pensa: *Mas você já é velho.*

Em casa, Frank estaciona na entrada para carros, e ao se dirigirem para a casa, Hannah vê, pela janela do pórtico dos fundos, que Oliver e Fig foram para a cozinha ficar com sua mãe e tia Polly. Se Oliver não estivesse ali, ela poderia ir dormir agora, mas como ele está lá, e como ele é Oliver, terá de entretê-lo. Nessa manhã, ele tinha lhe perguntado onde poderia comprar pornografia e ela tinha respondido:

— Esta é a casa de minha mãe, Oliver.

— Aí estão vocês — diz a mãe de Hannah.

— Os motoristas! — exclama Oliver.

Hannah senta-se à mesa da cozinha e olha para Oliver — o olhar que ela estava aguardando há horas —, mas ele meramente sorri apaticamente e volta a atenção para acabar de amarrar o saco de lixo. (Ela fica chocada ao vê-lo ajudando na limpeza.) Fig está a alguns centímetros dele, enxugando a louça.

— A Sra. Dawes ficou bem? — pergunta a mãe de Hannah.

— Ela é com certeza obstinada — replica Frank. — Não deixou nem mesmo que a ajudássemos a subir para o quarto.

— Talvez não quisesse que vissem sua coleção de pênis — diz Fig.

— Francamente, Fig — intervém tia Polly. Fig também deve estar embriagada.

Oliver pára à porta antes de levar o saco de lixo para o pórtico dos fundos e diz:

— Fig, não seja maliciosa. — Hannah estava certa, sempre esteve. É realmente o seu sotaque.

— Caitlin, o pato estava fantástico — diz tia Polly. — Tinha cerejas na cobertura? — Ao mesmo tempo, Hannah ouve Fig dizer a Oliver, baixinho, mas não tão baixinho:

— Talvez eu mereça umas palmadas por meu mau comportamento.

— Cerejas e maçãs — a mãe de Hannah está explicando quando Oliver sai. Realmente, Hannah tem de se conter para não dar um pulo e trancar a porta. — Achei que talvez fosse ficar doce demais, mas o responsável pelo bufê disse que era um de seus pratos mais famosos.

— Aposto que sim — diz tia Polly.

— A outra maneira como o preparam é no estilo asiático, com repolho, fava e outras coisas. — Nesse ponto, Oliver volta a entrar na cozinha. — Mas tive receio que fosse um pouco excêntrico para a Sra. Dawes. Ela não é uma aventureira na mesa. Hannah, foi você ou Allison que lhe ofereceu *homus* e ela ficou simplesmente sem saber o que fazer com aquilo?

— Não me lembro — replica Hannah, e mal está escutando porque está observando, o que não é surpreendente, quando Oliver puxa a gola de Fig na nuca e deixa escorregar uma bola de neve para dentro de sua blusa.

Fig dá um gritinho e Hannah se levanta.

— Desiste — diz ela.

Todos se viram para ela. Fig está com a mão nas costas, e a expressão de Oliver — o aquecimento deve estar aumentando — é de deleite suado.

— Não se dê o trabalho — diz Hannah. — Está perdendo tempo. Ela está jogando no outro time.

Ninguém reage. Hannah não consegue evitar encarar Fig por um segundo. Fig parece confusa. Hannah relanceia o olhar de volta para Oliver. Uma expressão de curiosidade substituiu a de deleite.

— Ela é — Hannah faz uma pausa. — Sapata. — Nunca usou essa palavra antes. Sente-se horrível. Sua deslealdade com Fig e seu preconceito não são nada atraentes, mas seu discurso canhestro é realmente grotesco. Estão olhando assustados para ela, todos os cinco. No fim, não há nada mais estranho do que um rosto humano. E vários de uma vez só. Como todos chegaram a esse momento terrível? — Por isso não deve perder tempo com ela — diz Hannah a Oliver quando se vira para sair da cozinha. — E não porque é minha prima.

As regras para Oliver são:

Ele não pode contratar prostitutas.

Pode fazer sexo com a mesma mulher duas vezes, mas não mais de duas vezes.

Pode receber sexo oral, mas não realizá-lo.

Tem que usar preservativos.

Tem que tomar uma chuveirada antes de se encontrar com Hannah de novo.

Ela acredita que ele se sujeita a qualquer uma das outras regras além da chuveirada? A maior parte do tempo é claro que não. Por favor. Provavelmente ele não faz nada além de comer prostitutas, e Hannah provavelmente foi contaminada por doenças sexualmente transmissíveis.

Outras vezes, ela não acha que as regras sejam tão irreais. É possível que sejam bastante flexíveis até mesmo para Oliver. Uma vez, Hannah procurou viciados em sexo na internet, mas depois de dar uma olhada em alguns *websites*, simplesmente se cansou. Que importância tinha se era esse o caso de Oliver? Ou se era alcoólatra? Chame como quiser — seu comportamento é como é, ele não pretende mudá-lo. Não é como se ele odiasse a si mesmo, pelo menos não mais do que todo mundo se odeia. Ele simplesmente não acredita em monogamia.

Essa é a regra para ela (só há uma única):

Ela pode perguntar o que quiser a ele contanto que se lembre de que a resposta não fará diferença; contanto que se lembre de que é melhor para os dois se ela não interferir nesse privilégio, mas sim poupá-lo, como um cupom, para um futuro indefinido; contanto que, na verdade, nunca lhe pergunte nada.

A primeira vez que tudo isso veio à baila, foi na segunda semana que estavam juntos. Depois de almoçarem, voltaram para a sala no escritório, e quando ela se sentou à sua mesa, ele disse:

— Vire-se. Quero lhe contar uma coisa. — Parecia nervoso, como alguém que está com muita vontade de urinar. — Sabe a devoradora de homens? — disse ele.

— A o quê?

— Debbie Fenster me chupou hoje de manhã.

Ela achou que ele estava brincando. Não achou isso completamente, mas achou, no começo, que não falava sério.

— Aqui? — perguntou ela.

— No banheiro de deficientes.

Mais do que tristeza ou raiva, ela sentiu nojo. Debbie ajoelhada ali, naquele chão de ladrilho sujo? Hannah conhecia bem esse banheiro; era o que preferia porque o banheiro feminino comum tinha compartimentos múltiplos, enquanto nesse podia usar a privada sozinha, em paz. A bunda de Oliver tinha sido pressionada contra a parede encardida? Sob a iluminação neon, às dez da manhã, ou sabe lá a que horas?

— O que acha? — pergunta ele.

— Acho nojento.

— Está rompendo comigo? — perguntou ele. Nenhum dos dois, desde a viagem a Newport, tinha usado a palavra namorado ou namorada; só tinham ficado flertando por e-mails, embora distantes apenas alguns centímetros, indo a bares depois do trabalho (embriagar-se com Oliver, especialmente em uma noite de dia de semana, pareceu-lhe, na época, divertido), e passando a noite juntos. Nessa curta semana, ela se sentira desconfortavelmente feliz.

— Eu seria meio idiota se não rompesse com você — replicou ela. — Não acha? — Ocorreu-lhe que deveria parecer mais arrasada do que estava. Receber a notícia foi estranho e desagradável, mas não devastador.

Ele ainda estava ali de pé, olhando-a apreensivamente, e então inclinou-se à frente, ajoelhou-se, e pôs o rosto no seu colo, os braços ao redor de suas pernas. A porta da sala foi aberta; ela ouviu dois colegas de trabalho conversando sobre futebol a talvez quatro metros de distância.

— Levante-se — disse ela, o que não queria que ele fizesse.

Ele pressionou o nariz no osso ilíaco dela.

— Oliver... — Apesar de poder ficar genuinamente mortificada se alguém tivesse entrado na sala, ela realmente gostou dessa postura inadequada. E então teve um flash da imagem de Debbie Fenster ajoelhando-se diante de Oliver, não diferente da maneira como ele estava agora diante dela. — Falo sério — insistiu Hannah. — Levante-se.

Quando ele ergueu o rosto e jogou-se para trás, apoiando-se nos saltos de seus sapatos, ela se levantou.

— Estou indo embora por hoje. Se alguém perguntar por mim, diga que eu tinha consulta marcada com um médico. Isso é estranho demais. — Na porta, ela disse: — Sei que me avisou em Newport. Mas ainda assim é esquisito.

Não se falaram pelo resto desse dia e à noite, e quando ela foi trabalhar na manhã seguinte, chegando antes dele, havia um envelope com o nome dela sobre seu teclado. Não um envelope de correspondência comercial, mas de um cartão que, quando ela abriu, viu que na frente tinha uma pintura escura, de 1863, de um peixe. Dentro, em letras maiúsculas como costumava escrever, ela lê: QUERIDA HANNAH, POR FAVOR ME PERDOE POR NÃO SER BOM O BASTANTE PARA VOCÊ. MEU AMOR, SEU RECALCITRANTE COLEGA DE TRABALHO, OLIVER. Somente semanas depois, lhe ocorreu que o bilhete talvez representasse sua despedida cortês, que ele achava que a relação tinha acabado. Tinha sido ela a ver o incidente com Debbiee Fenster como um acesso temporário. Porém, mesmo se dando conta disso, não se arrepende de não ter sido rude com ele. A aspereza naquele momento pareceria uma resolução em vez de uma reação orgânica.

Mais tarde, naquele dia, quando estavam em suas mesas, Hannah se fez muitas perguntas para descobrir qual seria a rotina básica, e então estabeleceu suas regras básicas. A conversa foi muito menos aflitiva do que tinha pensado; talvez por causa do cenário, mas pareceu incrivelmente semelhante a um acordo comercial amigável, inclusive com momentos de frivolidades.

Deitada de costas sobre a colcha da cama, Hannah ouve uma batida e a porta ser aberta, a luz amarela do corredor divide o quarto ao meio, a porta é de novo fechada, e Fig está dizendo, não com o tom de voz deferente, mas sim normal:

— Você está acordada, não está?

Até o momento em que Fig fala, Hannah acha que deve ser Oliver. (Todas as mulheres querem ser perseguidas.) Estará ele agora no quintal, fumando um baseado com o irmão de Fig? Ou ainda na cozinha, regalando sua mãe e tia com histórias sobre a vida de um neozelandês?

Mas talvez fosse isso o que Hannah sempre quis: um homem que a renegasse. Um homem dela que não era dela. Não seria essa a verdadeira razão por que rompeu com Mike — e não porque ele se mudou para Carolina do Norte para cursar Direito (quis que ela fosse com ele, e ela disse não), mas porque ele a adorava? Se ela pedisse para ele se levantar e buscar um copo de água para ela, ele se levantava. Se ela estivesse de mau humor, ele tentaria abrandá-la. Não se chateava se ela gritava, ou se ela não lavava o cabelo ou não raspava as pernas ou não tivesse nada interessante a dizer. Ele perdoava tudo, sempre a achava bonita, queria sempre estar à volta dela. Isso tornou-se tão chato! Afinal ela tinha sido criada não para ser apaziguada, mas para apaziguar, e se ela era o mundo dele, então o mundo dele era pequeno, ele se satisfazia facilmente. Depois de algum tempo, quando ele separava os lábios dela com a língua, ela pensava: *Blábláblá, lá vamos nós.* Queria sentir como se estivesse lutando para avançar, caminhando em um vento revigorante e aprendendo com seus erros e, ao invés disso, se sentia como se estivesse sentada em um sofá profundo e macio, comendo biscoitinhos de queijo, em uma sala superaquecida. Com Oliver, havia sempre o contraste para dar forma aos dias, a tensão os mantinha alertas: *Você está longe de mim, você está perto de mim. Estamos brigando, estamos nos dando bem.*

Hannah não responde a Fig, que sem aviso se joga na cama do seu lado. Depois de ajeitar os travesseiros, Fig diz:

— Não sabia que *sapata* fazia parte do seu vocabulário. Bem picante.

— Desculpe por ter revelado às nossas mães — diz Hannah. — Agora, quer sair, por favor?

— Minha mãe já sabia, e a sua também — diz Fig. Não foi surpresa. Quando ela disse que não tinha contado a ninguém, não queria dizer realmente *ninguém*. Provavelmente ela mesma contou a Oliver, e provavelmente ele se excitou. — As duas leram um artigo na *Newsweek* sobre bissexualidade, e decidiram que era isso.

— E é?

— Bem, estou com Zoe desde junho. O que acha?

— Está namorando Zoe desde junho? É o dobro do tempo que estou saindo com Oliver.

— Que tal? — diz Fig. — Talvez eu realmente seja uma grande lésbica.

— Fig, se for, vou apoiá-la. Obviamente, não tem nada errado em se ser gay.

— Não importa — diz Fig, e parece falar sério.

Como pode levar a vida tão despreocupadamente? Sem saber por que, Hannah pensa no verão depois da quarta série, quando a biblioteca pública patrocinou um programa para garotas em que, quem lesse as biografias de todas as primeiras damas, teria o nome impresso em uma estrela de papel e pregado no quadro de cortiça na seção de crianças. (Se fosse um menino, leria as dos presidentes.) Hannah adorava esses livros, o relato animado, ordenado, de vidas — Martha Washington escrevia mal, Bess Truman era lançadora de peso — e em agosto, tinha lido todas até Nancy Reagan. Enquanto isso, Fig, cuja dislexia só foi diagnosticada anos depois, estava empacada em Abigail Filmore. Para Hannah, as coisas nessa época tinham parecido boas, como se estivesse avançando.

— De qualquer maneira — diz Fig —, vim para lhe dizer que Oliver e eu só estávamos fazendo farra um com o outro. De maneira totalmente inofensiva. — Hannah não fala nada. — Não ia acontecer nada — acrescenta Fig.

As duas ficam em silêncio por quase um minuto, e então Hannah diz:

— Ele me engana o tempo todo. Já nem é como se me traísse. É a nossa vida normal. É como dizer que respiro oxigênio ou, hum, acho que como nadar na água.

— Ele está tendo um caso ou são mulheres diferentes?

— A segunda alternativa.

— Sei que nem sempre fui um exemplo de fidelidade, mas talvez você devesse largá-lo.

— Nesses últimos dias — diz Hannah —, pensei que me casaria com ele.

— Pensa nisso só porque ele é o primeiro cara com quem sai desde Mike. Você sempre leva os homens a sério demais.

— É fácil você dizer isso agora. — E essa afirmação não era inexata. Todos aqueles anos, Hannah tinha visto Fig como definida pelos homens e a atração que exercia neles, e em parte é por isso que é chocante — quase um desperdício — ela agora estar envolvida com uma mulher. Mas na realidade, talvez seja Hannah quem tenha se permitido ser definida pelos homens: primeiro se preocupando com o que significava não estar namorando, depois inventando mais preocupações quando estava.

— Se não vai romper com Oliver — diz Fig —, pelo menos devia confrontá-lo.

— Ele sabe que sei. Já falamos muito sobre isso.

— Uau... é uma relação aberta?

— Não sei se chamaria assim. Não é aberta para mim. No avião, pedi a ele para se controlar aqui, e estava pensando em você. Não quis mencioná-la especificamente porque não queria plantar a idéia na cabeça dele, mas estava pensando em você.

— Hannah, me dê algum crédito. Quando éramos adolescentes, talvez eu o beijasse ou algo no gênero, mas não hoje.

— Bem, ele definitivamente a teria beijado. E quase o admiro por sua maneira de agir, por não mudar seu comportamento dependendo das circunstâncias. Isto é, ele estava paquerando você na frente da minha mãe. O fato de ele se comportar tão mal não é uma forma de franqueza?

— Você está dando muita corda a ele — diz Fig. — Tem caras decentes por aí.

— Sim, e eu saía com um. Quando Frank e eu estávamos na casa da Sra. Dawes, pensei em como Oliver nunca cuidaria de mim, se eu estivesse velha e debilitada. E então pensei, diabos, Oliver nem mesmo me ajudaria a cuidar de outra pessoa, como de minha mãe. Mas Mike era totalmente protetor e eu me queixava dele também. Oliver e eu nos divertimos juntos. Não é canalha o tempo todo. Talvez isso seja o melhor que eu possa fazer.

— Ah, meu Deus — diz Fig. — Isso é tão deprimente. — Vira a cabeça para olhar para Hannah. — Não me entenda mal, mas está na hora de perder esta sua baixa auto-estima. Ela está ficando meio batida, entende o que quero dizer?

— Não tenho baixa auto-estima — replica Hannah.

— Certo.

— Não tenho — repete Hannah.

— Preste bem atenção — diz Fig — porque só vou dizer uma vez. Você é muito íntegra. Esta é uma das suas boas qualidades. E não é fingida. Provavelmente gostaria mais de si mesma se fosse falsa, mas não é. É muito confiável. Não é muito engraçada, sem ofensa. Mas tem um bom senso de humor e aprecia as pessoas engraçadas. É apenas, especialmente uma presença sólida, o que raras pessoas são.

— Por favor, fale — diz Hannah — que quis dizer uma presença firme.

— Foi o que eu disse.

— Você disse sólida, como uma mesa de jantar.

— Hannah, estou enchendo você de elogios. Pare de fingir que não percebe. Ah, e quando me salvou do meu professor repulsivo em Cape Cod, foi uma das três coisas mais bonitas que já fizeram por mim. Eu sabia que podia ligar para você naquele dia porque era a única pessoa que simplesmente entraria no carro sem me obrigar a dar uma explicação.

— Sim, mas depois a abandonei quando foi ver Philip Lake.

— Quem é Philip Lake? — pergunta Fig.

— Está falando sério? Aquele homem em Los Angeles, o homem dos seus sonhos.

— Não, eu sabia que o nome soava familiar.

— Não se pergunta o que aconteceu com ele?

— Não particularmente — responde Fig.

As duas se calam.

— Como estamos revelando segredos — diz Hannah —, queria também dizer que a missão de resgate em Cape Cod foi o começo de minha obsessão por Henry. Fui apaixonada por ele durante anos depois.

Fig senta-se na cama. Hannah supõe que sua prima está com raiva — apesar do tempo e todo o resto, Fig está com raiva —, mas ela parece alegre ao dizer:

— É claro! Posso ver *perfeitamente* você e Henry juntos. Vamos ligar para ele já.

Hannah a puxa de volta ao colchão.

— Fig, não falo com Henry há anos. Perdi o contato com ele desde que morava em Seul. — Faz uma pausa. — Você tem seu número?

— Tenho certeza de que posso consegui-lo. Acho que está em Chicago agora. Isso é tão perfeito. Eu sempre fui louca demais para ele, mas vocês dois seriam definitivamente compatíveis. Não acredito que nunca pensei nisso antes. Já lhe contei que ele tem um pênis imenso? Ele vai rearrumar seus órgãos internos, mas você vai adorar cada minuto.

— Parece se esquecer de que já tenho um namorado.

— Achei que tinha acabado de decidir romper com Oliver.

— *Você* decidiu. De qualquer maneira, como pode ter tanta certeza de que Henry ia querer me namorar?

— Isso é exatamente o que eu quis dizer — diz Fig. — Chega do lixo derrotista. Por que não supõe a partir de agora, até prova em contrário, que todo homem que você conhecer vai achá-la irresistível?

Deitada do lado de Fig — as duas cabeças sobre o mesmo travesseiro — Hannah não consegue deixar de sorrir.

— Então este é o seu segredo — diz ela. — Eu sempre quis saber qual era.

Hannah não sai do quarto de novo até a hora de ir para a cama, e dorme de modo intermitente. Toda vez que desperta, a idéia de ter de encarar sua mãe, Frank ou tia Polly depois do seu acesso parece cada vez mais mortificante. Não se preocupa com Oliver — agora sabe ser incapaz de ofendê-lo.

Levanta-se às sete e meia, pensando em comer uma tigela de cereal antes que alguém acorde, e encontra sua mãe já na cozinha, em pé diante da pia em seu roupão rosa, mexendo em um dos buquês do casamento. Imediatamente, está claro que sua mãe está disposta a fingir que Hannah não estragou a festa na noite passada com sua vilania.

— Corte os caules na diagonal para que permaneçam frescas — diz sua mãe e estende uma flor, o caule apontado para Hannah. — Assim — prossegue ela. — E mude a água no jarro quando começar a ficar turva.

Hannah assente com a cabeça. Sua mãe sempre foi uma fonte de dizeres úteis para uma vida que Hannah certamente nunca levará: "Não use produto de limpeza muito forte no mármore; quando estiver empilhando boa porcelana, coloque uma toalha de papel em cima de cada prato."

— Sua irmã acaba de sair para fazer uma caminhada — diz sua mãe. — Pode dizer a ela que deve tomar cuidado ao se exercitar nesta temperatura, especialmente estando grávida?

— Não quer lhe dizer você mesma?

— Já disse. Sou uma velha resmungona, não sou? Mas eu me preocupo. — Abre o armário embaixo da pia e joga um punhado de caules de flores no lixo. — Hannah, espero que saiba como estou agradecida por vocês duas estarem aqui.

— Mãe, é claro.

— Bem, sei que são ocupadas. As duas trabalham muitas horas. — Talvez por não ter seguido uma carreira, sua mãe tem extremo respeito pelo trabalho das filhas. No Natal, deu a elas até mesmo pastas de couro com seus monogramas. *Fico a maior parte do tempo sentada a uma mesa,* Hannah tem vontade de dizer, mas suspeita que sua mãe sinta prazer na idéia dela e de Allison muito ativas, conduzindo negócios importantes

Sua mãe seca as mãos com uma toalha de prato.

— Você e Oliver vão pegar o avião por volta das três, certo?

Hannah assente de novo com um movimento da cabeça.

Sua mãe hesita — possivelmente está corando — e então diz:

— Sabe, querida, conheci a amiga de Fig, e ela pareceu muito simpática.

— Conheceu a amiga de Fig?

O rubor se intensifica.

— Na hora não percebi que estavam juntas, por assim dizer. Mas Frank e eu esbarramos com as duas no Striped Bass, ah, provavelmente em novembro. Tomamos um drinque juntos. — Sua mãe como uma simpatizante gay secreta? Hannah mal pode esperar para contar a Allison. — Pareceu uma jovem atraente — diz sua mãe. As torradas pulam com um ruído. — Que tal um bolinho inglês?

Hannah aceita antes de perceber que sua mãe pretende lhe dar esse bolinho, o que acaba de ficar pronto.

— Preparo o meu — diz Hannah.

— Ah, querida, não seja tola. Vou levar um segundo para fazer outro. Sente-se e coma enquanto está quente.

Hannah obedece porque parece mais fácil, parece ser o que sua mãe quer. Ao passar o prato para ela, sua mãe diz:

— Acho que o importante é encontrar alguém com que se sinta à vontade. — Então sua mãe, que sempre foi ao mesmo tempo hesitante e nada sutil, acrescenta: — Oliver é um pouco excêntrico, não é? — Ela baixou a voz. Supostamente, Oliver está dormindo no gabinete.

— De que maneira? — pergunta Hannah.

— Bem, tenho certeza de que ele teve um bocado de experiências interessantes. Parece que viajou o mundo todo. Todos crescemos de maneiras diferentes, não crescemos? — Esta é definitivamente a versão de sua mãe da condenação. A questão é: Oliver fez alguma coisa explicitamente imprópria na frente dela, além da bola de neve, ou ela tinha sentido uma vibração? — E é muito bonito — prossegue ela. — Mas sabe, seu pai também era bonito quando jovem.

Hannah sente-se mais intrigada do que ofendida. Pois sua mãe realmente não tem malícia, está fazendo essas observações somente por causa de uma apreensão em relação a ela, uma preocupação com o seu futuro.

— Foi por isso que se apaixonou pelo papai, por sua aparência? — pergunta Hannah, e inesperadamente sua mãe ri.

— Provavelmente em parte por causa disso. Que Deus me ajude se só foi por isso. Eu tinha 22 anos quando nos casamos, o que hoje me parece extraordinário. Mudei-me da casa dos meus pais direto para uma casa com seu pai. Mas Hannah, nunca acharia meu casamento com seu pai um erro. Eu costumava me culpar, pensando no mau exemplo que fui para você e Allison, mas no fim, percebi que nunca as teria tido se não tivesse me casado com ele. Às vezes, é difícil afirmar o que foi e o que não foi

uma decisão errada. — Ficam em silêncio e então sua mãe acrescenta:
— Foi bom ter ido vê-lo ontem. Sei que o deixou feliz.

— Quem lhe contou?

— Ele mencionou sua visita quando ligou para me desejar felicidades.

— Foi uma gentileza atípica da parte dele.

Sua mãe sorri.

— Vamos torcer para nunca ser tarde demais para nenhum de nós.

Hannah dá uma mordida no bolinho, que está excelente: perfeitamente tostados e sua mãe passou três vezes mais manteiga do que ela teria passado, o que significa que seu gosto é três vezes melhor.

— Mãe — diz Hannah.

Sua mãe olha para ela.

— Gosto realmente de Frank — diz Hannah. — Fico feliz por ter se casado com ele.

Ela não estava planejando fazer isso, mas a caminho da escada, ao passar pela porta fechada do gabinete, se detém impulsivamente e gira a maçaneta. Dentro, as cortinas estão fechadas e está escuro. Oliver é uma protuberância vertical embaixo das cobertas. Também ela está agindo por impulso quando se une a ele. Ele está deitado de costas, e ela se enrosca nele, o rosto no espaço entre seu ombro e pescoço, um dos braços contra o lado esquerdo de sua caixa torácica e outro em seu peito. Ele não parece acordar completamente quando se mexe para acomodá-la, envolvendo a sua cintura com o braço. Ela olha em direção ao seu rosto, relaxado no sono. Ele está respirando audivelmente sem roncar.

Ele cheira de uma maneira de manhã, um cheiro por baixo do onipresente cheiro de cigarros, que é como baba de neném. Se ela lhe dissesse isso, ele riria dela. É o cheiro de um corpo ainda completamente limpo, que vem da mistura de seu cabelo, boca e pele, e é a coisa de que mais gosta nele. Inalando-o nesse momento, sente o ímpeto de armazená-lo, de guardá-lo para recordar, e é assim que sabe que, afinal, a sua relação com ele vai acabar. É claro que vai. Não é ela a única que sempre achou que fazer o contrário seria uma boa idéia?

E como é triste, porque se fosse somente alguns graus diferente, tem certeza de que poderiam ser felizes juntos. Ela realmente gosta dele, gosta de se deitar do seu lado, quer estar perto dele; pode-se dizer o mesmo em relação a muitas pessoas? Mas também, que alívio: quando ele acordar, ela sabe, vai querer conversar — é assim mesmo quando está de ressaca — e depois de alguns minutos, vai puxar a mão dela para a sua ereção. *Veja o que fez,* vai dizer. *Você é uma megera.* Não faz muito tempo, apesar de tudo o que ela sabe, seu tesão constante era como uma lisonja, mas à essa altura, faz com que se sinta exaurida. Repeli-lo ou ceder — as duas opções são igualmente desagradáveis.

E quem sabe o que vai acontecer a seguir, como exatamente vai se resolver? Por enquanto, ela pensa, o truque é o seguinte: dar atenção a ele de modo a ser capaz de ficar até o último segundo possível antes de ele abrir os olhos.

8

AGOSTO DE 2003

Quando Hannah diz a Allison que precisam passar no consultório da sua médica em Brookline antes de pegarem a estrada, sua irmã diz — de uma maneira absolutamente não-Allison:

— Está brincando comigo, porra?

Acaba de passar das onze de uma manhã ensolarada do último dia de agosto, e as duas estão suando. O apartamento de Hannah está vazio, todos os móveis e caixas estão no caminhão; na noite anterior, ela e Allison dormiram em sacos de dormir sobre o mesmo colchão inflável. Entre as idas ao caminhão, Hannah comeu punhados de biscoitos velhos que desencavou em um armário, mas Allison recusou-os.

— Brookline não é tão distante — diz Hannah. — É uma espécie de paralela a Cambridge.

Allison olha para Hannah.

— *Paralela?* — repete.

Como Allison concordou em dirigir o caminhão de mudança, não resta a Hannah outra alternativa a não ser ter tato. Nos oito anos vivendo em Boston, Hannah dirigiu na cidade exatamente uma vez — no seu ano de caloura, quando ela e Jenny voltaram da escola de engenharia no meio da noite — e não tem a menor vontade de repetir o feito, independente do caminhão ser do menor tamanho disponível. Quando Hannah tocou no assunto pela primeira vez, Allison hesitou um pouco, por causa de sua filha, Isabel, que só tem alguns meses, mas não demonstrou ver algum problema no pedido de Hannah para que dirigisse. Em São Francisco, Allison e Sam dividem um carro popular e o param despreocupadamente em locais para estacionamento nas encostas de colinas.

Hannah põe mais três biscoitos na boca e, enquanto mastiga, pergunta:

— Vamos?

Não tem certeza de como vai encontrar a casa da Dra. Lewin — só ia para lá de metrô — e fica aliviada quando não se perdem. Estão a algumas quadras do consultório, que fica no térreo da casa dela, quando Hannah percebe seu erro. Quando disse a Allison que tinha se esquecido de sua suéter depois de uma consulta, Allison supostamente pensou se tratar de um médico — médico, o que é claro foi o que Hannah quis fazer ela pensar. Estacionar na frente da casa de estuque cinza da Dra. Lewin iria exigir explicação, e Hannah não estava a fim de anunciar, no começo de uma viagem de dois dias de Boston a Chicago, com Allison mal-humorada, que freqüentava uma psiquiatra. Allison é assistente social e portanto oficialmente dá apoio à busca de saúde mental, mas Hannah suspeita que ela achará meio esquisito, beirando o desagradável, sua própria irmã se tratar com uma psiquiatra. Não se surpreenderia se Allison fosse o tipo de pessoa que acredita que somente pessoas malucas procuram psiquiatras.

— Desculpe — diz Hannah —, mas fiz confusão. Sei o caminho daqui para a Noventa, mas não sei como chegar a... — Faz uma pausa. — Ao hospital. Acho que vou mandar que me enviem a suéter.

— Não pode ver no mapa? Talvez possamos encontrá-lo, já que viemos até aqui.

— Não, você tinha razão, quando achou vir uma má idéia. Se virar na Beacon, podemos contornar a quadra.

— Sua médica não tem nada melhor a fazer do que enviar suas suéteres?

— Allison, achei que você queria pegar a estrada.

Allison não responde, e Hannah pensa: *Isso é por você tanto quanto por mim.*

— Desculpe — disse ela. — Achei que sabia o caminho.

Allison faz a volta que as leva à Noventa, mas ao invés de reconhecer o pedido de desculpa de Hannah, inclina-se à frente e sintoniza o rádio na estação pública. Depois aumenta o volume, o que é típico de Allison: agressão por meio da National Public Radio. Hannah come vários outros biscoitos e olha pela janela.

Surpreendentemente, até o dia anterior, Hannah nunca, nem uma vez sequer nesses sete anos de sessões, tinha chorado no consultório da Dra. Lewin. O que provocou as lágrimas nesse dia foi nada menos que a logística da mudança: no começo da tarde, tinha ido (pela quarta vez na semana) ao depósito de remessas com a idéia de comprar mais caixas de tamanho médio, e tinham se esgotado. De volta ao apartamento, esperou por quase meia hora ao telefone para conseguir que seu gás fosse desligado e sua conta encerrada, depois finalmente desligou o aparelho quando estava na hora de ir para o consultório da Dra. Lewin. Na estação, chegou a tempo de ver o metrô partir, e o seguinte demorou tanto que ficou seis minutos, ou 12,60 dólares, atrasada para a sessão. (O preço flexível da Dra. Lewin, segundo a renda do paciente, desapareceu ao longo dos anos.) Além disso, fazia 35 graus grotescamente úmidos, o sol ardendo e os ares-condicionados se esforçando para manterem os interiores moderadamente frescos. Por que diabos ela levou aquele moletom rosa? Colocou-o no chão do lado da cadeira, que era grossa e de couro. Sua pele úmida colou nela.

— Desculpe o atraso — disse ela pela segunda vez.

— Está tudo bem — replicou a Dra. Lewin. — Como vão os preparativos para a mudança?

Em resposta, Hannah caiu em pranto. A Dra. Lewin lhe passou uma caixa de lenços de papel, mas no momento, pareceu a Hannah melhor puxar a gola de sua blusa para cima e usá-la para enxugar os olhos e nariz.

— É muita coisa acontecendo — disse a Dra. Lewin.

Hannah sacudiu a cabeça; não conseguia falar.

— Não se apresse — disse a Dra. Lewin. — Não se preocupe comigo.

Por mais dois ou três minutos (4,20 dólares a 6,30 dólares), Hannah se controlou, mas depois voltou a pensar em tudo, e bem, isso provocou mais uma torrente de lágrimas, e teve de se recompor. Por fim, pareceu que não havia mais lágrimas, o ciclo tinha se esgotado, e a Dra. Lewin disse:

— Conte-me o que a está preocupando mais.

Hannah se controlou.

— Mudar para Chicago não é uma idéia horrível, é?

— Bem, o que de pior pode acontecer?

— Eu ser despedida, quem sabe. Isto é, provavelmente eu acharia outro emprego.

A Dra. Lewin balançou a cabeça concordando.

— Provavelmente encontraria outro.

— Acho que a coisa pior seria não dar certo com Henry. Sou louca porque me mudo para lá sem estarmos namorando?

— Você acha que é louca?

— Com todo respeito — Hannah funga um pouco —, não está em melhor posição para responder a esta pergunta do que eu?

A Dra. Lewin sorriu com humor.

— Até onde sei, você reconhece que não há nenhuma garantia com Henry ou qualquer outro. O que está fazendo é assumindo um risco, o que é perfeitamente saudável e razoável.

— Mesmo?

— Você tem 26 anos — disse a Dra. Lewin. — Por que não? — Esse tipo *por que não?* de comentário era relativamente recente, principalmente desde que rompera com Oliver: a Dra. Lewin tinha, depois de todos aqueles anos, se tornado um tanto elegante' Uma vez, quando Hannah lhe contou que sempre que fazia sexo com Oliver, imaginava que podia estar contraindo uma doença sexualmente transmissível, a Dra. Lewin tinha dito:

— Por que não pára de fazer sexo com ele e compra um vibrador? — Os olhos de Hannah devem ter se arregalado, porque ela acrescentou: — Não são contra a lei, sabe? — Hannah não conseguiu deixar de pensar se seria possível que a Dra. Lewin viesse a sentir, mesmo que só um pouco, saudades dela.

— Vinte e seis não é *tão* jovem — disse Hannah. — Não é como ter vinte e dois.

— A questão é que está desimpedida. Não é irresponsável porque assume um risco.

O risco que Hannah estava assumindo — está assumindo — é estar se mudando para Chicago para ver o que poderia acontecer entre ela e Henry. Tudo havia vindo à tona rápido demais. O casamento de Fig (é assim que ela chamou, casamento; disse que "cerimônia de compromisso soa tão gay") aconteceu em junho. Foi simples e elegante e aconteceu em uma sala privada em um restaurante na Walnut Street, na Filadélfia. Zoe usou um terninho branco e Fig um vestido branco simples, e as duas estavam elegantes e belas. Allison e Hannah foram as damas de honra de Fig, e Nathan e o irmão de Zoe foram — bem, não os padrinhos —, mas a melhor idéia da parte de Fig foi pedir a Frank para oficiar, e assim evocar o endosso tácito de uma geração, com que os próprios pais de Fig cooperaram. Frank foi digno e afetuoso ao mesmo tempo, e os pais de Fig deram a impressão de estar se divertindo. Depois, no jantar, Nathan bebeu vários martínis e fez um brinde que começou assim: "Considerando-se a puta que sempre foi, quem imaginaria que Fig viraria lésbica?"

Além disso: Henry estava lá. Hannah não o via desde o tempo de colégio, mas lá estava ele. Tinha certeza de que Fig o convidara exclusivamente por generosidade. Ele e Hannah se sentaram um do lado do outro na recepção, e ele se mostrou completamente descontraído para conversar. Em vez da conversa ir se reduzindo gradativamente, aproximando-se cada vez mais de nada, quanto mais tempo ficaram um com o outro, mais ela se ampliou. Havia um infinito de coisas a contar, e nada do que ele falou a aborreceu — uma de suas histórias foi sobre como, depois de ter se registrado no hotel nessa tarde, ficou preso no elevador com uma russa de 89 anos que logo estava lhe oferecendo *pirozhki*, um tipo de massa russa recheada de carne e legumes, *e* tramando como envolvê-lo com sua neta, se bem que, na verdade, disse ele, saiu do elevador ligeiramente apaixonado pela própria senhora de 89 anos. Seu nome era Masha. Também falaram sobre o que Henry chamou de "mudança de afeto" de Fig, e não demonstrou estar pessoalmente insatisfeito.

— Como eu não ficaria feliz por ela? — disse ele. — Nunca a vi tão em paz. — Quando Hannah lhe contou sobre Oliver, ele disse. — Hannah, o cara dá a impressão de ser um perfeito babaca. Não parece digno de você. — Beberam bastante, e já tinha passado da meia-noite quando a recepção começou a esmorecer.

— Continua a trabalhar na mesma sala que ele? — perguntou Henry.

— Que chato. Precisa sair de Beantown

— Não sei para onde iria.

— Para qualquer lugar. O mundo é grande. Venha para Chicago. Chicago é definitivamente melhor do que Boston.

Ela o olhou de soslaio, franzindo um pouco os lábios. Ela agora era muito melhor nisso do que na época da universidade — além de ter certeza de que sua aparência estava consideravelmente melhor. Tinha cortado o cabelo na altura do queixo, estava usando lentes de contato, o vestido de dama de honra tomara-que-caia que Fig tinha escolhido mostrava seus ombros e braços com um efeito favorável. Casualmente, era a primeira vez na sua vida que usava um tomara-que-caia. Estava pensando que talvez o usasse de novo.

No tom de voz mais coquete que já tinha usado, ela disse:

— Acha que devo me mudar para Chicago?

Ele estava sorrindo.

— Acho que devia se mudar para Chicago.

— O que eu faria lá?

— O que todo mundo faz. Trabalhar. Comer. Fazer sexo. Escutar música. Mas tudo isso seria melhor porque estaria acontecendo lá.

— OK — replicou Hannah.

— Verdade? — disse Henry. — Porque vou cobrar isso de você.

À medida que a noite prosseguia, foi ficando cada vez mais difícil acreditar que algo físico não aconteceria entre eles, mas a logística era complicada — o hotel dele era no centro, ela estava de carona para o subúrbio com Frank e sua mãe. Todos na família conheciam Henry como o ex-namorado de Fig. Seria preciso jeito para explicar. Na rua, com sua mãe e Frank esperando no carro, Hannah e Henry se abraçaram, ele a beijou na bochecha, e ela pensou que seria assim quando fossem marido e mulher e se despedissem nas estações de metrô e aeroportos. Quase nem importava que nada mais acontecesse. Sentada no banco de trás do carro, na viagem de volta para casa, seu coração se apertou pensando o quanto ela gostava dele.

E o que a impedia de se mudar? Se Fig estava casada com Zoe, então ela e Henry não se reconciliariam; tinham terminado definitivamente. Além disso, se Zoe conseguiu fazer Fig se apaixonar por ela, quando nem mesmo pertencia ao *gênero* de pessoa por quem Fig acreditava se sentir atraída, por que seria tão forçado pensar que Hannah e Henry poderiam acabar juntos? De fato, o namoro de Zoe e Fig era encorajador; dava esperanças a Hannah.

Das cinco instituições sem fins lucrativos em Chicago a que enviou seu currículo, uma — um ramo educacional de um museu de arte não muito grande — a chamou para uma entrevista. Ela pegou o avião no fim de julho, e a entrevista foi boa (ela não prestou muita atenção, antecipando sua noite com Henry), e então jantou com ele e seu amigo Bill, e foi ótimo; os três foram a uma casa de sinuca na Lincoln Aveneue e jogaram sinuca e dardos durante seis horas seguidas. Henry mostrou-se afetuoso, Hannah saiu-se bem nos dardos, e quando ao retornar a Boston, foi-lhe oferecido o emprego, ficou difícil pensar em uma razão para não aceitá-lo. A Dra. Lewin não reprovou — Hannah tinha achado que certamente ela reprovaria, mas depois não conseguiu se lembrar por quê.

Na sua última sessão do dia anterior, em que a Dra. Lewin deixou se prolongar por mais oito minutos — um fato sem precedentes — Hannah assinou um cheque com filhotes amarelos de labrador sobrepostos na seção "pago a".

— Sei que provavelmente não se importa — disse Hannah —, mas eu só queria dizer que obviamente meus cheques não são sempre assim, e a razão para tê-los é que acabaram os normais, e não tenho como conseguir outros já que estou abrindo nova conta em Chicago, de modo que só me deram alguns. Veja, não têm o meu endereço. — Tirou o cheque do talão e o estendeu. A Dra. Lewin olhou para o cheque por meio segundo antes de aceitá-lo. Então Hannah estendeu o talão todo; o cheque que agora estava em cima ostentava um orangotango com o braço sobre a cabeça, expondo sua axila direita. — Veja — disse Hannah. — Este é ainda pior.

— Hannah. — A Dra. Lewin se levantou e sua voz parecia conter afeto e uma espécie de alerta ao mesmo tempo. — Conheço-a o bastante para saber que nunca pediria cheques com animais neles.

Hannah também se levantou. Deveria ter levado algum presente para a Dra. Lewin, pensou. Os pacientes fazem isso ao se despedirem? Chocolates teriam funcionado, ou um gerânio.

— Obrigada por ter me visto desde o meu ano de caloura na faculdade — disse Hannah. Isso pareceu absurdamente inadequado.

— Foi um privilégio. — A Dra. Lewin apertou a mão de Hannah: foi mais que um aperto de mãos e menos que um abraço. — Quero que se cuide, Hannah, e quero que me informe como foram as coisas.

— Com certeza. — Hannah balançou a cabeça várias vezes antes de dizer adeus e sair para o calor abafado, sem a sua suéter.

Já passa das quatro quando Hannah diz:

— Preciso fazer xixi, de modo que se quiser pegar uma das próximas saídas, seria ótimo.

— Talvez se não ficasse beliscando tanto, não precisasse fazer xixi tantas vezes — diz Allison.

É verdade que Hannah ficou beliscando quase a tarde toda, mas só porque Allison não quis parar para almoçarem, quando nem mesmo tinham tomado o café da manhã. "Não dá para você comprar alguma coisa aqui?", perguntou Allison na última vez que pararam para encher o tanque, portanto Hannah comprou biscoitos, pipoca doce e um saquinho de queijo. O queijo tinha a textura de lama e veio com uma vareta de plástico vermelha para espalhá-lo.

— Não é a comida que faz a gente urinar — diz Hannah. — São as bebidas.

— Comida também — replica Allison e antes de Hannah ter tempo de responder, acrescenta. — Que conversa mais idiota.

— Exato — diz Hannah. — Mas se não quiser que eu molhe as calcinhas, vai ter de parar. — No posto de gasolina, Allison usa o banheiro depois de Hannah (*Viu*, pensa Hannah, *você também precisava ir*), e quando sua irmã volta, ela pergunta:

— Quer que eu dirija? — Espera que Allison diga que não. Além do difícil manejo do caminhão, acabaram de passar por placas indicando obras adiante.

— Claro — responde Allison. Ao entregar as chaves a Hannah, diz:
— Cuidado com a temperatura. Se o trânsito ficar lento demais, talvez seja melhor desligar a corrente alternada.

A pior parte, como Hannah esperava, é a falta de visibilidade do espelho retrovisor. A segunda pior é o tamanho. Nunca lhe ocorreu até agora que sempre que vê um desses caminhões na estrada, há uma grande probabilidade de estar sendo dirigido por alguém tão incompetente quanto ela. Independente de quem está na sua frente, pensa, ela permanece definitivamente na faixa da direita.

Allison enrola seu moletom e o pressiona contra a janela; depois recosta a cabeça nele e fecha os olhos. *Obrigada pelo apoio moral,* pensa Hannah, mas depois de alguns minutos, fica feliz por sua irmã ter dormido, ou pelo menos fingir dormir; Hannah pode se orientar sem platéia. A única parte boa do caminhão é a altura. Realmente, ali de cima, como alguém pode não se sentir superior a um pequeno Honda?

Passaram-se cerca de quarenta e cinco minutos, e Hannah se adaptou ao ritmo da estrada (a primeira leva de obras não foi extensa) quando algo — uma coisa amarronzada e com um rabo, uma coisa nem grande nem pequena — passa correndo na frente do caminhão.

— Ah, meu Deus — diz Hannah e quase imediatamente passa por cima daquilo: uma saliência sob os pneus esquerdos. Leva a mão à boca, fechando o punho em frente dos lábios.

— Allison, está acordada?

Allison se mexe.

— Onde estamos?

— Acho que acabo de atropelar um gambá ou um guaxinim. O que devo fazer?

— Foi agora?

— Devo voltar?

Allison senta-se direito.

— Não faz nada — diz ela. — Continua dirigindo.

— Mas e se não estiver completamente morto? E se estiver sofrendo?

Allison sacode a cabeça.

— Ainda assim não faz nada, seria realmente inseguro. Nunca viu animais atropelados em estradas?

— Não dirijo tanto assim.

— Tem certeza de que o atingiu? Viu no espelho retrovisor?

— Eu o atingi — diz Hannah.

— Então não pense mais nisso. — A voz de Allison é gentil, mas firme. — Acontece o tempo todo. Viu aquele cervo entre as duas faixas umas duas horas atrás? Foi muito pior do que qualquer gambá.

— Já atropelou algum?

— Acho que sim. — Allison boceja. — Na verdade, não me lembro, o que significa que não sou tão piedosa quanto você.

— É você que é a vegetariana.

— Bem, nunca comi animal morto na estrada, se é o que está perguntando. Verdade, Hannah, pare de pensar nisso. Quer que eu dirija?

— Talvez.

— Juro que não foi grave. Aposto que o bichinho teve uma boa vida e que agora foi para um lugar melhor.

Ficam em silêncio — *Desculpe, gambá,* pensa Hannah — e então Allison diz:

— Sabe no que eu estava pensando enquanto dormia? Lembra-se do restaurante mexicano em que costumávamos comprar aquela salada de sete camadas? Mamãe buscava para nós se ela e papai fossem sair para jantar ou algo parecido, mas na verdade não era nenhuma salada: era como um creme de leite por cima de queijo por cima de carne por cima de guacamole.

Hannah fala junto:

— Sim, era muito bom.

— É incrível — diz Allison — como comíamos coisas nada saudáveis quando pequenas.

— Levava alface — diz Hannah.

— Um pouco. E o bife era nojento. Não sei como eu comia aquilo. — Allison e Sam comiam, atualmente, praticamente apenas alimento orgânico e esse, Hannah percebe, devia ser o subtexto dos comentários de Allison: o milagre de ela ter se tornado uma pessoa sábia e autêntica apesar de uma infância comendo pesticidas e óleos hidrogenados. Há produtos que Hannah nem mesmo sabia de que se podia comprar versões orgânicas até vê-los no apartamento de Allison e Sam: ketchup, por exemplo, ou macarrão.

— Sabe do que você gostava? — diz Hannah. — Daquela pizza supergordurosa daquele lugar na Lancaster Avenue.

— Ah, aquele lugar era o melhor. Você tem razão. E eu era obcecada pelos palitinhos de pão crocantes... Eu os achava muito sofisticados não sei por quê.

— Era o molho em que os mergulhávamos — diz Hannah. — Porque mamãe nos falou do *fondue*, se lembra? Nós nos sentíamos parisienses em um bistrô. Por que você estava tão mal-humorada antes?

— Quando estive mal-humorada?

— Além das últimas cinco horas?

— Hannah, tem de admitir que deveria ter sido mais responsável quanto a conhecer o caminho para o hospital.

Na voz de Allison, Hannah percebe o mau humor de novo. Não devia ter levantado a questão, quando acabara de puxar Allison do precipício da retidão orgânica para o devaneio sobre os carboidratos de sua infância.

— Não está morrendo de fome? — pergunta Hannah. — Não comeu nada o dia inteiro.

— Não tenho sentido muita fome — replica Allison, e pela primeira vez, ocorre a Hannah que Allison poderia estar preocupada com alguma coisa que nada tinha a ver com ela, que o humor de Allison poderia ser mais do que um aborrecimento com a irmã. Sob tensão, o que é inconcebível para Hannah, Allison perdia o apetite.

Hannah pensa em perguntar *O que há de errado?* Mas diz:

— Sobrou pipoca. — Aponta para o espaço entre elas.

— Eu realmente não estou com fome. Além do mais, vamos parar para jantar daqui a pouco. — Allison boceja de novo. — Nunca lhe disseram que segura o volante como uma velhinha?

— Você disse.

— Pois segura. Deveria chamá-la de Esther. Ou quem sabe Myrtle. Eu a vejo como Myrtle.

Hannah olha para ela.

— Seria grosseria — fala ela — se eu dissesse que gostava mais de você quando estava dormindo?

Nessa noite ficaram em um motel perto de Buffalo, convite de Hannah, se é que um Days Inn na parte oeste de Nova York possa ser considerado um bom convite. O celular de Allison toca quando estão assistindo à TV em frente da cama. É Sam. Primeiro, ele segura o telefone no ouvido de Isabel.

— Mamãe está com muitas saudades, Izzie — diz Allison. — Mamãe mal pode *esperar* para ver você de novo.

Não pela primeira vez, Hannah fica impressionada com a afeição generosa de sua irmã pela filha. Claramente, Allison é uma boa mãe e também, afortunada. É só ficar ciente que quer uma coisa e essa coisa se torna dela. Ter se casado e agora ter uma filha — tudo parece prova de que ela é amada, de que a sua vida se desenrola velozmente. O que Allison deseja é normal e apropriado.

Depois de dizer boa-noite a Isabel, Allison fala em seu tom adulto:

— Sim, só espere um segundo. — Levanta-se, vai para o banheiro e fecha a porta. Ela pensa que Hannah vai ouvir às escondidas? Além do fato de escutar ser inevitável... Allison pensa que Hannah ainda tem treze anos e que fica excitada com tudo o que sua irmã mais velha faz?

A pior parte é que a reserva de Allison deixa Hannah curiosa; traz à tona seus treze anos. Estavam assistindo a uma *sitcom*, e no comercial seguinte, Hannah tira o som da televisão e ergue a cabeça do travesseiro. No começo, só consegue ouvir a voz, sem distinguir as palavras, mas realmente parece haver uma irritação no tom de Allison. Estão brigando? Por que estão brigando? Então, mais alto e inequivocamente, Allison diz: "A esta altura dos acontecimentos, nem mesmo sei se me importa se for verdade." Faz uma pausa. "Não. Não. Sam, não sou eu que..." Ele deve tê-la interrompido, e quando ela volta falar, é incompreensível.

O programa na TV volta ao ar, o que parece um sinal para Hannah parar de escutar. Liga o som. Certamente, depois disso, Allison não vai fingir que não há nada errado, mas ela se demora tanto ao telefone, que Hannah adormece antes de sua irmã sair do banheiro.

Estão a oeste de Southbend, Indiana, e prestes a iniciar a quarta rodada de vinte perguntas — um jogo que não jogam possivelmente há 20 anos — quando o celular de Allison toca de novo. São três horas, céu nublado, se bem que faz mais calor ainda do que no dia anterior, e Hannah está dirigindo. Está tentando reprimir a ansiedade crescente com o aparecimento de letreiros para Chicago. Noventa quilômetros, os últimos, e tinham combinado trocar de lugar quando chegassem a quarenta. Irão direto para o novo apartamento de Hannah — que ela alugou sem ver —, retirar suas coisas com a ajuda de Henry e devolver o caminhão à noite. O vôo de Allison de volta a São Francisco será no dia seguinte à tarde.

— É mulher? — pergunta Allison

— É.

— Famosa?

— Sim — diz Hannah. — A propósito, pode atender seu telefone.

— Tudo bem. É atriz?

— Não.

— É política?

— Não realmente, mas não vou contar esta pergunta.

— Não é justo. Ela é ou não é?

— Então, não é.

— Está viva?

— Não. Esta é a pergunta cinco.

— É americana? — pergunta Allison, e seu celular começa a tocar de novo.

— Sim. Atenda. Não me importo.

Allison tira o telefone da bolsa, olha a identificação na tela e o larga.

— Quem é? — pergunta Hannah, e Allison a ignora.

— Ok. Mulher, falecida, americana, não é política, mas com influência. É Harriet Tubman?

— Não está grávida de novo, está?

— Não que eu saiba. Devo entender isso como um não?

— Tem a ver com o irmão de Sam ser apaixonado por você? — pergunta Hannah. — É isso?

— A única pessoa que achava que Elliot estava apaixonado por mim era você. Ele teve uma queda por mim antes de Sam e eu nos casarmos, e isso foi anos atrás.

— Então Sam a traiu? Se traiu, talvez eu corte suas bolas.

— Muito gentil, Hannah. Não vou me esquecer disso. Ok, já sei... é Amelia Earhart?

— Por que não me conta o que está acontecendo?

— Por que acha que está acontecendo alguma coisa?

— Porque não sou completamente idiota. Nunca me conta nada. Pois vou contar uma coisa. Quer saber a verdadeira razão de eu estar me mudando para Chicago? Sabe Henry, o cara que vai nos ajudar a descarregar o caminhão? Acho que ele é o amor da minha vida.

Allison primeiro fica calada, depois diz:

— Está namorando o ex-namorado de Fig?

Exato — esta é a razão por que Hannah não tenta se explicar aos outros.

— Não estamos namorando — replica Hannah. — Mas somos amigos.

— Está se mudando para outro estado para morar perto de uma cara que não é o seu namorado?

— Não importa — diz Hannah.

— Contou para a mamãe?

— Contou para ela que está tendo problemas no seu casamento?

Olhando reto à frente, Allison diz:

— A família de uma das garotas da equipe de atletismo de Sam registrou uma queixa na escola, dizendo que ele fez observações inconvenientes. Está feliz agora?

— Do tipo inconvenientes sexualmente?

— E de que outro tipo seriam? — A voz de Allison soa amarga. — Sam foi o técnico de turmas da sétima e oitava séries na primavera passada, e lidou com aquelas garotas com os hormônios a todo vapor, o que as deixa fora de controle. É diferente de quando eu tinha essa idade. Agora elas usam tops pequenos e ficam se exibindo com shorts curtinhos, e fazem a ele perguntas sobre coisas como chupada, e depois dizem que ele as deixou constrangidas.

— O que a escola pensa?

— Têm se reunido para decidir o que vai acontecer. Sua atividade de técnico vai ser suspensa durante o outono, o que é simplesmente ridículo. Ele é basicamente culpado até que prove sua inocência.

— Você não está irritada com ele, está?

— Bem, não estou achando a situação excitante. Está sentindo um cheiro de queimado?

Hannah funga e nega sacudindo a cabeça.

— Sabe exatamente o que estão dizendo que ele disse?

— As garotas estavam fingindo ser prostitutas, algo assim, e ele fez uma piada sobre elas se venderem em Tenderloin, aquele bairro de São Francisco, onde há de tudo.

— Xi! — exclama Hannah.

— Obrigada, Hannah — retruca Allison no mesmo instante. — Ele fez um comentário infeliz. Mas não é um pervertido.

— Eu não quis dizer isso. Sei que não é. Você e Sam são o casal ideal. São o Sr. e Sra. Perfeito.

— Tenho certeza de que a nossa conselheira matrimonial ficaria fascinada em ouvir você dizer isso.

— Espere aí, vocês vêem uma conselheira matrimonial?

— Nós a vemos desde antes de ficarmos noivos. Ela custa uma fortuna.

— Vocês foram a uma conselheira matrimonial mesmo antes de se casarem?

— Ela é uma terapeuta de casais. Isso não importa. Francamente, Hannah, tire esses antolhos. Casais perfeitos não existem.

Isso faz Hannah se lembrar de outra conversa; mas qual? Como se lembra, foi Elizabeth que fez um comentário semelhante quando Julia Roberts e Kiefer Sutherland cancelaram seu casamento. Hannah se lembra de estar sentada do lado de sua tia na escada da entrada da frente em Pittsburgh, doze anos antes — e é quando Allison diz:

— Cristo, Hannah, tem fumaça saindo do capô! Pare! — Quando Hannah reduz a marcha e liga a seta da direita, Allison inclina-se para o volante. — Veja a temperatura! — diz ela. — Não mandei ficar de olho nela?

O ponteiro não tem como ir mais alto; está na zona vermelha brilhante. Além disso, a fumaça sobe em espiral do capô, e Hannah pode sentir seu cheiro — cheira a frutos do mar queimados. Depois de pararem no acostamento, Allison desce, e Hannah escorrega no banco para descer pelo lado da sua irmã. Ficam a alguns centímetros do capô, o ar úmido da tarde comprimindo-as, os carros passando zunindo.

— Devo abri-lo? — pergunta Hannah.

— O motor está superaquecido — responde Allison. — Tem de esperar chegar socorro.

Depois de ligar para o socorro — graças a Deus Allison tem o número, porque Hannah não tem —, Allison diz:

— Você não estava com o freio de mão puxado, estava?

— É claro que não. Por que acha que a culpa foi minha?

— Não estou dizendo que foi, mas realmente acho interessante que os dois incidentes da viagem tenham acontecido justo quando você dirigia.

— Allison, foi você que fez questão de me dizer que matar animais na estrada era a coisa mais comum.

Depois de uma pausa, Allison diz:

— Isto é absurdo. Estamos a uma hora de Chicago.

— Está com pressa? Estava esperando ir a um museu hoje à noite?

— Estava esperando não ficar presa nos Confins do Mundo, em Indiana.

— Poderia muito bem ter acontecido com você dirigindo — diz Hannah.

Allison não responde.

— Você é uma nojenta — diz Hannah. Desce um pouco a colina gramada que flanqueia o acostamento da rodovia. Não gosta de ficar visível aos carros que passam, não gosta da sensação de si mesma como alguém que os outros motoristas se sentem felizes em não ser nesse exato momento. Ela cruza os braços, e olha para trás, para a sua irmã no alto.

— A propósito — diz ela —, era Eleanor Roosevelt.

Portanto passam uma segunda noite em um motel. Ainda nem são cinco horas quando se registram; o cara que rebocou o caminhão levou-as. A oficina disse que o caminhão ficará pronto no dia seguinte ao meio-dia, o que significa que Hannah e Allison terão de dirigir direto para o aeroporto, se é que há uma chance de Allison não perder o avião. Depois, Hannah viajará sozinha para a cidade, pelo trânsito aterrorizador de Chicago, para se encontrar com Henry e descarregar o caminhão. Depois, supostamente, ela devolverá o caminhão sozinha. Só quando pensa nessa possibilidade, se dá conta de que queria que Allison estivesse lá quando se encontrasse com Henry, quando se mudasse para essa cidade oficialmente. Isso nunca acontece com Fig porque ela e Hannah não se parecem em nada, mas às vezes quando Hannah e Allison estão juntas, Hannah sente como se a beleza da sua irmã a contaminasse. Dois carros estacionaram e ofereceram ajuda enquanto esperavam o guincho; os dois eram homens, e Hannah se perguntou se teriam parado se ela não estivesse com sua irmã.

Estão na cidade de Carlton. O motel de um único andar pertence a uma família e tem vagas para estacionar na frente dos quartos. De um lado do edifício, há casas modestas; do outro, uma floresta com vegetação tão abundante que Hannah supõe que tenha chovido muito recentemente. Segundo a mulher que lhes deu a chave do quarto, as lojas e restaurantes mais próximos ficam aproximadamente a um quilômetro para além da floresta, por uma estrada sem calçada. Assim que as duas guardam suas bolsas, Allison diz que vai fazer *jogging*. Desaparece por quase uma hora, e volta com o rosto suado e vermelho. A essa altura, Hannah está assistindo seu segundo *talk show*. Depois do banho, Allison sai do quarto de novo e retorna alguns minutos depois com um saco de batatas fritas que não oferece. Deita-se na outra cama, e lê um livro sobre educar as crianças com auto-estima.

Se ela e sua irmã não se detestassem nesse exato momento, Hannah pensa, estarem retidas ali poderia ser quase engraçado — o acaso, até mesmo o lado aborrecido. Do jeito que as coisas estão, Allison a está deixando tão tensa que se sente tentada a mandar que pegue um ônibus para o aeroporto agora mesmo. Vá em frente, veja se Hannah se importa. Mas não diz nada. Cai uma breve tempestade e quando a chuva pára, Hannah pergunta:

— Está pensando em jantar o quê?

— Estou satisfeita por hoje. Estas batatas me deixaram cheia.

Estaria falando sério? Era com o jantar que Hannah estava contando para devolver uma forma e propósito à noite.

— Quer ir comigo buscar alguma coisa?

— Não, obrigada.

Hannah decide — e que é duplamente agradável, pois vai irritar Allison e se sentir feliz com isso — pedir comida chinesa. Encontra a lista telefônica na gaveta e pede três pratos (camarão Kung Pao, vagem à moda Szechuan e beringela ao molho de alho), além de sopa de *wonton* e dois rolinhos primavera. Quando desliga o telefone, Allison diz:

— Espero que esteja planejando comer tudo, porque com certeza não quero nada.

— Deixei minhas opções abertas — replica Hannah. — Não sei do que estou a fim.

— Vai ficar fedendo aqui dentro.

— Gosto do cheiro de comida chinesa.

— Aparentemente, gosta do sabor também.

— Ah, como é constrangedor eu fazer três refeições ao dia. Você realmente me pegou. Cara, me sinto um horror.

— Sabe — diz Allison —, pessoas talvez achassem que eu ter deixado minha filha, um bebê, para lhe fazer o favor de dirigir um caminhão de mudança de um extremo a outro do país a encorajaria a não ser tão rude.

A comida leva muito tempo para chegar, quase uma hora. Mas finalmente batem à porta, e um homem asiático de meia idade usando uma camisa bege de mangas curtas passa os embrulhos para Hannah. Ela coloca tudo sobre a cômoda; se mantiver as tampas abertas, a comida esfriará logo, mas é um preço pequeno para circular o aroma pelo quarto, insinuando-se pelas narinas de Allison. Sem dúvida presumindo que era um pedido para uma família, o restaurante forneceu três conjuntos de pauzinhos e utensílios de plástico, embora nenhum prato, de modo que Hannah puxa a única cadeira no quarto para a cômoda, seus joelhos encostados na gaveta do meio, e come direto dos recipientes. Há um espelho acima da cômoda, no qual se observa mastigando; não é uma visão das mais atraentes. Estendida em uma das camas atrás de Hannah,

Allison fica trocando de canal até sintonizar em um *reality show* com candidatos a encontrar parceiros. Essa escolha é um pouco alarmante — seria normal Hannah assistir a esse tipo de programa, mas no caso de Allison parece o reconhecimento de uma derrota, possivelmente um sinal de desespero. Aonde vai dar o livro sobre como educar seu filho com afeto? Hannah não consegue evitar olhar para a sua irmã pelo espelho de vez em quando. Uma vez, seus olhares se encontram, e Allison desvia rapidamente o seu.

Hannah está afrontada e começando a transpirar quando desiste. Comeu um bolinho primavera, duas colheradas de sopa, um décimo do prato de camarão e da entrada de beringela, e metade da vagem. A comida já parece um erro repulsivo. Lava as mãos — a pia não fica dentro do banheiro, mas do lado de fora —, e metodicamente arruma e fecha todos os recipientes.

— *Não* vai deixar tudo isso dentro do quarto a noite toda — diz Allison.

De fato, Hannah não tinha pensado em deixar, mas a idéia se torna tentadora ao perceber o ultraje de Allison.

— Pensei em deixar debaixo do seu travesseiro para o caso de você sentir fome — replica Hannah. — Se não quiser, acho que vou simplesmente jogar tudo fora.

— Obrigada — diz Allison em voz baixa.

O estacionamento está molhado por causa da chuva, e iluminado pelo sol. Sopra uma brisa, e depois do calor inclemente há vários dias, o ar está realmente agradável. Do lado de fora do escritório do motel, Hannah pensa em oferecer o que sobrou da comida à mulher na recepção, mas talvez seja ofensivo. Simplesmente joga os sacos na lata de lixo de metal verde e se vira. E então vê: um arco-íris, o maior que já viu, perfeitamente formado e muito próximo. Olhando o semicírculo de cores diáfanas, pensa em quando aprendeu sobre Roy G. Biv na aula de ciências na quarta série. Corre para o quarto.

— Allison, vai lá fora. Tem que ir ver.

Allison, deitada na cama, vira a cabeça; sua expressão é desconfiada e de repente Hannah tem problemas em se lembrar de por que estavam brigando há pouco.

Allison se levanta. Segue Hannah e ficam as duas, lado a lado, no estacionamento.

— É incrível, não é? — diz Hannah. — Nunca vi um deste tamanho.

Nenhuma das duas fala por alguns minutos. Hannah, então, diz:

— Quando éramos pequenas, lembra-se de que dizíamos que sol e chuva ao mesmo tempo significava casamento de viúva?

Allison confirma com um movimento da cabeça.

— A que distância acha que está? — pergunta Hannah.

— A uns 500 metros, talvez. É difícil afirmar. — Ficam olhando, e então Allison diz: — Não acho que Sam tenha feito nada de errado. Mas é que essa coisa toda é tão repulsiva. É constrangedora.

— Vai ser esquecida.

— Não pode saber.

— Realmente acho que sim. Sam é uma pessoa decente. Tenho certeza de que é competente em seu trabalho. E talvez vocês não sejam perfeitos, mas formam definitivamente um bom casal. Ele não poria em risco seu casamento. É apaixonado demais por você. Francamente, é por isso que estou me mudando, porque quero o que vocês dois tem. — Hannah olha para Allison, cujo perfil está iluminado pelo sol do cair da tarde, sua testa sulcada, seus lábios apertados. — Não falo isso como lisonja — prossegue Hannah —, mas sinto que muito da vida é desagradável e constrangedor. Mas a gente simplesmente a leva até o fim. Não foi essa a grande lição que aprendemos da vida com papai? Conserta-se o que se pode, e deixa-se o tempo passar.

Depois de um momento de silêncio, Allison diz:

— Quando ficou tão sábia?

— Não sou tão estúpida quanto pensa. Quer dizer, não sei. Na verdade também vou a uma terapeuta. A propósito, ela sabe tudo sobre por que estou me mudando para Chicago, e não desaprova.

— Hannah, eu ia atrás de garotos quando era solteira. Todo mundo faz isso.

— Mesmo?

— É claro. E é bom saber que tem uma terapeuta. Pensei em lhe sugerir isso algumas vezes. — Allison faz uma pausa. — Então acha que deveríamos procurar o pote de ouro?

— Eu sei — replica Hannah. — Não paro de pensar em "Somewhere Over the Rainbow".

Allison sorri. Ela diz:

— Essa música sempre me faz chorar.

9

MAIO DE 2005

Querida Dra. Lewin,

Tenho pensado em lhe escrever já há algum tempo, mas adiei primeiro porque andei ocupada e segundo porque — parece muito tolo dizer isso, o que não o torna menos verdadeiro — queria esperar até poder dizer que me apaixonei. É difícil acreditar que se passaram quase dois anos desde que parti de Boston, e nesta tarde (é domingo) pensei cá comigo que precisava escrever uma carta hoje, antes de que se esqueça de quem eu sou ou que o meu desejo de contactá-la comece a parecer piegas e sem sentido até para mim.

Estou morando em Albuquerque, Novo México, onde trabalho em uma escola para crianças autistas. É uma escola mista, mas a minha turma é só de meninos. (Provavelmente sabe que o índice de autismo é mais elevado entre meninos do que meninas.) A idade dos meninos varia entre 12 a 15 anos. A maioria é pequena e parece mais jovem do que é, mas um aluno, chamado Pedro, é mais alto do que eu e provavelmente uns vinte quilos mais pesado. Às vezes, ele me chama maliciosamente pelo primeiro nome, como se eu não fosse notar. Se estamos desenhando um do lado do outro — ele gosta de desenhar especialmente violões — ele diz: "Gosta do meu desenho, Hannah?" e eu respondo: "Hannah não, Pedro. Srta. Gavener." E ele fica em silêncio por alguns segundos, e depois diz: "Pedro não, Srta. Gavener Sr. Gutierrez." Pedro é o mais conversador. A maior parte deles fala muito pouco e têm propensão a explosões e acessos de fúria. Há um menino particularmente temperamental, Jason, cujos bolsos estão sempre cheios de bugigangas, inclusive tampas de caneta quebradas, papéis de balas, elásticos, duas ou três tesouras, e uma escova para gatos. (A escova é de plástico cinza, com filamentos de metal.) Jason pode estar almoçando calmamente e, de repente, jogar uma uva no chão e ter um acesso histérico, ou eu estar conversando com ele e o adulando tentando persuadi-lo a responder a perguntas — aconteceu uma vez, quando lhe perguntei "Seu nome começa com J?" — e ele fazer uma expressão horrivelmente ofendida antes de começar a ficar agitado e a cuspir. Em contraste, um menino de nome Mickey é a pessoa mais animada que já conheci. Eu o levo ao banheiro de hora em hora. Recentemente progrediu: deixou de usar fraldas de bebês e passou a usar um tipo de fralda semelhante à gerátrica, e se por acaso me refiro a elas como fralda, ele me corrige imediatamente. Quando ele se senta no vaso sanitário (senta-se mesmo para urinar), olha em volta do banheiro de um maneira tão grata e feliz, que me lembra um homem de negócios que finalmente empreendeu uma viagem há muito aguardada para as Bahamas, e está reclinado em uma espreguiçadeira à borda de uma piscina, bebendo um drinque fabuloso. Mickey é um menino de cabelo encaracolado que alterna, independente da estação, moletons vermelhos e azuis. Na semana passada, sentado ali usando sua calça vermelha amarfanhada nos tornozelos, reparou casualmente na estante de metal — na verdade, apenas uma prateleira — que tinha sido colocada para guardar rolos de papel higiênico.

Ele apontou para ela e disse:

— É nova?

— Sim, Mickey — respondi. — Acho que é.

Ele deu um belo sorriso e balançou a cabeça tão devagar e tão contente que deu a impressão, prosseguindo a analogia com o homem de negócios, de que tinha acabado de ser informado de seu bônus de um milhão de dólares. Ele ficou exultante. Perguntou para o que era a prateleira e eu respondi que para papel higiênico. Depois, perguntou, como faz tantas vezes: "Gosta de mim, Srta. Gavener?"(Mickey come sons e pronuncia meu nome mais como *Srta. Gaahv*) e respondi que sim, é claro, depois de alguns minutos, ele apontou para cima e disse: "Estante nova!" Sorri e falei: "Eu sei, Mickey." Ele disse, feliz: "Veja!" E eu disse: "Estou vendo."

Divido uma casa de um andar ao sul da universidade com uma policial. (Nunca tinha conhecido uma mulher policial antes de Lisa.) Metade do tempo ela passa com seu namorado, que também é policial, mas à noite ela fica em casa e assistimos à TV juntas. Muitos hábitos de Lisa seriam considerados estereótipos do sexo feminino — está sempre na manicure ou gasta trezentos dólares em sapatos no shopping —, embora seja um pouco masculina e cace lobos avidamente. Uma vez, na primeira semana em que a conheci, ela disse: "Nenhum dia é tão porcaria que não possa ser salvo por uma boa *margarita*." Cresceu em Albuquerque e nunca, talvez você esteja interessada em saber, fez psicoterapia.

Se lhe parecer que estou evitando o principal tópico, o tópico de Henry, está certa. Mas posso dizer sinceramente, a esta altura, que não penso nele todos os dias ou todas as semanas. Não penso nele durante um mês, mas francamente, penso com muito mais freqüência em você. Às vezes, quando tenho de tomar uma decisão, me pergunto o que você aconselharia e, na minha cabeça, você sempre escolhe a opção que envolve ou eu me divertir mais ou defender meus próprios interesses. Quando tento explicar quais serão as desvantagens, você manda eu relaxar; o que quer que seja, você diz, vale o risco.

A propósito, estou feliz por finalmente ter conhecido seu marido antes de me mudar de Boston, mesmo tendo sido por acaso, quando nos esbarramos no cinema na Brattle Street. Fiquei surpresa (nem de uma maneira positiva nem de uma maneira negativa, simplesmente não pensei na possibilidade) ao ver que era um afro-americano. Eu imaginava que fosse ou um médico como você ou um carpinteiro sexy — talvez tenha pensado nisso porque você tem tantas belas molduras em seu consultório, e o piso ser tão bem acabado —, mas considerando-se que é um professor de matemática, meus dois palpites estavam errados. Quando nos apresentou um ao outro, não podia ter revelado a ele como me conhecia, mas suspeitei que ele tivesse imaginado. Sorriu para mim como se dissesse: *Presumo que seja extremamente neurótica, mas não penso mal de você por causa de sua neurose.*

Dra. Lewin, até hoje você continua a ser a pessoa mais inteligente que conheci. Uma vez usou a palavra *perifrástico* — usou-a naturalmente, simplesmente porque lhe pareceu a palavra mais precisa para a ocasião — e me senti imensamente lisonjeada por sua suposição incorreta de que eu sabia o que significava. Eu nunca lhe disse que depois de cada sessão, anotava, no metrô, o que havíamos discutido. Dei com minha pasta de anotações quando abri os caixotes ao me mudar para cá, e embora por razões narcisistas as tenha achado interessantes, receio que desprendam um certo ar enevoado, elusivo, quando o que sempre esperei foi o clique da revelação — a clareza e a permanência de um conhecimento oficial que seria sentido instantaneamente como verdadeiro e continuaria verdadeiro a partir de então.

De qualquer maneira: naquela primeira noite em Chicago depois que deixei Allison no aeroporto, e eu e Henry carregamos todas as caixas e móveis escada acima até meu apartamento, perguntei: "Vamos comer alguma coisa?" E ele respondeu: "Tem um lugar muito bom de comida grega logo na esquina, mas primeiro deixa eu falar com Dana." E eu disse: "Quem é Dana?"

Ah, Henry respondeu, não tinha falado da sua namorada quando nos vimos no casamento de Fig ou durante minha viagem anterior? Não tinha. Ela foi nos encontrar nessa noite — eu senti uma agonia inacreditável — e era uma mulher alta com uma certa dureza de aluna de ensino médio. Tinha feito remo no colégio, era republicana, parecia ser o tipo de pessoa que, independente da quantidade de bebida que consumisse, nunca falaria nada inadequado ou afetuoso. No fim do jantar, ela perguntou:

— Por que mudou para Chicago?

Ri nervosamente e respondi:

— Estou tentando me lembrar.

— Ela conseguiu trabalho aqui — disse Henry.

Dana era assistente de um advogado, trabalhava muitas horas, raramente estava livre durante a semana, muitas vezes tampouco aparecia no fim de semana. Isso facilitou a mim e Henry desenvolvermos rapidamente um esquema em que passávamos muito tempo juntos. Embora a existência de Dana tenha inicialmente me instigado uma sensação de traição que eu não teria me atrevido a expor a Henry, talvez eu também tenha preferido assim. Na faculdade, quando ele e eu fomos a Cape Cod, a existência de Fig tinha sido como que um alívio, tinha desfeito a tensão. Agora, em Chicago, achei que Dana permitiria que Henry e eu voltássemos a nos acostumar um com o outro, e então, ela poderia, convenientemente, cair fora. Tal plano não parecia totalmente irreal. Normalmente, Henry fazia comentários que colocavam em questão a estabilidade da relação dos dois, e eu fingia não me abalar. "Acho que ela tem, secretamente, uma queda por seu chefe" foi o primeiro. Além desse, "Ela não é a pessoa mais compassiva que conheço." Infelizmente nem todas as suas observações a respeito dela eram negativas e uma vez ele disse: "Ela é a primeira namorada que tenho que poderia literalmente me dar um chute na bunda, se quisesse. É estranho que isso me excite?"

Não demorou e eu e ele passamos a sair todas as noites da semana. Freqüentemente ele pedia meus conselhos, o que me surpreendia e lisonjeava. Na época, ele e sua irmã gêmea estavam brigando a longa distância — o marido dela tinha pedido emprestado dinheiro a Henry para montar um restaurante em New Hampshire, e ele estava ficando cada vez mais desconfiado em relação a essa aventura — e então falávamos sobre o que Henry deveria fazer. Precisei de alguns meses para perceber em quantos outros amigos Henry confiava. Na verdade, me tornei aquela que ele mais procurava, mas talvez fosse porque ninguém mais estava tão à disposição. Embora eu não soubesse bem por que ele me achava capaz de dar conselhos, eu levava seus problemas muito a sério e me concentrava neles com tanto afinco, tentando realmente encontrar uma solução, que às vezes ficava com dor de cabeça. Além de sua irmã e seu cunhado, falávamos muito do seu novo chefe na firma de consultoria em que trabalhava, que era, segundo Henry, especialmente um babaca, e às vezes sobre Dana. Henry achava que tinha estragado seu último relacionamento, e estava determinado a fazer o atual dar certo. Estava tão claro para mim que ele não conseguiria que nem mesmo tentei convencê-lo. Achava que ele mesmo logo perceberia isso.

Uma noite, no fim de setembro — eu estava em Chicago havia semanas —, Henry e eu fomos de carro a Milwaukee com seu amigo Bill para assistir os Brewers jogarem contra os Cubs. Apesar de eu não entender as regras de beisebol, Henry tinha comprado minha entrada e insistido para eu ir com eles. No estádio, Bill anunciou que comeria um cachorro-quente por cada volta completa dos Cubs. No seu quinto cachorro-quente, ele segurava a barriga com ar infeliz, e no sétimo, mal conseguia assistir ao jogo. Estava inclinado para a frente, as mãos na cabeça.

Depois do jogo, voltamos para Chicago, e Bill caiu no sono no banco de trás, e Henry e eu escutamos uma estação de rock clássico. Era uma noite quente no começo do outono. Falamos sobre a situação com a sua irmã e depois sobre um novo edifício sendo construído ao lado do seu. Não falamos sobre Dana; essas conversas já tinham se tornado insuportáveis, com seu potencial de serem ou excitantes ou aflitivas, e nessa noite foi tudo comum e calmo. Coloquei minha mão para fora, de modo que o vento batesse na palma, e nesse momento senti que nunca amaria ninguém como amava Henry.

Amava como ele era bom motorista e tranqüilo na direção; como ele havia me comprado uma enorme luva, típica de torcedores, no estádio; como tinha insistido para eu ir ao jogo, como *queria* que eu fosse; como na primeira semana que passei em Chicago, me ensinou a abrir uma garrafa de vinho, a estacionar atrás de outro carro, e a dizer "Você é um canalha" em espanhol, e como essas pareceram habilidades tardias necessárias para uma vida de situações felizes; como depois de eu dizer que na escola minha irmã me treinou a cantar a música "Under My Thumb", dos Rolling Stones, substituindo todos os *ela* e *dela* por *ele* e *dele,* também ele cantou a música dessa maneira, espontaneamente, na vez seguinte em que a escutamos no rádio; como ficava bonitinho em sua camisa xadrez com o fecho pérola, e uma gravata da Brooks Brothers, como ficava bonitinho quando me encontrava depois do jogo de basquete no ginásio ainda suado, e como tinha dedos bonitos, da mesma largura em cima e embaixo e não mais estreitos em cima; como ele me conhecia bem e como, uma vez, quando comemos em um restaurante ao ar livre, ele disse "Pode ficar com a cadeira mais afastada", porque sabia que eu não gostava de ficar de costas para a rua. Mais tarde, quando pensei em como tive de me separar dele, me ocorreu ensinar outra pessoa a me conhecer como ele me conhecia, mas me pareceu — com uma pessoa hipotética, especialmente — que seria muito trabalhoso.

Naquela noite, tudo o que eu queria no mundo era me sentar na frente, do lado dele no carro, voltando para casa depois de um jogo de beisebol em Milwaukee. De volta à cidade, ele deixou Bill primeiro, embora fosse fora do caminho, porque sempre me levava por último. Na frente do meu edifício, estacionou o carro e conversamos por mais dez minutos, basicamente sobre nada, e senti tanta vontade de tocá-lo que parecia que eu não era um corpo, e sim apenas uma doída estrela cadente, e então abruptamente ele disse: "Estou morto. Tenho de ir para a cama." Sempre era ele que se despedia, que conseguia; eu simplesmente não conseguia. Uma vez dentro do meu edifício, era terrível para mim continuar a ser uma estrela cadente. Ficava sozinha com toda a minha energia reprimida.

Eu acreditava, exceto nos momentos terríveis em que não acreditava, que Henry e Dana romperiam e que nós dois começaríamos uma relação que resultaria em casamento, exceto que eu teria medo na primeira vez que ele me beijasse; o fato de sermos amigos me deixaria, ao invés de menos, mais tensa, e depois que nos beijássemos tensamente, ele talvez, sem saber que a situação melhoraria, nunca mais fosse querer me beijar de novo. Mas o principal é que eu estava segura em relação a Henry, certa de que a minha vida verdadeira tinha finalmente começado, e que tudo o que acontecera antes havia sido o preâmbulo.

Um sábado, no inverno, em que Dana viajara para Washington, D. C., para visitar seus pais, Henry e eu fomos andar na neve com nossos calçados apropriados — a idéia foi dele —, e nessa noite, preparamos *tacos* e bebemos cervejas, em seu apartamento, escutando Bruce Springsteen. Às três da manhã, eu afundada no sofá com os pés estendidos sobre a mesinha de centro, ele estatelado no chão, eu disse: "Henry, às vezes acho a nossa situação esquisita." Nunca ninguém tinha me explicado que essas conversas são fúteis, que se segue em frente e se beija o cara, pois o que é uma discussão se comparada a seus lábios quentes? O cara pode rejeitar você ainda assim, é claro, mas a estará rejeitando porque não queria beijá-la, o que é mais verdade do que qualquer coisa colocada em palavras.

Henry ficou em silêncio, e o momento foi imenso, e continha dois resultados. Então ele disse: "Às vezes, eu também", embora esta fosse de certa forma uma afirmação, percebi imediatamente que o resto da conversa me deixaria triste. Haveria explosões brilhantes, mas que seriam a rede disso: tristeza. Ele ficou calado por um longo tempo até dizer: "Acho que não percebe como você é importante para mim", e achei que ele ia chorar.

"Henry, você é importante para mim", eu disse.

"Mas Dana também é muito legal", disse ele. "E é a minha namorada."

"Tenho de lhe dizer uma coisa", falei. "Gostei de você desde que estávamos na faculdade."

Henry estreitou os olhos. "Gostava de mim naquela época?"

"Não estava óbvio?"

"Ah, não sei. Havia momentos..." Sacudiu a cabeça e expirou longamente. "É tudo muito complicado."

Retrospectivamente, penso: *Não, na verdade não.* Também penso: *Não, Dana não era de fato muito legal.* Mas nessa época eu continuava a tender a acreditar na sinceridade de Henry.

Ele disse: "Quando eu vivia em Seul, realmente quis que você fosse me visitar. Lembra-se disso?"

Assenti com a cabeça.

"Acho que tive uma paixonite por você nessa época. Quando me passou o e-mail contando que tinha um namorado, senti ciúmes." Ele sorriu de lado, e meu coração se acelerou — tinha sentido uma paixonite por mim! — e não é um exagero dizer que depois pensei provavelmente centenas de vezes no erro que cometi não indo vê-lo nessa época. Precisei me mudar para o Novo México para compreender que o resultado nunca se resume a algo específico que se fez ou deixou de fazer, ou que disse ou deixou de dizer. Talvez se convença de que sim, mas não é assim.

"Você pode nos imaginar juntos agora?", perguntei.

"É claro." Houve outro silêncio muito longo, e quando ele falou, soou sofrido: "Acho que estou misturando as coisas."

"Não", eu disse. "Sou eu que estou criando um constrangimento ao trazer este assunto à tona."

"Vai ser realmente constrangedor agora. Muito constrangedor." Ele sorriu abertamente. Escutamos o fim da música — era "Mansion on the Hill" — e então ele disse: "Está tarde. Por que não fica e dorme na minha cama, e eu durmo no sofá?"

Quando me acompanhou até seu quarto, paramos à porta, ele pôs a mão em meu ombro, e disse: "Não é porque não me sinta atraído por você, pois me sinto, e muito." E isso, de tudo, foi o que mais feriu meus sentimentos. Pareceu tão *Pronto, pronto, irmãzinha.* Hoje vejo como ele ofereceu oportunidades, mas como em todas essas oportunidade sempre fui quem se esquivou. Foi culpa minha, ou pelo menos mais minha do que dele. Mas não entendia isso como uma disposição, ou entendia um pouco — subconscientemente, mas era tímida demais, além de não ser como eu queria que acontecesse, com ele ainda envolvido com outra garota. Sorri como se estivesse tudo bem para mim e falei: "Obrigada por deixar eu ficar aqui, Henry.", e nos olhamos por mais um momento. Ele então falou: "Durma bem, Gavener." O uso do meu sobrenome também doeu, na hora.

Ach. que pode imaginar o resto. Foi tão repetitivo que mesmo que só consiga imaginar uma parte, conhece a história toda. Pensei que essa noite fosse uma descoberta quando não era, pensei que uma relação era iminente, pensei que a conversa era uma anomalia ultrajante, mas foi uma conversa que tivemos várias vezes, e a cada vez parecia menos um reconhecimento da atração mútua entre nós e mais o meu lembrete a ele de meu amor não correspondido, e de minha disponibilidade inabalável para sempre que ele estivesse disposto. O que ele me lembrava era o quanto ele *valia* para mim, como eu o entendia bem. Às vezes, se nossa discussão se tornava desagradável, ele perguntava, parecendo magoado: "Não quer ser minha amiga, se eu não for seu namorado?" E eu respondia: "É claro que quero que sejamos amigos!" Continuamos saindo juntos enquanto ele ficava remoendo suas próprias emoções, enquanto se banhava na água tépida de sua ambivalência, e eu contorcendo minha cara com expressões de preocupação e simpatia e discernimento isento e receptividade imune — para mostrar que eu não tinha problemas com isso. Mas que pessoa patética eu teria me revelado se não quisesse ser sua amiga se ele não fosse meu namorado?

Henry disse algumas vezes: "Adoro sua amizade." Ou "Adoro sair com você. " Ou o mais íntimo a que chegou: "Adoro você na minha vida."

E então houve as noites em que eu me sentava no sofá e ele se deitava com a cabeça no meu colo enquanto assistíamos à televisão, e eu colocava minha mão em seu ombro, mas de uma maneira que parecia apoiá-la, nada mais; eu não passava meus dedos em seu cabelo. Quando ele se deitava assim, era o momento mais feliz para mim. Ficava tão feliz que tinha medo de respirar. Nunca falamos sobre isso, e as conversas que tínhamos antes, durante ou depois eram sempre totalmente casuais. E nunca falamos disso quando paramos de tê-las, o que aconteceu — não tenho certeza da relação disso com o fato, mas parece plausível — logo depois de ele e Dana irem a um casamento. Depois que ele parou, quando sentávamos no sofá, a ausência de sua cabeça no meu colo foi maior do que a do programa de televisão, ou do meu apartamento, ou da cidade de Chicago.

E onde exatamente Dana estava em tudo isso? Estava trabalhando em um escritório de advocacia no centro, exercitando o remo no aparelho ergométrico na academia na Clark Street, depois, nas sextas e sábados, bebendo gim com tônica em reuniões a que Henry não me convidava, em bares da moda a que nunca fui. Uma vez, ao ir ao banheiro na casa de Henry, vi um invólucro de tampão na cesta de lixo, e tive vontade de chorar. Ele disse algumas vezes: "Acho que Dana se sente ameaçada por você. Sente-se ameaçada porque não sabe o que fazer com você." E não gostei da idéia daquela Dana de ombros largos, bebedora de gim, se sentir ameaçada por mim, não gostei, de certa maneira, da minha própria tristeza? Nos fins de semana, quando ia ao supermercado e à locadora de filmes às sete e meia da noite, de calça e suéter de moletom, enquanto à minha volta casais vestidos de preto e de mãos dadas chamavam táxis, não ficava excitada com a pungência de minha solidão, pelo como *merecia* o amor de Henry, pelo quanto mais extraordinário seria, correndo atrás do meu sofrimento?

Por outro lado, me sentia a mais tola do mundo: se um homem quer se envolver romanticamente com você, ele tenta beijá-la. Essa é a história, e se ele não a beija, não há razão para esperar nada dele. Sim, na história das paixões, uma pessoa aparece para outra — durante esse tempo, ouvi esse tipo de histórias — mas ocorre raramente. Mais uma vez, ninguém tinha me dito isso. E não que eu não soubesse que passar tanto tempo com Henry fosse insensato. O fato era que eu realmente não me importava. Eu não *queria* me afastar dele, voltar à minha vidinha e um dia conhecer um cara interessante no metrô, um cara que me valorizaria como eu merecia. Eu queria Henry.

Nosso casamento, eu acreditava, não seria uma vitória por si só, mas meramente um efeito colateral do fato de gostarmos tanto da companhia um do outro e de parecer impossível imaginar um tempo em que isso deixasse de ser. Minha certeza era como um objeto físico — um telefone, um tênis, nada precioso ou brilhante — e não precisava estar na mesma sala que ele para saber que existia. No seu aniversário de 29 anos, comprei para ele uma dúzia de pratos de jantar, que custaram mais de 200 dólares, e apesar de a compra parecer extravagante, eu achava — não de uma maneira arguta, não como uma piada comigo mesma, mas realmente — que os pratos seriam definitivamente nossos.

Dana e Henry ainda estavam juntos em fevereiro quando ele conheceu Suzy, encontro no qual também eu estava presente. (Tinha ouvido falar que muitos daqueles que se graduaram em 1947 na Harvard University não se deram conta, ao escutar o discurso da formatura, que estavam ouvindo a comunicação do Plano Marshall.) Henry e eu compramos pizza em uma noite na Damen Avenue, e Suzy estava na mesa atrás de nós, fumando sozinha, enquanto nós dois esperávamos por nossos pedaços. Ela parecia tão, por falta de palavra melhor, do tipo universitária, que não me ocorreu ficar nervosa. Ela usava uma jaqueta jeans, tinha quase todo o cabelo comprido solto exceto algumas tranças minúsculas na frente, e usava anéis de prata em quase todos os dedos. Era baixa e bonita, e não me lembro de se realmente cheirava a patchuli, mas tinha a aparência de quem cheirava a esse perfume. Se me perguntasse como nessa noite começamos uma conversa com ela, provavelmente eu não saberia responder de imediato, porém mais tarde, eu me forcei a me lembrar, e não me pareceu uma coincidência ter sido quando fui ao balcão buscar um copo de água que ela e Henry começaram a conversar. Provavelmente foi ele que puxou conversa. Quando voltei, estavam discutindo controle de armas. E na semana seguinte, quando liguei para o seu escritório de manhã, ele disse que estava de ressaca. Tinha se encontrado com Suzy em um bar, me contou, mas continuei sem entender, e fiquei surpresa quando contou que tinham ficado lá até a hora de fechar.

"É estranho ter esbarrado com ela", eu disse. "Talvez ela o esteja seguindo."

"Não, nos encontramos deliberadamente", disse ele. "Liguei para ela." Houve um silêncio, *meu silêncio* ao receber essa informação de Henry — o quê? — valorizando com isto a minha perplexidade.

"Como conseguiu o número dela?", perguntei, e senti aquele escorregão familiar no precipício gélido: a queimadura nas mãos, a queda sem fim.

"Quando a vimos antes", disse ele, o que não respondeu minha pergunta, embora tenha dito tudo o que eu queria saber.

Mesmo quando ele e Dana romperam oficialmente, achei que sua relação com Suzy não seria séria. Ela tinha dezenove anos e provavelmente gostava de chupar ou algo no gênero. Nós três jantamos juntos uma vez, e ela não era nenhuma idiota — queria que fosse, obviamente —, mas não, era particularmente interessante. Não era alguém que fazia perguntas a outras pessoas, ou simplesmente não fez a mim. Era de Madison, tinha optado por se especializar em sociologia na DePaul, trabalhando vinte horas por semana como garçonete. À certa altura, Henry disse: "Recebi um e-mail estranhíssimo de Julie, hoje." E Suzy perguntou: "Quem é Julie?" E eu respondi: "A irmã gêmea de Henry." Não falei isso com uma intenção definida, apenas respondi à pergunta. Suzy disse: "Tem uma irmã gêmea?" E mais uma vez (Dra. Lewin, espero que não pareça gratuitamente rude), tudo no que pensei foi *chupada*.

Depois desse jantar fui para casa e era uma noite chuvosa de abril, e pensei — nessa época eu estava constantemente tentando impor esses tipos de limites — que não sairia de novo com Henry na companhia de Suzy, e que a partir daquele momento não o veria mais do que duas vezes por semana, e que não atenderia sua ligação se me chamasse no trabalho. Talvez eu esteja confundindo as coisas e tenha decidido que não falaria come ele em casa e *somente* falaria com ele no escritório.

De qualquer maneira, almoçamos juntos na semana seguinte, e a sensação que experimentava tantas vezes com ele se repetiu: que entre nós, nenhum gesto ou palavra era impossível. Tive vontade de estender a mão e pegar seu queixo e sentir todos os ossos debaixo da pele de seu rosto. Ele sempre pareceu ser meu. Ou tive vontade de dizer *sinto-me estripada como um peixe,* sem nenhuma outra explicação. Mas não peguei em seu queixo, não disse nada estranho, e não lhe perguntei sobre Suzy, porque essa tinha sido outra de minhas resoluções: parar de agir como se falar de suas namoradas não me incomodasse.

Não nos falamos por dez dias. Intencionalmente, não liguei para ele, e me senti orgulhosa por conseguir me conter. Mas então, em uma quarta-feira de manhã, quando ligou para o meu escritório, pensei: *É claro, é claro, ele sempre precisa controlar a situação,* e ele disse: "Tenho novidades, e espero que fique feliz por mim." Prosseguiu: "Suzy está grávida." Namoravam havia menos de quatro meses.

Eu estava sentada à minha mesa, e todos os objetos em cima dela — o mouse pad, a caneca com canetas, pastas de plástico — pareceram, de repente, *óbvios.* Reparei neles como nunca tinha feito antes.

"Preciso do seu apoio", disse ele, e observei a lombada grossa do catálogo de telefone de Chicago. "Minha família está furiosa."

Finalmente, perguntei: "Quantas semanas de gravidez?"

"Nove."

"Não vão abortar?"

"Sabe o que está dizendo, Hannah? Acho que não consegue imaginar isso, mas queremos o bebê. Se aconteceu, tem uma razão."

"Refere-se a outra razão que não a de Suzy não ter tomado as pílulas anticoncepcionais?"

"É uma idéia completamente sexista", disse ele. "Estou mais preparado do que ela. É ela que ainda está estudando. Mas estamos realmente apaixonados." Por uma fração de segundo, achei que falava sobre nós. "Gostaria que não estranhasse isso", disse ele.

"Você já fez isso."

Ele se calou.

"Vão se casar?", perguntei.

"Por enquanto não, mas provavelmente em algum momento."

"O que a família dela acha?"

"Estão tranqüilos. Fomos vê-los no fim de semana passado. São pessoas maravilhosas."

Pensei de novo na tarde que fomos a Cape Cod e em como Henry tinha mudado desde então — acho que se tornou menos honesto consigo mesmo — mas também em como esse dia se concretizou sete anos depois: ele gostava de salvar garotas que precisavam ser salvas. Ele só tinha se enganado ao predizer que sua propensão mudaria.

E certamente ele teria se desapontado se eu não tivesse reagido negativamente à notícia. Não era esse o padrão de conduta que devíamos obedecer: ele me contava, eu sentia medo, eu me acalmava, e então lhe dizia como abrandar as coisas com sua família, imaginávamos uma maneira como esses acontecimentos reforçariam a idéia de que ele era um sujeito bom, zeloso, cuja vida seguia na direção certa? Diríamos que a sua decisão era *honrosa;* além disso, ele tinha mencionado, de passagem, como Suzy era bonita, e assim percebi que estavam se dando bem sexualmente, e não estava agindo inteiramente por obrigação moral.

"Então, boa sorte", eu disse. E ele disse: "Isso não significa que nunca mais nos veremos."

Comecei a chorar assim que desliguei o telefone. Estava sentada à minha mesa, e a porta da minha sala estava aberta, mas não dei importância. Estava chorando em parte porque Suzy o conquistara e eu não, porém mais do que por perdê-lo, estava chorando pelo meu próprio equívoco, equívoco de que agora havia uma prova incontestável. Minha intuição, meu instinto — como quiser chamá-lo — tinha se enganado. Henry e eu não éramos o destino um do outro. Não passaríamos o resto das nossas vidas jantando com os pratos cor de laranja, eu nunca passaria realmente a mão no seu cabelo, com sua cabeça no meu colo, nunca viajaríamos juntos para um país estrangeiro. Nada disso. Estava acabado. Ou talvez não desse certo com ele e Suzy e ele me procurasse mais tarde, daqui há alguns anos, ou ele ia me querer muito mais tarde, me procuraria quando eu tivesse 68 anos e ele, 70, mas então, que importância teria? Eu o queria enquanto fôssemos o que somos hoje. Além do mais, ele tinha violado os termos do que eu considerava nosso acordo tácito.

Decidi me mudar para Albuquerque porque não conhecia ninguém nessa cidade, porque era longe de Chicago, Boston e Filadélfia, e se a terra era diferente, seca, montanhosa e espetada por plantas estranhas, imaginei que talvez eu também pudesse me modificar. A fuga, assim como amor não correspondido, é uma velha história. Menos de um mês depois de Henry me contar que Suzy estava grávida, eu estava instalada no segundo quarto da casa de Lisa na Coal Street. Passei o verão trabalhando como recepcionista em um restaurante francês, e em agosto fui contratada pelo meu emprego atual, como professora assistente na Praither Exceptional School. Quando comecei, conhecia pouco sobre educação de excepcionais — meu único contato verdadeiro com alguém com problemas de desenvolvimento tinha sido com meu primo Rory — mas me sentia pronta para uma mudança. Meu salário não é alto, mas felizmente tampouco é alto o custo de vida no Novo México. Estou especialmente satisfeita por ter saldado, em fevereiro, meu empréstimo na universidade.

Na semana passada levamos os meninos para fora na hora do recreio — as outras professoras na minha turma são Beverly e Anita, e a diretora é Graciela, que ficou dentro da escola para preparar os ingredientes para as pizzas doces que, nessa tarde, estávamos ensinando os meninos a fazer — e alguns dos alunos estavam arremessando na cesta enquanto outros subiam no trepa-trepa. Eu estava do lado do escorrega e um menino chamado Ivan me descrevia seu desejo de comprar um trator quando ouvi um grito de dor. Era Jason — aquele temperamental que leva uma escova para gatos e outros objetos nos bolsos — me virei e vi que ele estava sentado na plataforma que liga duas seções do trepa-trepa com os dedos presos em um dos buracos de escoamento. Tenho que salientar que o trepa-trepa foi projetado para crianças menores e mais jovens do que meus alunos. Subi na plataforma e me ajoelhei do lado de Jason, achando que se ele ficasse quieto, eu conseguiria retirar seus dedos. Ele gritava e chorava, e o mais delicadamente possível puxei sua mão, mas seus dedos — eram seus dedos médio e anular — permaneceram onde estavam. Anita e Beverly apareceram, e o resto dos meninos nos observavam.

"Uma de vocês pode buscar um pouco de Vaselina?", perguntei às duas professoras. "Ou quem sabe sabonete e água?"

"Vamos levar as crianças para dentro", disse Anita.

Depois que o pátio se esvaziou, Jason continuava a gritar. "Jason, o que você tem na sua camisa?", perguntei. "É um peixe, não é? Um peixe do Texas?" Ele estava usando uma camiseta turquesa em que estava impresso: SOUTH PADRE ISLAND. "Que tipo de peixe é este?", perguntei.

Seu lamento baixou de volume.

"Será que ele gosta de balas?", eu disse. "Peixes comem balas? Não na vida real, mas talvez este seja um peixe de filme ou um peixe falso." A referência à bala foi pobre de minha parte — para ajudar os alunos na matemática (suponho que saiba que está longe da verdade todos os autistas serem gênios da matemática) assim como praticar fazer compras, as turmas vendem coisas em dias alternados. A nossa turma, a Turma D4, vende pipocas a trinta centavos o saquinho; é a Turma D7, a dos alunos mais velhos, que vende balas, e muitos dos nossos meninos, inclusive Jason, são obcecados por elas.

Jason parou de chorar. Tirei um lenço de papel do bolso e lhe estendi. "Assoe", eu disse, e ele fez uma cara feia e virou o rosto.

"Que tal um pirulito?", falei. "Algum peixe já chupou um pirulito?"

Sua cabeça girou de novo. Em minha visão periférica, vi Graciela e a enfermeira da escola saírem do edifício e virem na nossa direção. Jason estava me olhando fixamente. "Você tem 14 anos?", perguntou ele.

Sacudi a cabeça negando. "Você tem 14 anos", eu disse. "Certo? Você tem 14 anos. Mas eu sou adulta. Tenho 28."

Ele me olhava impassivelmente.

"Vinte e oito é duas vezes quatorze", falei. Jason continuou sem responder, e perguntei: "Por que está me olhando desta maneira?"

"Estou procurando me relacionar socialmente", disse ele.

Tive de me conter. "Isso é ótimo!", eu disse. "Jason, isso é maravilhoso. É exatamente o que deve fazer. Mas sabe de uma coisa? Quando está procurando se relacionar socialmente, geralmente não conta a outra pessoa. Não é preciso."

Ele ficou em silêncio. Percebendo que o tinha desestimulado, acrescentei: "Vou lhe contar um segredo. Eu também. Não é nada fácil, hein?"

Graciela e a enfermeira tinham chegado ao trepa-trepa. Traziam Vaselina e sabão, e Beverly logo apareceu com fio dental e pedaços de gelo. Nada adiantou. Graciela e a enfermeira ficaram debaixo da plataforma, pressionando o gelo nos dedos de Jason, passando Vaselina neles, fazendo com que se mexessem, mas continuaram presos. A enfermeira chamou os paramédicos. Continuei conversando com Jason enquanto se curvavam debaixo da plataforma — eu percebia quando estavam puxando seus dedos porque ele gritava, e então, como se se preparando para novas lágrimas, voltou os olhos para mim. Eu sacudia a cabeça. "Você está bem", eu dizia. Ou "Querem ajudá-lo a se sentir melhor."

Os paramédicos apareceram vinte minutos depois. A polícia também veio — tinham de vir, pela lei — e por acaso era minha companheira de moradia Lisa, e sua parceira. "O que temos aqui?", disse ela. Ofereceu seu chapéu a Jason, mas ele não quis. Senti que sua histeria crescia de novo, com a chegada de mais gente e carros, e derramou algumas lágrimas, mas manteve a compostura. Mesmo quando os paramédicos retiraram seus dedos dos buracos — desconfio que tudo o que fizeram foi usar de mais força do que Graciela e a enfermeira —, Jason se manteve firme. Quando seus dedos foram finalmente libertados e ele pôde se levantar, eu o abracei. Tentamos o mais que podemos tratar os meninos como tratamos outros meninos de quatorze anos, para impor os mesmos limites de contato físico — Mickey, em particular, tem dificuldades com isso, e enfia a cabeça na minha axila e sussurra "Amo você, Srta. Gaahv" —, mas no caso de agora, não me contive. Senti que Graciela desaprovou e entendeu ao mesmo tempo.

Eu estava usando uma blusa cinza e quando Jason foi para dentro com a enfermeira, percebi que a Vaselina a tinha manchado em várias partes, e nesse momento senti — dá para ver as Sandia Mountains do pátio da escola — que estava destinada a viver no deserto do Novo México, a ser uma professora com Vaselina na blusa. Não quero idealizar os meninos ou fingir que são anjos. Regularmente, Pedro mete o dedo no nariz até que sangre, e todos eles enfiam as mãos dentro das calças e bolinam seus pênis tão freqüentemente que temos papéis colados em suas mesas, onde devem pôr as mãos. "Mãos visíveis!", nós os lembramos. "Mãos visíveis!" E ainda assim, sinto que meus alunos de certa maneira contêm o mundo. É difícil expressar o que sinto. Como todos nós, eles são gananciosos, excêntricos e, às vezes, repulsivos. Mas nunca são falsos; são completamente sinceros.

A vida dos meus alunos será difícil de uma maneira que não compreendem, e gostaria de poder protegê-los — não posso —, mas pelo menos enquanto eu tentar lhes mostrar como protegerem a si mesmos, não acho que estarei perdendo tempo. Talvez isso seja fazer o que se está destinado a fazer: não importa o progresso lento, nunca sente que é uma perda de tempo.

Estou feliz, sinceramente, por não ter conseguido o que achei que queria em Chicago. Se eu tivesse conseguido o que queria, nunca teria aprendido a conter fisicamente um adolescente que tenta me agredir, nunca teria prendido um *dashiki*, traje colorido que cobre a metade do corpo de uns africanos ocidentais em um quadro de avisos na decoração para o festival pan-africano de duração de uma semana, chamado Kwan-zaa, nunca teria ficado diante de uma turma só de meninos, fazendo uma preleção sobre puberdade e higiene. E sinceramente me acho uma afortunada por ter feito, diante deles, uma demonstração do uso do desodorante. Como seríamos eu e Henry se tivéssemos nos casado? Imagino nós dois passando as tardes de sábado em lojas caras de acessórios para casa, comprando almofadas ou pratos de porcelana para servir ovos cozidos recheados com a mistura da própria gema, maionese e alguns temperos.

Às vezes, à tarde, depois de eu usar o banheiro e ir lavar as mãos na pia, meu reflexo no espelho é de uma pessoa que sei que conheço, mas que não identifico imediatamente. Também isso é por causa dos meninos: por causa do quanto requerem minha atenção, do quanto me desgastam e fazem eu me esquecer de mim mesma. Ou se, ao lavar as mãos, noto que um pedaço de comida ficou preso em meus dentes, e que deve estar ali há horas, durante as quais conversei com outras professoras, e professores também, não vou dizer que não ligo, mas não ligo muito. Na minha vida anterior, tanto em Chicago como em Boston, eu ficaria extremamente embaraçada se isso tivesse acontecido. Se bem que isso nunca teria acontecido, já que me preocupava incrivelmente com esse tipo de coisa.

Aqui, às vezes, sinto falta da minha família, mas parecem estar bem. Allison está grávida de novo, Fig está grávida também — o mundo é um lugar muito fértil atualmente — e tem prazer em discutir com quem quiser ouvir que o doador anônimo do esperma que ela e Zoe usaram tem um QI de 143. Darrach, Elizabeth e Rory me visitaram no inverno, e fizemos um monte de coisas turísticas — os três compraram colares de turquesa na Cidade Velha — e Elizabeth não parava de dizer: "É tão incrível você morar aqui. Passei a vida toda querendo vir para o Novo México." Não sei se se lembra da minha amiga Jenny, da Tufts, mas ela vive em Denver, que fica a uma pequena distância de avião, portanto estamos sempre falando em nos ver; ela está no segundo semestre de enfermagem. (Espero que ao dar notícias de outras pessoas, eu não esteja pressupondo um grau excessivo de interesse seu em minha vida, agora que já não estou pagando 105 dólares a hora. Por favor, saiba também que não estou tentando escarnecer do preço, já que sei que outros pacientes pagam 70 dólares a mais. Acho que parte da razão por não ter lhe escrito antes é que quando disse para lhe dar notícias, não entendi se era uma vez ou regularmente.)

Voltando a Henry: suponho que a explicação mais fácil é que ele não me achava muito atraente. Mas a minha atração por ele era lisonjeira e ele gostava genuinamente da minha amizade. O que tinha a perder me mantendo perto? Não guardo ressentimento por ele ter me sugerido a mudança para Chicago, porque a verdade é que não precisei de muita persuasão — ouvi no casamento de Fig o que queria ouvir. Ou talvez ele estivesse suficientemente atraído por mim, mas não queria que a pessoa a quem contava tudo também fosse sua namorada. Sou capaz de ver isso, de perceber como é possível se preferir uma pequena distância. Também posso ver como por ele ter me rejeitado, me dei o luxo de me sentir segura quanto a ele, mas como nunca o rejeitei, ele ficou carregado de incerteza. E então, penso, não, não, não foi nada disso. Fui eu — o tempo todo fui eu que resisti. Quis conservar a felicidade, como uma garrafa de champanhe. Atrasei o desfecho porque tinha medo, porque supervalorizava isso, e porque não queria esgotar, senão o que desejaria? Essa possibilidade, eu estar intimidada por conseguir o que queria, é a mais difícil de eu considerar, o que talvez signifique ser a mais provável. Em três ou quatro ocasiões, acho, Henry teria me beijado, e em todas eu me esquivei. Às vezes só uma polegada, ou somente com os olhos. Nunca deliberadamente; sempre já tinha feito mesmo antes de decidir fazê-lo. Uma das vezes foi quando ele estava deitado no meu colo em frente da TV, e olhou para mim, ele me olhou *fixamente*, e eu deveria ter devolvido o olhar, mas em vez disso, me perguntei se ele estaria vendo o pêlo nas minhas narinas, e inclinei a cabeça de modo que nossos olhares não se encontrassem. Nunca me senti preparada nesses momentos, me sentia como tendo primeiro de tomar um banho ou preparar algumas anotações, e portanto acho que a culpa foi minha. Coreografei meu próprio fracasso. Um lado meu pensa: *Mas por que ele não considerou meu nervosismo, por que não pôs as mãos em minhas orelhas e me imobilizou?* E então outro lado pensa: *De qualquer maneira, ele nunca estava sozinho.* Talvez tudo isso tenha sido para o melhor.

Às vezes me lembro da volta do jogo dos Brewers, como eu achava que nunca amaria alguém como amava Henry. Em certo sentido, talvez estivesse certa: não me imagino tão apaixonada assim de novo, e segura. Acho que Henry foi a primeira e última pessoa em relação à qual acreditei que *se conseguisse fazê-lo me amar, tudo o mais ficaria bem.* Eu não ser mais tão ingênua é uma perda e um ganho ao mesmo tempo. Namorei um pouco desde que cheguei ao Novo México — até mesmo, uma vez, conheci um cara no supermercado, que foi uma coisa que eu pensava que só acontecia em filmes —, mas não estou apaixonada. Se eu tivesse de adivinhar, diria que acabarei me casando, mas não tenho a menor certeza disso. Quando penso em Henry, Oliver e Mike, sinto como se fossem três modelos diferentes, e me pergunto se serão os três únicos no mundo: o homem que está com você completamente, o homem que está com você e ao mesmo tempo não está, o homem que chega o mais perto de você possível mas que nunca será seu. Seria arrogância afirmar que não existe nenhuma outra dinâmica só porque não a experimentei, mas tenho que dizer que não consigo imaginar quais são. Espero estar errada.

Mike é o único dos três em que penso com saudades. Realmente acho que seria diferente se nos conhecêssemos agora, quando tenho base de comparação para reconhecer como a sua generosidade comigo era rara, mas em seguida penso como tinha nojo ao beijá-lo. Como passar a vida com alguém de que sente nojo ao beijar? Independente disso, soube por acaso que está casado. Oliver continua em Boston, e trocamos e-mails ocasionais. Não nutro ressentimento — realmente gostava de estar com ele —, mas estou feliz por não termos ficado juntos por mais tempo.

Quanto a Henry, não nos falamos desde que parti de Chicago. Presumo que ele e Suzy continuem juntos; quando penso nele, o imagino no quintal, embalando um neném. No dia que parti de Chicago, ele e eu tomamos o café da manhã juntos em um bar, por sugestão dele, e quando nos despedimos com um abraço, ele me disse: "Sinto-me como se tivesse cometido alguns erros com você." E eu respondi: "Também sinto como se você tivesse cometido." Mais uma vez, pareceu que ele ia chorar, por isso sacudi a cabeça, quase com irritação, e disse: "Não é tão grave assim."

Incidentalmente, descrevi Henry para Lisa, certa vez, logo depois de eu me mudar para Albuquerque. Ela olhou para mim — estávamos no carro, ela dirigindo — e disse: "Ele me parece meio bicha."

Na semana passada, aquele dia no pátio, quando Jason já tinha ido para dentro, Lisa falou em seu walkie-talkie, depois fez uma pausa enquanto sua parceira voltava para o carro de polícia. Ela disse: "Hannah, o que eu lhe disse sobre enfiar os dedos de seus alunos nos buracos de escoamento?" Sorriu largo. "Está a fim de prepararmos algo no grill hoje à noite?"

"Temos com quê?"

"Passo no Smith´s no caminho para casa." Lisa entrou no carro, baixou a janela, pôs a cabeça para fora e disse: "Não acredito que esteja usando tamancos. É uma grande professora."

Dra. Lewin, estou lhe contando tudo isso para que saiba que progredi. Quando nos conhecemos eu devia parecer empacada — nas idéias ·obre mim mesma, sobre os homens, sobre tudo — e deve ter parecido ¡ue não absorvia, que não prestava atenção em nada do que dizia, mas o tempo todo, eu estava prestando atenção; *estava* aprendendo. E continuo a aprender: mesmo depois de me mudar para cá, achei que devia mandar um presente para Henry e Suzy, desejar-lhes felicidades, pois como eu parecia amarga, acreditava que essa seria uma maneira de mostrar como não era. De modo que, um dia, comprei um grill em uma loja de acessórios de esportes, o trouxe para casa e comecei a endereçar a caixa, quando pensei: *Que droga estou fazendo?* Este é o grill que Lisa e eu usamos no quintal. A relva no quintal morreu, mas há um terraço onde ficar. Agora é primavera; à noite, a luz sobre as montanhas é linda, e os hambúrgueres que fazemos no grill de Henry são, devo dizer, excepcionalmente deliciosos. Se algum dia vier a Albuquerque, espero que venha me visitar e deixe eu lhe preparar um. Envio esta carta com todo o afeto e gratidão pelas diversas formas como me ajudou.

Um grande abraço,
Hannah Gavener

AGRADECIMENTOS

Minha agente, Shana Kelly, é calma e sábia mesmo quando eu não sou, e faz um excelente trabalho em meu nome. Também fui muito assistida na William Morris por Suzanne Gluck, Jennifer Rudolph Walsh, Tracy Fisher, Rafaella De Angelis, Michelle Feehan, Andy McNicol, Alicia Gordon — que foi capaz de explicar Hollywood de uma maneira compreensível para mim — e Candance Finn, que é inabalavelmente estimuladora e bem organizada.

Na Random House, fico feliz em ter o apoio de Gina Centrello, Libby McGuire, June von Mehren, Sanyu Dillon, Avideh Bashirrad, Allison Saltzman, Victoria Wong e Janet Wygal. Não tenho um, mas dois editores maravilhosos: Daniel Menaker, que é o meu mestre, e Laura Ford, que foi a primeira amiga de Lee Fiora e Hannah Gavener na Random House. As observações cuidadosas de Dan e Laura, seus e-mails divertidos, conselhos sábios, permanente disponibilidade, e bom humor, fazem eu me sentir grata a cada dia. Minhas divulgadoras — Jynne Martin, Kate Blum, Jen Huwer, Jennifer Jones e Megan Fishmann — formam o grupo de mulheres mais trabalhadoras e inteligentes do planeta. Estranhos às vezes me dizem que minhas divulgadoras devem operar milagres; concordo.

A editora de meu livro *Preliminar — os altos e baixos de Lee Fiora*, Lee Boudreaux, leu partes deste livro ainda em seu começo, e fez observações como sempre inteligentes e úteis; embora não trabalhemos mais juntas, este é um livro melhor por causa dela. Vários de meus amigos escritores também ofereceram suas críticas a este material, e agradeço especialmente àqueles que tiveram a paciência de lê-lo várias vezes e responderem com inteligência: Jim Donnelly, Elisabeth Eaves, Emily Miller, Sam Park e Shauna Seliy.

Meus pais, Paul e Betsy Sittenfeld, e meus irmãos Tiernan, Josephine e P. G. são muito mais afetivos, estranhos e engraçados do que qualquer personagem que eu já inventei. E levam numa boa ter uma romancista na família.

Por último, agradeço ao meu namorado, Matt Carlson, que criou e mantém meu *website*; que pesquisou para mim o ensino na Tufts University em 1998 e os recordes na natação de Mark Spitz; que me conforta quando as coisas não vão bem; que celebra comigo quando vão bem; e que, é claro, é um sonho.

Este livro foi composto na tipologia Classical
Garamond BT, em corpo 11/15, impresso em
papel off-white 80g/m², no Sistema Cameron
da Divisão Gráfica da Distribuidora Record.

Seja um Leitor Preferencial Record
e receba informações sobre nossos lançamentos.
Escreva para
RP Record
Caixa Postal 23.052
Rio de Janeiro, RJ – CEP 20922-970
dando seu nome e endereço
e tenha acesso a nossas ofertas especiais.

Válido somente no Brasil.

Ou visite a nossa *home page*:
http://www.record.com.br